Lo cambiaste todo

Catherine Bybee

Lo cambiaste todo

Creek Canyon

**Traducción de
Ana Alcaina**

AMAZON CROSSING

Título original: *Everything Changes*
Publicado originalmente por Montlake, Estados Unidos, 2020

Edición en español publicada por:
Amazon Crossing, Amazon Media EU Sàrl
38, avenue John F. Kennedy, L-1855 Luxembourg
Agosto, 2022

Adaptación de cubierta por PEPE *nymi*, Milano
Imagen de cubierta © Jill Battaglia / ArcAngel; © Celig © Drepicter
© Yuriy Kulik © Buntoon Rodseng / Shutterstock
Producción: Wider Words

Impreso por: Ver última página

Primera edición digital 2022

ISBN: 9782496708660

www.apub.com

SOBRE LA AUTORA

Autora superventas de *The New York Times*, *The Wall Street Journal* y *USA Today*, Catherine Bybee ha escrito treinta y cuatro libros que han vendido más de siete millones de ejemplares en total y han sido traducidos a más de dieciocho idiomas. Criada en el estado de Washington, Bybee se mudó al sur de California con la esperanza de convertirse en una estrella de cine. Cansada de servir mesas, retomó los estudios y se hizo enfermera. Ha pasado la mayor parte de su vida laboral en las salas de urgencias de varios hospitales urbanos. Ahora escribe a tiempo completo y es la autora de las series Casaderas, No exactamente… y Creek Canyon, serie que inició en español con *El camino hacia ti*, publicada en Amazon Crossing en 2021. Tras la segunda entrega de la serie, *Un hogar a tu lado*, llega ahora la tercera y última, *Lo cambiaste todo*. Para más información sobre la autora, visita www.catherinebybee.com.

A Whiskey. Espero que estés persiguiendo conejos al otro lado del puente del arcoíris

Capítulo 1

Como una sola persona más, aunque solo fuese una, le preguntara otra vez cuándo iba a encontrar al hombre de su vida y sentar la cabeza al fin, Grace le daría un puñetazo en toda la cara. ¿Por qué razón las bodas y los *baby showers* provocaban una matraca de preguntas sobre su inexistente vida amorosa?

En la pista de baile, Colin rodeó con el brazo a Parker, su flamante esposa, y empezaron a moverse al compás de una canción lenta. Su hermano se deshacía en sonrisas y su cuñada había vertido lágrimas auténticas mientras recitaba sus votos matrimoniales. La verdad es que había sido la ceremonia perfecta.

Colin era el primero de los hermanos en casarse. Grace estaba segura de que su otro hermano, Matt, no tardaría en seguir su ejemplo. En esos momentos estaba bailando con Erin, su novia, con la que ya convivía y que, como ella, era dama de honor en la boda. Sí, estaban tan enamorados como la pareja de recién casados.

La verdad es que Grace se alegraba inmensamente por sus dos hermanos.

Solo que ahora que los dos tenían una pareja estable, todos los ojos de la familia estaban puestos en ella. Incluso la abuela Rose —cuya demencia hacía que a menudo la llamara Nora, el nombre de su madre, antes de preguntarle si iba a llegar tarde a casa después del cole—, incluso ella le preguntaba a Grace si iba a echarse novio algún día.

Se recostó hacia atrás en la silla, con las piernas cruzadas y danzando con la punta del pie al ritmo de la música lenta. La luz era muy tenue, y todas las miradas y las cámaras estaban enfocadas sobre Colin y Parker.

A su espalda, el chirrido de una silla apartándose de la mesa hizo a Grace mirar de reojo. Era la tía Bethany.

Grace levantó la mano con la que sostenía una copa de champán antes de que su tía tuviera oportunidad de hablar.

—No lo hagas.

—¿El qué?

—Ni una palabra.

Su tía era como la abuela Rose, pero con una memoria intacta y prodigiosa.

Pese al volumen de la música, Grace oyó a Bethany lanzar un suspiro.

Pasaron tres compases más…

El estribillo…

—Las bodas siempre me ponen nostálgica —empezó a decir la tía Beth.

Grace sintió que su sonrisa fácil se transformaba en una mueca de dolor.

—¿Nostálgica? —se sorprendió respondiéndole a su tía.

—Huy, sí… por esos primeros días del principio de una relación, cuando el romance tiene un mundo de posibilidades por delante…

—Ya.

Dios… Aquello era doloroso de presenciar… Era como ver un tren avanzando a toda máquina por la vía, hacia un cruce donde no funcionaban las barreras, mientras te preguntabas si acabaría arrollando a los vehículos que se cruzasen en su camino.

Bueno, puede que no fuese tan exagerado, pero más o menos.

—Oye, ¿y a ti qué te pasa con todas tus relaciones, que nunca puedes traer a alguien a las bodas?

¡Venga, ahí estaba!

Grace sintió cómo se le tensaba la mano alrededor de la copa barata que había suministrado la empresa de catering.

Opción número uno: tirarle el champán a su tía a la cara y montar una escena en la boda de su hermano.

«Va a ser que no».

Opción número dos: beberse el champán y apretar los dientes hasta que le doliera la mandíbula.

«Vale».

—¿Grace?

Se bebió la mitad de la copa de un trago y empezó a toser cuando parte del líquido se le fue por donde no debía.

Cogió una servilleta para no ponerse el vestido perdido de escupitajos de champán y salió corriendo de la sala.

Varios pares de ojos siguieron el recorrido de su huida.

Fuera del salón de baile, las luces del hotel y la disminución del nivel de ruido frenaron su avance.

Aire, necesitaba aire. Al otro lado del vestíbulo había unas puertas dobles que daban al jardín del hotel. Apenas un par de horas antes, Colin y Parker se habían sacado una gran cantidad de fotos allí.

Grace se aclaró la garganta y se dirigió a las puertas que daban al exterior.

Nada más franquear el umbral, el aire frío y vigoroso de diciembre le recorrió la espalda.

—Ay, madre… —Pensó en dar media vuelta.

«¿Qué es mejor: pelarse de frío o tener que aguantar la turra de la tía Beth?».

Mejor el frío.

Sus pies la condujeron hacia el sendero iluminado de la arboleda y avanzó abrazándose el cuerpo en un intento de conservar el calor.

El único hotel de lujo de Santa Clarita estaba engalanado para las fiestas de Navidad, pero no fueron los adornos los que le quitaron el mal humor, sino el hecho de que podía ver el vaho de su propio aliento.

Decidida a permanecer fuera el tiempo necesario para tener las mejillas sonrosadas y estar llena de energía cuando volviera al banquete, Grace se obligó a ir hasta el fondo del jardín para admirar la fuente.

—Esto es absurdo —murmuró para sí.

Se frotó los brazos distraídamente mientras una extraña sensación de calor le hacía cosquillas en la nuca.

No lograba quitarse de encima la impresión de que alguien la estaba observando. Supuso que habría huéspedes del hotel que estarían mirándola desde sus habitaciones y preguntándose qué clase de loca se paseaba por ahí fuera con ese frío con solo un vestido y sin abrigo.

—Yo.

«La loca soy yo».

Trasladó el peso de su cuerpo de un pie a otro y fue volviéndose poco a poco para ver si podía localizar al par de ojos que la observaban. Inclinó la cabeza hacia atrás para mirar arriba, como si buscara las estrellas. Las persianas de las ventanas del hotel —de sus cuatro plantas— se encontraban en distintos ángulos de apertura: la mayoría estaban cerradas, pero algunas estaban abiertas de par en par, con las luces encendidas en las habitaciones. Sin embargo, no vio a nadie asomado mirando fuera.

Grace desplazó la mirada por el paisaje y luego miró hacia atrás, hacia el hotel. Había varias puertas automáticas de cristal que conectaban los pasillos del hotel alrededor de los salones de baile.

Había varias personas deambulando por el interior, pero ninguna parecía haber reparado en ella.

Estaba a punto de dejar de buscar a la persona responsable del calorcillo que sentía en la nuca cuando lo vio.

El hombre estaba apoyado despreocupadamente en una columna del interior del edificio, al otro lado de un ventanal que iba del suelo al techo. Iba vestido con traje, pero no llevaba corbata. Grace trató de ubicarlo. ¿Estaba en la boda?

«No».

Si hubiese estado allí, se habría fijado en él en cuanto hubiese entrado por la puerta. Era alto, si bien teniendo en cuenta que ella padecía cierto «déficit vertical», no era decir mucho, sinceramente. Despedía un aire rudo... en el sentido de que tenía los rasgos afilados y unos hombros que le llenaban la chaqueta del traje muy, pero que muy bien...

Grace se dio cuenta de que se había quedado mirándolo embobada y desvió la mirada hacia la fuente.

A pesar de que aún veía el vaho de su aliento en el aire nocturno, ya no sentía tanto frío como cuando había salido ahí fuera. Solo por eso sabía que el hombre seguía mirándola.

Se arrodilló para ajustarse la tira del zapato y de ese modo poder confirmar sus sospechas.

No, no se había movido.

De hecho, estaba casi segura de que sonreía.

Grace se irguió hasta alcanzar los cinco centímetros de más que le proporcionaban sus tacones y se dio la vuelta. Normalmente le daría un poco de mal rollo saber que había un hombre observándola desde el interior de un edificio, pero el caso es que estaba ahí plantada a la intemperie, pasando frío como una idiota, y si ella misma hubiera visto a alguien haciendo lo mismo, lo más probable es que también se hubiese puesto a mirar.

Por suerte para ella, las puertas que daban acceso al banquete estaban justo al otro lado de donde se hallaba El Mirón.

Los hombres que se hospedaban en hoteles no eran la clase de hombres que Grace quería conocer: o estaban allí por negocios, o visitando a alguien, o poniéndole los cuernos a su pareja. No, no y no.

Miró por encima del hombro justo antes de volver a entrar en el salón de baile.

El Mirón ya no estaba allí.

¡Bien!

Aunque tenía que admitir que el tipo era guapo. Al menos por lo que había podido apreciar desde lejos.

La música había cambiado y ahora sonaba un ritmo muy rápido, por lo que la pista estaba abarrotada.

Erin se le acercó con gesto confuso.

—¡Ah, ahí estás! Te estaba buscando.

Grace señaló la puerta con la mano.

—He ido… He salido… No importa, ¿qué pasa?

—Están a punto de cortar el pastel.

—Vale. El pastel… sí.

Aquello era una boda, y una muy animada, además. Lo último que debería estar haciendo era revolcándose en la autocompasión por carecer de vida amorosa.

Una vez que los novios hubiesen cortado la tarta y lanzado el ramo, sus responsabilidades para con ellos habrían terminado y podría hacer lo que cualquier otra dama de honor que se precie hace en un banquete de bodas: emborracharse hasta perder el sentido o enrollarse con alguien.

Teniendo en cuenta que la mayoría de los invitados eran familiares o amigos íntimos a los que conocía demasiado bien como para plantearse siquiera un rollo de una noche, le esperaba, al parecer, una cita con una botella de champán.

Pero antes… el pastel.

6

***

Los bocinazos de un claxon en la calle arrancaron a Grace de las garras de un sueño profundo.

En su boca, un amasijo espeso había ocupado el lugar de la saliva y cada uno de los latidos de su corazón le palpitaba directamente en los oídos.

El sol se colaba a través de las ventanas de su apartamento con tanta luminosidad que era evidente que se había perdido la mayor parte de la mañana.

Comprobó el estado de su cabeza despacio, moviéndola hacia un lado para ver la hora.

¿Las 10:13? ¿Cómo era posible?

Al fruncir los labios, saboreó el intenso regusto de lo que había comido —o mejor dicho, bebido— la noche anterior. Las ganas que tenía de hacer pis eran insoportables.

Moviéndose más rápido de lo que su cerebro habría querido, atravesó el dormitorio con paso tambaleante hasta el baño contiguo. Dos minutos más tarde, estaba de pie frente al espejo mientras el agua salía a raudales por el grifo del lavabo.

Tenía el pelo muy revuelto, con las puntas saliéndole disparadas en todas direcciones; los ojos inyectados en sangre y los labios tan resecos como el desierto de Mojave.

—Esa última copa fue un error —le dijo a su imagen en el espejo.

Los pies aún le palpitaban de tanto bailar. Se había asegurado de pasar el resto de la noche bailando con cualquiera que tuviera un poco de ritmo en el cuerpo y luego, cuando la velada llegó a su fin, como su apartamento estaba a solo unas manzanas del hotel, en el corazón de Santa Clarita, dejó su coche en el aparcamiento y volvió andando a casa.

En resumen, que le dolían mucho los pies. Y también la cabeza.

Abrió el grifo de agua caliente de la ducha y dejó que el vaho humedeciera la habitación mientras ella se cepillaba los dientes. Ni siquiera un café le parecía lo más adecuado para el estado de su sistema digestivo.

En esos momentos su hermano y Parker irían a bordo de un avión. Una semana completa en Maui, cortesía de sus padres. Un montón de dinero para, total, encerrarse en una habitación de hotel y machacarse el uno al otro a base de «ejercicio».

Esbozó una sonrisa a pesar del dolor de cabeza y se metió en la ducha. Treinta minutos más tarde, con el pelo grueso y ondulado recogido en una cola de caballo corta y con unas gafas de sol gigantes para ocultar las secuelas de la falta de sueño, salió para recorrer el corto paseo hasta el hotel y recoger su coche. A mitad de camino, el olor a café la hizo desviarse.

Era media mañana de domingo y la cafetería estaba a rebosar de clientes. A juzgar por el número de personas cargadas con bolsas del centro comercial de enfrente, parecía que la mayoría de ellas llevaba varias horas de compras navideñas.

Se frotó la nuca a través del jersey de cuello alto que se había puesto. El dolor de cabeza empezaba a remitir.

Gracias a Dios.

La cola se movía despacio. Cuanto más avanzaba, mayor era su necesidad de tomarse un buen trago de café.

Y azúcar. Necesitaba azúcar. Por fin, llegó su turno.

Miró el menú como si lo viera por primera vez.

—Un capuchino —soltó—. Doble.

El camarero tomó nota de su pedido.

—¿Puede ser especiado? —preguntó ella.

—Sí.

—El *pumpkin spice* es una mezcla de especias dulce, ¿verdad?

—Sí.

El chico de detrás del mostrador no estaba muy contento.

—¿Puedo pedirlo en tamaño grande?

El chico entrecerró los ojos.

—¿Quiere un *latte*?

Ella negó con la cabeza.

—No. Un capuchino doble con *pumpkin spice* está bien.

—¿Eso es todo?

—Y nata montada.

El chico suspiró.

—¿Qué tal un *latte* especiado extragrande, con doble de café y nata montada?

Alguien detrás de ella carraspeó.

—Bien.

El chico registró el pedido.

—Y un bollo de arándanos.

—¿Eso es todo?

—Sí.

—¿Leche entera o de soja?

—Desnatada.

En ese momento, la persona que se había aclarado la garganta detrás de ella soltó una carcajada.

Grace se abstuvo de volverse para ver la cara que había detrás de la risa, pagó y se apartó.

Se sacó el móvil del bolsillo trasero del pantalón mientras esperaba el café. Su madre le había enviado dos mensajes de texto y Erin le había dejado uno de voz. Todos tenían que ver con llevar los regalos de boda a casa de Colin y Parker y con limpiar y recoger el desorden del día anterior.

—¡*Latte* especiado desnatado con doble de café y nata, un bollo de arándanos y ración extra de diabetes de regalo! —entonó la camarera que le ofrecía el café.

Grace levantó la vista y vio una cara conocida.

—Muy graciosa, Leah.

La chica empujó su vaso por la superficie del mostrador.

—A ver si lo adivino: ¿un sábado noche apoteósico?

—La boda de mi hermano.

—Ah, es verdad. ¿Cómo fue?

—Muy bonita, claro. Los dos dijeron «Sí, quiero» en el momento preciso.

El chico de la caja formuló otro pedido a gritos.

Leah miró por encima del hombro.

—Pásate la semana que viene durante el almuerzo. Quiero ver fotos.

—Lo haré.

Grace cogió su café, su bollo y su dignidad, y se dirigió a la puerta.

—Me alegra ver que hoy ya vas más vestida para salir a la intemperie.

La profunda voz de barítono provenía de su derecha. Grace dio un paso adelante antes de darse cuenta de que las palabras iban dirigidas a ella.

Muy despacio, como en una escena antigua de dibujos animados, se volvió hacia el hombre que había detrás de la voz.

El Mirón estaba repantigado en un sillón, con el brazo apoyado en la mesa. A diferencia de la noche anterior, cuando Grace no había podido verle la cara con claridad para cerciorarse de que estaba sonriendo, ahora no había ninguna duda.

Sonreía… o estaba riéndose abiertamente de ella.

Grace se hizo la inocente.

—¿Nos conocemos?

Un destello divertido le asomó a los labios.

—Anoche. El hotel.

¿Qué era eso que hacía con la voz? Hacía vibrar la cafetería entera. Era grave y ronca, como la de un músico de jazz en un club de Nueva Orleans. Como el ronroneo bronco de un león.

—¿Estabas en el hotel anoche?

El hombre parpadeó y se rio.

Grace se llevó el café a los labios para ocultar cualquier rastro de expresión.

—Y tú te paseabas por los jardines con un vestido fino y sin chaqueta.

El azúcar del café llegó a todos los rincones importantes de su organismo y le proporcionó las palabras que necesitaba.

—Ah… ¿fuiste tú quien me abrió la puerta?

El hombre entrecerró los ojos.

—No.

—No estabas en la boda, ¿verdad? Creo que me acordaría de ti si te hubiese visto allí.

La sonrisa del Mirón desapareció de sus labios.

—No.

—¿Eras uno de los camareros? Había tantos…

—No. No soy camarero. Te vi… —Se calló y cogió su taza antes de ponerse de pie.

Cuando lo hizo, a Grace le impresionó su estatura. Tenía casi la misma altura que su hermano Matt, pero no era más alto que Colin. Aun así, teniendo en cuenta que ella medía un metro sesenta con sus zapatillas Keds de lona, al lado del Mirón parecía una enanita.

Miró por encima de las gafas de sol que no se había molestado en quitarse. Repasó de arriba abajo al hombre con la voz de león y se detuvo en sus ojos de expresión risueña.

—Lo siento, pero mis recuerdos de anoche están envueltos en una especie de nebulosa. Mi hermano se casó… había champán…

El hombre extendió una mano.

—Me llamo Dameon.

Sin poder evitarlo, Grace se rio.

—Con una voz así, no me sorprende.

—¿Cómo dices?

Eso había sido un poco grosero; una cosa era el jueguecito del gato y el ratón, haciendo como que no lo había reconocido, y otra cosa era burlarse abiertamente de su nombre.

—Yo soy Grace. —Se llevó el bolso hasta la mano con que sostenía el café y le estrechó la mano con la otra. La de él era cálida y firme...

Grace tragó saliva.

Él miró las manos de los dos antes de soltarla.

—Encantada de conocerte, Dameon. Siento no recordarte de anoche.

—El placer es mío —dijo él.

Ella señaló con la cabeza hacia la puerta.

—Tengo que irme. Dejé mi coche en el aparcamiento. No quiero que se lo lleve la grúa.

—¿Por el champán y la nebulosa? —le preguntó.

Ella agitó la taza de café en el aire.

—Sí, por esas dos cosas. —Se subió las gafas de sol por el puente de la nariz con el dorso de la mano—. Que disfrutes de tu estancia en Santa Clarita.

La observó mientras ella se alejaba.

—Lo haré.

Incluso después de salir fuera, Grace seguía sintiendo la intensidad de su mirada clavada en ella. Le fastidiaba tener que hacerlo, pero no pudo evitar volverse para asegurarse de que, efectivamente, la estaba mirando.

Sus miradas se encontraron, como la noche anterior, y Grace sonrió.

Capítulo 2

—¿Hudson?

Su jefe, el director del departamento de ingeniería civil del ayuntamiento, llamó a la puerta de su despacho, dijo su nombre y entró.

—Buenos días, Richard... gracias por llamar a la puerta esta vez.

Richard era treinta años mayor que ella y aún vivía en los tiempos de las cavernas en cuanto a trabajar con mujeres en la oficina que no fueran secretarias.

Cruzó la puerta y soltó una carpeta de cinco centímetros de grosor sobre su mesa, desplazando a un lado los papeles con los que Grace había estado trabajando.

—Tenemos un nuevo promotor que va a empezar a trabajar en la ciudad. Ha comprado un montón de terrenos en el cañón de San Francisquito y los alrededores.

Grace abrió el expediente y echó un vistazo a la primera página. A juzgar por el grosor del informe preliminar, aquello no era moco de pavo.

—Parece extenso.

—Lo es. Me ha parecido que ha llegado el momento de darte algo más jugoso.

—Define «jugoso».

Tenía el mal presentimiento de que cuando Richard hablaba de algo jugoso, eso significaba trabajar horas extra sin que nadie se las pagara. Ya tenía cincuenta horas completas de trabajo en su mesa cada semana y no había conseguido reducir su jornada laboral en media hora hasta hacía bien poco. Era la única ingeniera de obras públicas de su departamento. Llevaba cinco años demostrando su valía a Richard; que le insinuara que tenía que volver a demostrar su talento era un insulto.

—Varias hectáreas. Parcelas residenciales y comerciales con una tonelada de infraestructuras y proyectos de espacios abiertos.

Nada de aquello sonaba a algo jugoso a lo que no le hubiese hincado ya el diente.

—Posibles recalificaciones urbanísticas —añadió él.

—Parece un trabajo para un equipo y no para una sola persona.

Richard la miró fijamente, bajando la mirada desde la parte superior de su calva hasta la rojez de una nariz habituada al olor de la ginebra.

—Un equipo empieza con una persona. —Se inclinó hacia delante, haciendo amago de ir a coger la carpeta—. Pero si no te ves capaz de hacerlo…

Grace puso la mano sobre el expediente.

—Yo no he dicho eso.

Richard se irguió.

—Bien. —Volviéndose para marcharse, añadió—: Estúdiate el expediente antes de la reunión con el promotor.

—¿Y cuándo es eso?

Richard salió por la puerta.

—Dentro de dos horas.

Grace levantó la cabeza, alarmada.

—¿Qué? —Eso era imposible—. ¿Desde cuándo sabías que teníamos esa reunión?

—Hace una semana.

Ya, eso no se lo creía nadie.

—¿Y has esperado hasta ahora para venirme con esto?

Richard la miró de reojo.

—Es que has estado un poco ocupada con *la boda* y cogiéndote unas horas libres.

Vaya, eso tenía bemoles. La mitad de las personas que trabajaban en el edificio habían asistido a la boda. Algo tenía que ver el hecho de que Colin fuera supervisor del departamento de obras públicas y conociera a casi todo el mundo en la ciudad. Entre Colin, su hermano bombero, Matt, y su padre, un policía jubilado, el lugar más seguro de toda Santa Clarita había sido el salón de baile del hotel.

Y pese a todo, ahí estaba Richard, echando pestes sobre la implicación de Grace en la boda como si solo hubiese sido una cosa de chicas y no le cupiese en la cabeza que hubiese podido dedicarle tanto tiempo.

—Vale. —Ella miró fijamente la carpeta—. Ya puedes cerrar la... —Hablaba consigo misma. Richard ya se había ido—. Dos horas —masculló.

Cruzó su despacho para cerrar la puerta y supo que todo su plan de trabajo para ese día se acababa de ir al garete.

No fue hasta que se sentó de nuevo cuando se dio cuenta de que acababa de ser víctima de una burda manipulación para que aceptara más trabajo. No es que tuviese voz ni voto en muchas cosas, pero esta vez Richard prácticamente la había obligado a que fuese ella misma quien pidiese quedarse con aquel proyecto. Lo que significaba que cuando quisiese salir de la oficina a las cinco, como la mayoría del personal, utilizaría ese argumento en su contra.

Abrió el expediente y empezó a examinar los puntos más destacados.

***

—A ver, ¿quieres decirme qué haces aquí otra vez? Puedo hacer esto sin ti.

Dameon miró por el ventanal que, a la altura de una planta baja, tenía las mejores vistas de una de las calles más concurridas de la ciudad. Había mucho más movimiento y ajetreo de lo que esperaba, para ser lunes.

—Porque las ciudades pequeñas quieren saber con quién hacen negocios. No les gusta trabajar con empresas. Les gusta trabajar con personas.

—Santa Clarita no es una ciudad tan pequeña.

No, no lo era. Dameon había pasado el fin de semana dando vueltas por allí en coche y haciéndose una idea de cómo era en realidad. A menos de sesenta kilómetros del centro de Los Ángeles, el valle de Santa Clarita tenía cierto aire acomodado y urbanita, pero con grandes dosis de ambiente rural. Las afueras de la ciudad estaban repletas de pequeños ranchos familiares con caballos y otros animales de granja. El ambiente del viejo oeste se respiraba en el corazón de los barrios más antiguos de la ciudad. Había reservado una habitación de hotel para pasar allí el fin de semana con el único propósito de poder llegar a la reunión pertrechado con datos e información sobre la zona que no se podían encontrar en ningún informe de agencia de prospección ni navegando en internet.

Había acudido al valle varias veces a lo largo del año y medio anterior, a medida que se había ido ejecutando la compraventa de las propiedades. Era ahora cuando empezaba el trabajo de verdad, y una buena relación con la ciudad y las personas que aprobaban las cosas… era clave.

—No, no es pequeña. Pero lo tiene todo para que este proyecto funcione. Hoy empezaremos las cosas con buen pie y luego ya dejaré que continues tú solo.

Acabó de hablar justo en el momento en que se abría la puerta de la sala de reuniones y entraba un hombre.

—Buenas tardes, caballeros. Siento haberles hecho esperar. —Alternó la mirada entre ambos—. Soy Richard Frasier. Creo que hablé con usted por teléfono.

Dameon se le acercó y le tendió la mano.

—Ha hablado conmigo. Soy Dameon Locke.

«Un apretón de manos firme». Eso siempre era una buena señal.

—Un placer conocerle.

—Le presento a Tyler Jennings, mi jefe de proyecto.

Richard sonrió, le estrechó la mano y miró por encima del hombro.

—Ahora solo falta que llegue Hudson. Esperen un momento. —Se asomó por la puerta y miró a ambos lados antes de dejarla entreabierta y sacar una silla—. Por favor, siéntense.

Dameon hizo lo que el hombre le decía y se puso cómodo. En cuanto apoyó el trasero en la silla, oyó el sonido inconfundible de unos zapatos de tacón entrando por la puerta.

—Siento haberles hecho esperar...

Era ella.

La fierecilla que había fingido no darse cuenta de que se la había quedado mirando embobado por la ventana del hotel. La chica que necesitaba un chute de azúcar en vena después de una noche de copas. La mujer que hacía que todas y cada una de las terminaciones nerviosas de su cuerpo se pusieran en guardia y lo hicieran perfectamente consciente de que era un hombre heterosexual sano y activo.

Levantó el culo de la silla mientras ella vacilaba al llegar al umbral de la puerta.

Tyler se puso de pie.

Grace dejó encima de la mesa la carpeta que llevaba en la mano y se quedó quieta.

—Ella es Hudson, no hace falta que se levanten —dijo Richard mientras permanecía sentado.

—Gracias, pero Richard tiene razón. Por favor, siéntense —dijo ella con voz vacilante.

Si Dameon no hubiera estado al otro lado de la mesa, habría retirado una silla y se la habría ofrecido para que se sentase. Se dio cuenta de que en un espacio de trabajo eso no se estilaba y, de hecho, muchas veces estaba mal visto. Pero con su libido a flor de piel, recuperó de golpe todas las lecciones de galantería que le había enseñado su señora madre.

—Eres Grace, ¿verdad?

—¿Os conocéis? —preguntó Richard.

Grace le miró directamente, con las mejillas coloradas.

—De la cafetería —explicó él.

El silencio se instaló en la sala y ambos estuvieron mirándose fijamente hasta que Tyler lo interrumpió.

—Bueno, no nos conocemos. Soy Tyler Jennings, el jefe de proyectos del señor Locke.

Dameon observó mientras se daban la mano y se aseguró de ser el siguiente en estrechársela también.

Grace tenía la palma de la mano fría y el rostro acalorado.

—Parece que nos tropezamos mucho el uno con el otro. —Le apretó la mano una vez más antes de soltarla.

Los ojos de ella destellaron un instante.

—Eso parece, señor Locke. Santa Clarita no es una ciudad pequeña, pero a veces me sorprende.

Esperó a que ella tomara asiento antes de sentarse él también.

—Precisamente hablábamos Tyler y yo del tamaño de su ciudad.

Ella puso las manos sobre su carpeta.

—Su empresa tiene su sede en Los Ángeles. ¿Es ahí donde vive?

—Sí.

La pregunta era personal.

—¿Qué le ha hecho elegir Santa Clarita para este proyecto?

—La disponibilidad de suelo, el potencial de crecimiento y la posibilidad de aportar algo a una comunidad sin tener que derruir por completo construcciones ya existentes.

Grace no sonrió, no frunció el ceño. Sus labios formaban una línea recta.

Pero cuando sonreía, una pequeña chispa en sus ojos delataba sus pensamientos. Grace Hudson no era del todo inmune a su presencia. Dameon lo había percibido a través de la ventana del hotel, lo había notado en la cafetería y allí prácticamente podía palparlo.

—Bueno, y ahora que ya hemos despejado esa incógnita —empezó a decir Richard—, vamos a repasar algunos aspectos para no malgastar del todo su tiempo aquí, señor Locke. Deduzco, entonces, que va a ser el señor Jennings quien trabaje directamente con Hudson de ahora en adelante.

Tyler quiso hablar, pero Dameon intervino.

—No, no del todo. Lo cierto es que voy a estar muy muy involucrado en las etapas iniciales con su departamento.

Tyler le dio un toque con el pie por debajo de la mesa.

—¿Ah, sí? —preguntó Grace.

—Sí. Quiero asegurarme de que todo vaya bien. Aunque estoy seguro de que Tyler puede ocuparse de muchas cosas en mi ausencia, este es un proyecto importante para el que se necesitarán varias reuniones a fin de asegurarnos de que, una vez que empecemos, nada nos retrase.

Richard abrió su carpeta.

—Pues en ese caso, empecemos ya, ¿no?

Capítulo 3

Grace cerró la puerta de su despacho, dejó el expediente de Dameon sobre su escritorio y se dirigió directamente al termostato para poner el aire acondicionado a la temperatura más baja posible.

Le había apretado la mano... dos veces.

Desde ese momento en adelante había sido un milagro que hubiese podido articular dos frases coherentes seguidas.

¿Desde cuándo el propietario de una compañía de inversión multimillonaria se implicaba tanto en el trabajo de los ingenieros municipales?

Nunca. Eso no pasaba nunca.

A juzgar por la expresión de Tyler, el jefe de proyecto se había quedado igual de sorprendido que ella.

Las cosas se iban a poner al rojo vivo.

Grace se masajeó los hombros y se sentó en la silla, frente al escritorio. Cogió el teléfono y marcó el número de Erin.

—Hola —Esta respondió al segundo timbre.

—Necesito quedar. La *happy hour*. Hoy mismo.

—¿Qué? Pero si es lunes, y acabamos de...

—Esta tarde. Y nada de chicos. Deja a mi hermano en casa.

—Hoy trabaja.

Matt era bombero y hacía turnos de veinticuatro horas.

—Todavía mejor. —Grace le dijo el nombre de un bar de la zona—. ¿A las cinco y media?

—Alguien parece reventada —dijo Erin riendo.

—Ni te lo imaginas.

***

—¿Te importaría explicarme a qué ha venido todo eso? —preguntó Tyler mientras se dirigían al aparcamiento.

Dameon siguió andando hacia su coche con paso firme, con un ímpetu en cada uno de sus pasos directamente relacionado con la mujer a la que acababa de poner nerviosa.

Le gustaba producir ese efecto en el sexo opuesto.

—¿Cómo dices?

—Eso de que vas a estar muy muy involucrado. Es lo que has dicho, ¿verdad? ¿«Muy muy involucrado»?

—Solo quiero asegurarme de que todo vaya bien.

Tyler resopló.

—¿No tiene nada que ver con Miss Sexy de los tacones altos?

No podía negarlo.

—Ordenaré que nos hagan un hueco en la agenda para que tú y yo tengamos una reunión mañana por la tarde. Quiero saber cuáles son cada una de las partidas que necesitamos que firme el departamento de ingeniería civil.

Se detuvieron en el coche de Dameon.

Abrió las puertas con su llavero.

—A eso lo llamo yo tirar balones fuera sin desmentir ni confirmar lo que acabo de preguntarte.

Dameon abrió la puerta, se encogió de hombros para quitarse la chaqueta del traje y se aflojó la corbata.

—¿Estás seguro de que en el fondo no eres un abogado frustrado, Jennings?

—¿Y tú estás seguro de que en el fondo no eres un político frustrado?

Ambos se rieron mientras Dameon se deslizaba tras el volante.

—Nos vemos en la oficina.

Arrancó el motor y miró al edificio donde trabajaba Grace Hudson. Nunca se le habría ocurrido que aquella mujer trabajara de ingeniera, y mucho menos para el departamento de obras públicas.

Dichoso el hombre que encuentra la manera de colarse en la vida de una mujer reacia a andarse con tonterías.

Mientras salía del aparcamiento, Dameon se consideró a sí mismo tremendamente dichoso.

***

Erin soltó el bolso en el asiento junto a Grace.

—Parece que has empezado sin mí. —Erin se deslizó en la silla y se quitó las gafas de sol.

—Es que hoy ha sido uno de esos días —le contestó Grace.

—Pues por lo visto, empezó antes del mediodía.

—Empezó el sábado.

—¿En la boda?

Grace tomó un sorbo de su vodka martini y respiró profundamente antes de empezar a hablar.

—Había un tipo…

Erin desplegó los labios en una sonrisa.

—Siempre empieza con un hombre.

—Sí, bueno… el caso es que este en concreto me estaba mirando por la ventana del hotel. Yo salí unos minutos para huir de la matraca constante de la tía Beth y su cantinela de «se te va a pasar el arroz y vas a ser demasiado mayor para tener hijos si no sientas la cabeza pronto». Y ese tipo no dejaba de mirarme.

La sonrisa de Erin se desvaneció.

—¿Fuera?

—No, no. Él estaba dentro del hotel.

—Pero ¿te miraba en plan pervertido?

Erin era muy sensible ante la actitud del sexo opuesto y la atención no deseada. Teniendo en cuenta que se estaba recuperando de las secuelas de la vida con su exmarido, quien la había utilizado de saco de boxeo más de una vez y luego, no contento con eso, había ido más allá e intentado matarla por haberlo abandonado... Sí, Erin tenía tendencia a concluir que cualquier acción por parte de un hombre suponía una amenaza.

—No, no... nada de eso. —Grace extendió una mano sobre la mesa—. No, Dameon me estaba admirando. Ya sabes, como cuando un chico normal te mira desde la otra punta de la barra, solo que yo estaba fuera y él dentro.

—¿Y lo conociste? —preguntó Erin, recuperando lentamente la sonrisa.

Grace agitó una mano en el aire.

—No, aún no. Quiero decir, me fijé... en que era alto y bastante guapetón. Llevaba un traje. Cosa que opté por ignorar.

Erin volvió a fruncir el ceño.

—Nunca confíes en un hombre trajeado.

Grace se rio. Su padre decía lo mismo.

—El caso es que me sonrió y yo hice como que no me daba cuenta. Él sabía perfectamente que sí.

—¿Y qué hiciste?

—Meter barriga y largarme. Volví al banquete de boda. Supuse que ahí acababa todo. Un chico guapo echándome el ojo, punto final. Pero no. Avancemos hasta el domingo. Salgo a la calle hecha unos zorros, con una pinta horrorosa y cagándome en todo por haberme pimplado ese último lingotazo de champán. Había dejado el coche en el hotel a propósito, así que tenía que ir a buscarlo...

—¿Lo volviste a ver en el hotel?

—No. Me paré a tomar un café y ahí estaba él. Se pone a hablar conmigo. Hago como que no lo reconozco. Estoy segura de que se ha dado cuenta, pero me sigue el juego. Esta vez lleva un jersey de cuello alto y unos pantalones holgados y está aún más guapo que la noche anterior. Lo cual es malo, ¿no?

Se detuvo para dar un sorbo a su bebida.

—¿Por qué es malo?

Grace sacudió la cabeza y tragó saliva.

—Se hospeda en un hotel. Así que o es alguien de fuera, de paso por la ciudad, o le pone los cuernos a su mujer o a su novia.

Erin se apartó.

—A veces tienes que quedarte en un hotel porque han tenido que ir los fumigadores a desinfectar tu casa.

—¿Y por eso te paseas en traje dentro del hotel?

—Tienes razón.

El camarero se acercó a la mesa. Erin pidió una copa de vino blanco y el chico se fue enseguida.

—En fin… nos damos la mano, me dice su nombre, yo le digo el mío. Me voy.

—¿Qué? ¿Y no os intercambiáis el número de teléfono?

Grace levantó el dedo índice en el aire.

—Te recuerdo que es de fuera de la ciudad. —Levantó otro dedo en el aire—. O le pone los cuernos a alguien. No. No me lo pidió. Salí de allí cagando leches.

—Deduzco que la historia no termina ahí.

Grace se inclinó hacia delante y apoyó los codos a ambos lados de su copa.

—Mi reunión de las once ha sido con él: es el director general de una maldita empresa de inversiones de Los Ángeles. Ha comprado un montón de terrenos en San Francisquito, quiere urbanizarlos.

Los labios de Erin formaron la letra o.

—Te está acosando, totalmente.

Grace negó con la cabeza.

—No creo que supiera que yo trabajaba para urbanismo. Cuando he entrado parecía muy sorprendido, y la verdad es que me han dado el proyecto solo dos horas antes de la reunión. Nunca hasta hoy había oído hablar de Empresas Locke. Así que, aunque supiera que trabajaba para el ayuntamiento, el expediente podría haber acabado en la mesa de cualquiera de nosotros.

—Los buenos estafadores investigan a su presa antes de lanzarse al ataque.

Grace miró al otro lado de la mesa y reflexionó sobre las palabras de Erin.

—Sinceramente, espero que te equivoques.

Llegó el vino y Erin tomó un sorbo.

—¿Qué pasó en la reunión?

Grace se inclinó por encima de la mesa.

—Hizo esto. —Esperó a que Erin le agarrase la mano y se la apretó… dos veces.

Erin se retiró hacia atrás.

—Oh…

—¿Verdad? Estaba coqueteando totalmente.

—Sí. El doble apretón siempre es una invitación.

Grace se recostó hacia atrás y se llevó su copa consigo.

—No he picado el anzuelo. Sería algo completamente fuera de lugar, mezclar el coqueteo con el trabajo.

Sacó la aceituna de su vaso y la mordió.

—Entonces, si no piensas picar el anzuelo de ese apretón de manos tan sexy, ¿cuál es el problema?

—Que está superbueno y rezuma seguridad en sí mismo. Y tengo que trabajar con él.

Erin se echó a reír.

—No tiene gracia. Debo hacer como si no me diera cuenta. Me da la sensación de que si se me ocurre sonreírle siquiera, aunque sea de lado, me va a estar encima como un sabueso hasta que me rinda.

—Suponiendo que el tipo sea legal y que no supiese que trabajabas para el ayuntamiento y no te esté encima, como tú dices, solo para utilizarte y conseguir lo que quiere con su proyecto... ¿por qué no tendrías que «rendirte» exactamente? —preguntó Erin por encima del borde de su copa, sin conseguir disimular para nada su sonrisa socarrona.

—Me he acostumbrado a tener trabajo.

—De aquí a que hayan terminado todos los trámites burocráticos de urbanismo...

—Le va a costar meses, años. Y estoy segura de que para entonces se dará cuenta de que no soy su tipo.

—¿Y por qué no ibas a ser su tipo?

Grace se detuvo un momento a buscar al señor Locke en su teléfono y averiguar algo más sobre él.

—Es rico nivel alta sociedad y yo vivo en un piso al final de la calle. Mundos diferentes.

—¿Has olvidado con quién estás hablando?

Grace dio un respingo.

—Eso no cuenta.

Erin se señaló el pecho.

—Yo soy rica nivel alta sociedad, como tú dices, y quiero a tu hermano y no lo cambiaría por nadie.

Erin y su hermana se habían hecho con la mitad de las acciones de una empresa que valía miles de millones de dólares. Su participación las había hecho dueñas de una inmensa fortuna los meses anteriores.

—El dinero no tiene por qué ser un factor decisivo.

—Es cierto. Pero para ser justos, Matt y tú os liasteis cuando los dos pensabais que erais igual de pobres que el resto de nosotros. Los tipos como Dameon Locke pueden ir por ahí agarrados del brazo de cualquier bellezón, aunque el bellezón solo quiera su dinero. Cuando hombres como él juegan en mi liga, lo hacen para demostrar que pueden hacerlo.

—Me gustaría poder decirte que te equivocas, de verdad —dijo Erin.

—Pero sabes que tengo razón. Cuando estuviste casada con aquel pedazo de cabrón, que también era rico, conocías el juego.

Erin había nacido con dinero y lo había abandonado todo para escapar de su ex. Técnicamente era viuda, pero no le gustaba esa denominación, así que todo el mundo se refería al hombre como su ex. Llamarse a sí misma viuda era recibido con simpatía y comprensión por parte de la gente. Nadie lamentaba que aquel hombre estuviera muerto.

—Hay buenos tipos por ahí con dinero.

Grace levantó la mano e hizo una señal al camarero.

—Mientras escribes una lista con sus nombres, yo buscaré los defectos de Dameon. Siempre me fijo en lo bueno y paso por alto las alertas rojas, aunque me estén sonando y haciendo luces delante de las narices.

Erin hizo una mueca.

—Dameon es el nombre que se me viene a la cabeza cuando veo películas de miedo con vampiros o el diablo.

—¡¿Lo ves?! —Grace la señaló—. Pues eso. Yo pensé lo mismo.

—Por otro lado… Dameon y Grace juntos suena de maravilla.

Capítulo 4

—Trabajas demasiado.

Dameon levantó la vista desde la parte inferior del fregadero de la cocina de su madre, con una llave inglesa en una mano y un trapo en la otra.

—¿Te refieres a esto que estoy haciendo ahora mismo, cambiarte esta porquería de grifo? Debería haber hecho caso a mi intuición y haber llamado a un fontanero.

—Tu padre siempre se encargaba de las reparaciones de la casa y tú prometiste hacerlo cuando nos dejó, así que ahora no pretendas cargarle tus obligaciones a otro.

El grifo tenía más años que él y era tan terco como su madre.

—Estoy metido aquí debajo, ¿no?

—No me refiero a las pequeñas reparaciones de la casa, estoy hablando de ese supertrabajo de oficina, que te está matando.

—¿Quién dice que me estoy muriendo?

El maldito perno estaba oxidado y no cedía. Llevaba treinta minutos dale que te pego y solo había conseguido que girara cuatro vueltas completas. Y por el número de roscas que tenía, iba a estar entretenido hasta la mañana.

—¿Cuándo fue la última vez que fuiste al médico?

—No estoy enfermo.

—¿Cómo lo sabes si no vas al médico? Cada vez que veo al doctor Menifee me da otra pastilla.

Cogió una llave ajustable con bloqueo y apoyó el pie en el mueble opuesto para hacer palanca. Dameon no sabía qué le dolía más: los brazos de tanto mantenerlos por encima de la cabeza, o la espalda, apoyada en el borde recto del mueble del fregadero.

—Ah, sí… ¿qué te ha recetado el buen doctor esta vez?

Contó hasta tres en su cabeza y empujó la llave inglesa con todas sus fuerzas.

—Una enzima de no sé qué —respondió su madre.

Él no la oyó, y el perno se movió.

—¡Sí!

Volvió a colocar la llave y esta vez el perno cedió. Al hacerlo, le cayeron unos trozos de metal oxidado en la cara. Dameon cerró los ojos y frunció los labios mientras accionaba el resto del perno.

—¿Has oído lo que te he dicho?

—No, mamá… Estoy un poco ocupado aquí abajo.

La cara de su madre asomó en su campo de visión.

—Ah, ¿has podido?

—Sí, por fin. —Y sin que se le escapara ni un solo taco por la boca. Eso sí que era toda una novedad.

—Entonces meteré el pollo en el horno. Y para cuando esté todo hecho, podré lavar los platos.

Quiso protestar, decirle que no podía quedarse a cenar, pero sabía que sería gastar saliva inútilmente.

—No le eches sal al pollo —le dijo.

—Ah, ¿tu médico también te ha dicho que es malo para ti? Así es como empezó lo de tu padre, ya lo sabes…

—Para mí no, para ti.

Su madre solo tenía sesenta y cinco años, pero muchas veces se comportaba como si tuviera ochenta. Y salvo por la tensión, que a veces se le ponía por las nubes, estaba más sana que una manzana.

Aunque a decir verdad… él no sabía nada de manzanas ni de por qué se suponía que estaban sanas, así, en general.

Una hora después, ya había un grifo nuevo, su espalda ya no estaba debajo del fregadero y Dameon sujetaba una cerveza en la mano.

Lois, su madre, estaba delante del fregadero, abriendo y cerrando el agua una y otra vez.

—Qué lujo… —exclamó.

—Si me dejaras renovar la casa, ya verías lo que es el lujo.

La mujer tiró del mando extensible del grifo hacia abajo y abrió el agua una vez más.

—Esto sí que es un lujo.

—Ya sabes lo que quiero decir.

—Tu padre me ha dejado en una situación muy cómoda. Guárdate el dinero para ti. O ayuda a tu hermano.

La sola mención de su hermano menor hizo que Dameon sacara su teléfono móvil.

—Si Tristan quiere un trabajo algún día, algo en lo que le apetezca trabajar realmente, ya sabe dónde encontrarme.

Ambos sabían que eso no ocurriría nunca. Tristan era alérgico al trabajo. Tres años antes, después de trabajar para Dameon durante menos de dos semanas, le había dicho que aquello no era lo suyo, que no podía con aquel puesto. Ahora vivía en una especie de hostal con otra docena de surfistas aficionados a los porros en las afueras de San Diego. Dameon no tenía ni idea de qué hacía para ganar dinero. Por lo menos, no le pedía a su madre que lo mantuviera.

Lois llevó el pollo a la mesa y puso su mano sobre la de él.

—Tu hermano se está encontrando a sí mismo.

—¿En la punta de un canuto? Lo más probable es que no encuentre nada.

La mujer volvió a la cocina y trajo el resto de la cena.

—Fumar eso no es tan malo.

—Le está convirtiendo en un holgazán.

Lois se sentó y apoyó la barbilla en su mano.

—A mí siempre me daba hambre.

A punto de alcanzar el pollo con la mano, Dameon detuvo el movimiento de golpe.

—¿Qué has dicho?

Su madre le miró directamente a los ojos.

—No pongas esa cara de asombro; al fin y al cabo, crecí en los años sesenta. De hecho, fue tu padre quien me ofreció mi primer porro. Por aquel entonces era ilegal. —Susurró la palabra «ilegal» como si las paredes la oyesen.

Dameon pestañeó.

—Lo sé.

La mujer sonrió como si fuera una adolescente con un secreto.

—Me acuerdo de que era divertido. A tu padre le gustaba… —Se interrumpió en mitad de la frase y apretó los labios.

Aunque Dameon no estaba seguro de querer escuchar lo que iba a decirle, se sorprendió preguntándole:

—¿Le gustaba el qué?

Lois sonrió y miró al techo, como solía hacer siempre que hablaba de su padre. Habían pasado cinco años desde que tuvo un súbito ataque al corazón. Murió al cabo de veinticuatro horas. Un duro golpe para todos.

Su madre bajó la voz hasta hablar en un susurro áspero y se inclinó hacia delante.

—Fumar porros le ponía muy cachondo…

Dameon cerró los ojos con fuerza, seguro de que le estaban sangrando los oídos.

—Vale, genial… Gracias por decírmelo.

—Pero es que es la verdad… —Su voz volvió a un tono normal—. El sexo era increíble cuando…

31

—¡Mamá! ¡Por favor! Me alegro de que papá y tú fuerais unos hippies *happy flower*, pero si no quieres que pierda el apetito, ahórrate los detalles.

Su madre se echó a reír.

Él no tardó en reírse con ella.

Cuando se callaron, él continuó llenando su plato.

—Le echo de menos cada día.

Dameon alargó el brazo y le dio una palmadita en la mano.

—Lo sé.

—Por eso no quiero cambiar nada de esta casa.

—También lo sé. Pero en algún momento…

—En algún momento, pero hoy no.

Dameon tomó un sorbo de cerveza e hincó el tenedor en la comida. Sí, estaba muy buena… pero le faltaba sal.

—¿Cómo va ese trabajo con el que estás casado?

Las mismas preguntas… un día distinto.

—El trabajo va bien. Y no estoy casado con él.

—¿Estás saliendo con alguien, entonces?

Dameon clavó el tenedor en otro trozo de pollo y lo agitó en el aire.

—No pienso hablarte de mi vida sexual y tú no me vas a hablar de la tuya.

—O sea, que tienes vida sexual.

No tenía la menor intención de pisar ese campo de minas.

—Mamá…

—El sexo no es amor. ¿Qué hay de tu vida amorosa?

—Si hubiera alguien especial en mi vida, lo sabrías.

La mujer alargó la mano al otro lado de la mesa, cogió su cerveza y bebió un trago.

—Lo que yo decía: estás casado con tu trabajo.

Lo siguiente sería el recordatorio de que cada día se hacía más mayor y que quería una nuera y nietos.

Dameon se levantó de la mesa y sacó una cerveza fresca de la nevera. La abrió de golpe y se la dio a su madre.

En lugar de decir que no, como hacía normalmente, la agarró y se la llevó a la boca para dar más de un sorbo.

Dameon esperó lo que venía a continuación: el interrogatorio y el sentimiento de culpa.

Lois cogió el cuchillo y el tenedor y cortó el pollo en silencio. Fueron pasando los segundos.

Solo el carrillón del reloj de pie del vestíbulo llenaba la habitación.

Su madre no siguió insistiendo. No hubo más preguntas.

No hizo bromas de ningún tipo.

Lo que vio en la cara de su madre era peor.

Tristeza.

Si había algo que Dameon odiaba más que nada en el mundo, era decepcionar a su madre. ¿No era por eso por lo que se había metido debajo del fregadero, porque ella se lo había pedido? Por eso iba a encontrar un trabajo para Tristan, aunque fuese repartiendo el almuerzo a los empleados de su empresa, si es que maduraba algún día.

Una imagen de Grace pasó como un destello por su cabeza y Dameon empezó a mover la boca.

—He conocido a alguien.

Los ojos de su madre salieron disparados, más rápido que una bala, para mirarlo a los suyos

—Nos acabamos de conocer, así que no te emociones mucho —le explicó.

—¿Cómo se llama?

¿De verdad iba a decírselo?

—Grace.

La tristeza se desvaneció con su respuesta.

—Es un nombre precioso.

—Es una mujer inteligente y segura de sí misma. —Pensó en Grace con aquel vestido, congelándose fuera del Hyatt—. Y guapa.

—¿Cuánto tiempo lleváis saliendo?

¿Debía mentirle o no?

En vez de eso, recurrió a su vena más diplomática.

—Es todo muy reciente, mamá.

Por suerte, no hacía falta que dijera nada más.

—Eso me da mucha alegría, hijo.

En cambio, no se alegraría tanto si supiese toda la verdad. Y como su madre no se relacionaba mucho más allá de su barrio y su círculo de amigos, no le preocupaba que se enterara de los hechos.

***

Ahora que la boda ya se había celebrado, había llegado la hora de que Grace se sumergiera de lleno en la llegada de la Navidad.

Con la ayuda una copa de vino para estimular el espíritu navideño, sacó el árbol de plástico de una caja que guardaba en el pequeño espacio de almacenamiento de su garaje de una sola plaza. Enchufó las luces, colgó los adornos y acabó con la decoración en menos de un cuarto de hora.

Penoso… pero decorado, al fin y al cabo.

Miró a su alrededor, prestando atención a cada espacio del piso.

Tenía todo lo que necesitaba: una cocina pequeña, suficiente para una sola persona. Tristemente, podían contarse con los dedos de una mano el número de hombres que habían pasado la noche allí, y eran aún menos a los que valía la pena prepararles el desayuno. Tenía espacio para una mesa de comedor para cuatro; un salón con un sofá, una silla, una lámpara de pie y una mesa de centro; la televisión estaba colgada en la pared; había dos dormitorios: uno de ellos hacía las veces de despacho y habitación de invitados, pero la cama estaba llena de trastos y cajas que había acumulado antes y

34

durante la planificación de la boda y que aún no habían encontrado un sitio definitivo. La mayor parte de los cacharros podían tirarse a la basura, pero eso requeriría trabajo, y a Grace no le apetecía nada arremangarse y ponerse a limpiar aquello. Tenía dos baños, uno en la entrada y otro en el dormitorio principal. También disponía de un pequeño balcón que daba al patio de la comunidad donde vivía, y como estaba en la tercera y última planta, no oía a los vecinos. Además, el techo de su piso era abovedado, lo que daba una sensación de más espacio.

Había comprado el apartamento con una pequeña ayuda de sus padres poco después de conseguir trabajo en el departamento de urbanismo del ayuntamiento. En dos años había devuelto el préstamo a sus padres, aunque le habían dicho que no tenía que hacerlo. Podía ir andando al trabajo si quería, pero eran muy pocas las veces que lo había hecho. En cambio, era más fácil acceder a pie al centro comercial y a todos los restaurantes que la rodeaban, sobre todo en aquella época del año, cuando los aparcamientos estaban llenos de compradores navideños. El único inconveniente era tener que cargar con las bolsas hasta casa.

Su piso era perfecto.

Sus hermanos habían optado por casas en el otro extremo de la ciudad, pero ella se había quedado mucho más cerca de donde vivían sus padres. Aunque lo cierto es que ninguno de ellos vivía lejos de los otros; solo los atascos dictaban el tiempo que se tardaba en ir de un sitio a otro, y estos en una ciudad en expansión como Santa Clarita eran un verdadero quebradero de cabeza.

Y ahí entraba ella.

Los hombres como Dameon Locke y sus empresas solo querían construir urbanizaciones y complejos comerciales sin tener prácticamente en cuenta el impacto sobre calles y carreteras. Las casas se venderían, de eso no tenía duda. Sin embargo, las propiedades comerciales de las zonas periféricas no siempre se llenaban.

Con la nueva legislación fiscal y laboral que tantas trabas le ponía al pequeño comercio, que estaba pasando por verdaderos apuros, muchos negocios habían echado la persiana. Sin embargo, esa no era su área de actuación; el trabajo de Grace estaba centrado en las carreteras, las calificaciones urbanísticas del terreno y las infraestructuras para gestionar las zonas en expansión. También en los puentes y la red de alcantarillado, e incluso, aunque en menor medida, en el impacto en las escuelas. Al menos tenía que identificar los posibles problemas y asegurarse de que alguien se ocupara de ellos.

—¿Se puede saber por qué estás pensando en el trabajo un viernes por la noche? —se dijo a sí misma en voz alta.

Dejó a un lado su copa de vino medio llena y se levantó del sofá. Tal vez un par de cojines con motivos navideños le darían un toque adicional a la decoración y harían el espacio más acogedor. No es que fuese a venir nadie, pero quizá si el hombre adecuado… Sus pensamientos volaron hasta Dameon.

Alto, ancho de espaldas y con un diablillo instalado en sus ojos marrones. Bueno, no eran marrones exactamente… más bien de color miel, con un toque dorado. Y esa voz… Solo de pensarlo se humedeció los labios con la lengua.

Lanzó un gemido y buscó su bolso.

—Ya basta.

Se puso un jersey y unas botas que iban muy bien con sus vaqueros, pero que en realidad no eran necesarias con aquel tiempo. Aunque hacía un poco de frío, no llovía ni nevaba… ni se daba ninguno de esos otros fenómenos meteorológicos que ocurrían en otras partes del país en esa época del año. Al fin y al cabo, aquello era el sur de California y casi nunca llovía hasta finales de diciembre.

Bueno, excepto el año anterior, cuando las nubes acamparon justo encima de la zona y estuvo diluviando durante meses.

Pero ese año no. Al menos no todavía.

Grace cogió su bolso y se lo colgó del hombro antes de salir por la puerta.

Dudó al pasar por la cafetería donde se había encontrado con Dameon apenas cinco días antes. Él no iba a estar allí, claro, porque vivía en Los Ángeles. Todavía se sentía orgullosa de sí misma por cómo había conseguido sacarle esa información. La reina del disimulo, sí señora. Dameon no tenía ni idea de que ella estaba pensando en él y era imposible que él estuviera pensando en ella.

Salvo por el pequeño detalle de que le había apretado la mano dos veces.

Ahuyentó aquel pensamiento y abrió la puerta de su restaurante favorito o, mejor dicho, de su bar favorito, y entró. Había gente haciendo cola en la entrada. Grace pasó por delante de todos hasta llegar a la zona para la que no hacía falta reserva. Se adueñó de un taburete situado entre dos parejas.

—Hola, Jim —saludó al camarero.

—Hola, Gracie, ¿qué tal estás?

El chico depositó un posavasos en el mostrador al pasar con el pedido de otra persona.

—Mejor que tú, esto está abarrotadísimo de gente.

—Es por las fiestas. ¿Te pongo lo de siempre?

Ella asintió con la cabeza y él corrió a servírselo.

Mirando a uno y otro lado, Grace se dio cuenta de que iba a ponerse a hablar sola. Sacó su teléfono e hizo lo que hacía cualquiera que salía sin quedar con nadie un viernes por la noche: abrió Instagram y empezó a desplazarse por las publicaciones. Las primeras imágenes en aparecer fueron las de Parker. Por lo visto, los recién casados habían conseguido salir de la habitación del hotel el tiempo suficiente para hacerse unas fotos en la playa. Pero fue la imagen de su hermano con una falda de paja meneando el culo junto a un grupo de turistas lo que la hizo reír a carcajadas.

Jim le llevó su vodka martini.

—¿Vas a querer algo de cenar?

—Alitas de pollo.

Jim le guiñó un ojo, colocó una servilleta en la barra y se fue.

Grace levantó la vista el tiempo suficiente para darse cuenta de que todo el mundo en la barra estaba enfrascado en una conversación u ocupado viendo uno de los muchos deportes que se proyectaban en los monitores de las paredes.

De Instagram pasó a Facebook. Algunas de las mismas fotos que había visto en una aplicación estaban en la otra, gracias a que sus amigos en una y sus seguidores en otra eran los mismos.

Cogió su copa y bebió un sorbo mientras hacía clic en «Solicitudes de amistad».

La imagen, el nombre y la página de Dameon Locke le hicieron atragantarse en lugar de tomarse un sorbo de su copa.

Le dio un ataque de tos y se puso perdida de vodka toda la camisa.

Logró dejar la copa sin derramar ni una gota más y cogió una servilleta. Le quemaba la garganta y la gente a su alrededor empezó a mirarla.

Jim acudió al rescate con un vaso de agua.

—¿Estás bien?

Tras toser varias veces, Grace consiguió levantar el pulgar y respirar profundamente con los ojos humedecidos.

Se quedó mirando su nombre varios segundos. Antes de aceptar su solicitud, se metió en su página.

Era pública y parecía un anuncio a todo color de Empresas Locke.

Después de un rato largo llegó a la conclusión de que no era Dameon quien le había pedido ser su amigo en Facebook, sino Empresas Locke, lo cual no tenía nada de extraño, ya que ella también tenía una página de Facebook pública y a menudo hablaba de las novedades que ocurrían en la ciudad.

Era evidente que había alguien en las oficinas de la empresa que le llevaba la página y estaba a cargo de esas solicitudes.

A continuación, el debate que tuvo lugar en su cabeza fue como un partido de tenis, dudando sobre si debía aceptar la solicitud o no. Le parecía mal negarse a aceptar un gesto como aquel por parte de una empresa, pero que el director general de esa misma empresa le pidiera ser su amigo, aunque fuese en las redes sociales, le parecía igual de mal. Decir que no era arrogante. Cerró los ojos y le dio a «Aceptar».

—Es igual. No es importante —se dijo a sí misma. Tomó otro sorbo de su vodka martini después de guardar su teléfono.

Capítulo 5

Grace salió del bar en busca del ambiente festivo con la cabeza embotada por el vodka y el estómago lleno por el pollo.

La mitad del centro comercial estaba en la calle, con centenares de guirnaldas de luces blancas colgadas entre los edificios. Una explosión de rojo y verde, dorado y plateado adornaba hasta el último rincón disponible con el fin de recordar a los compradores que era el momento de ayudar a los comercios a salir de los números rojos. Aunque tal vez no de forma tan obvia, sino más bien a modo de estímulo para que la gente se gastara más dinero del que debería para hacer felices a los demás un día al año.

Su familia celebraba el amigo invisible en dos de sus variantes: una en la que se elegía un nombre al azar y el otro no sabía quién le había tocado, y otra en la que se compraban regalos chorras y extravagantes y se envolvían todos sin poner ningún nombre. Aquella era siempre una actividad muy divertida. Todos recibían un número al azar y la persona a quien le había tocado el número uno abría el regalo que quisiera. A partir de ahí, la siguiente podía robarle el regalo al número uno o abrir algo nuevo. La cosa no tardaba en convertirse en una auténtica batalla campal y a menudo acababa con un tira y afloja, con la gente peleándose por los mejores regalos o los más originales de entre todos.

Grace iba a buscar un regalo para Erin, quien podía permitirse comprarse lo que le diera la gana, así que tenía que ser algo muy pensado y personal. Y eso era difícil. Pero Grace estaba decidida.

Entró en Pottery Barn, la exclusiva tienda de artículos de decoración y para el hogar, y encontró unos cojines navideños para darle más vidilla a su piso. Recorrió la tienda, tratando de no tirar al suelo los muchos objetos delicados mientras hacía maniobras para sortear al resto de los clientes. Dejó los cojines en una mesita a su lado para mirar el precio de una vela a pilas.

Nada más coger el soporte que contenía la vela, le sonó el teléfono.

Lo sacó del bolso y se lo acercó a la oreja.

—¿Diga?

«¿Cuarenta y cinco dólares? ¿En serio?».

—¿Grace?

Aquella voz ardiente y llena de sensualidad solo podía ser de una persona.

La vela empezó a resbalarle en la mano. Consiguió atraparla antes de que cayera al suelo, pero al hacerlo, el borde del recipiente dejó una muesca en la superficie imitación cera de la vela, de modo que destrozó por completo el maldito cacharro.

—¿Dameon?

—De modo que sí recuerdas mi voz.

De pie en mitad del trajín de clientes, Grace se arrimó el recipiente de cristal contra el pecho y sujetó la vela con la mano mientras hacía malabares con el teléfono.

—No es fácil de olvidar, sinceramente.

—Eso me han dicho.

Grace se apartó para dejar pasar a una mujer con una bolsa enorme llena de cosas.

—¿Cómo has conseguido mi número?

—Facebook. Te estoy llamando por Facebook.

Se apartó el teléfono de la oreja para mirar la pantalla y volvió a acercárselo.

—¿En serio? ¿Quién hace eso?

—Puedo llamarte directamente, si quieres. ¿Qué número tienes?

Otra compradora pasó por su lado y cogió uno de sus cojines.

—¡Esos cojines son míos! —le espetó.

La mujer lo soltó, frunciendo el ceño.

—¿Dónde estás? —le preguntó Dameon.

—De compras navideñas. Como todo el mundo en esta ciudad.

—Pareces agotada.

—Me estás llamando por Facebook. Nadie en el mundo hace eso.

—Yo soy único.

Grace notó que se le empezaba a despejar la vista.

—¿Por qué ha llamado, señor Locke?

Se hizo una pausa.

—Me gusta más cuando me tuteas.

Grace se deshizo de artículos exageradamente caros y fabricados en países del tercer mundo descargándolos en la mesa donde estaban sus cojines y su bolso.

—Esto no me parece correcto.

Erin lo llamaría acoso y lo corroboraría con hechos.

—Has aceptado mi solicitud de amistad.

—Pero ¿tú oyes lo que estás diciendo? Pensaba que era parte de la política de comunicación de la empresa.

—Es una página personal —repuso él.

—Que está llena de los elogios dedicados a tu empresa.

Dameon se calló un momento.

—Ahora que lo dices, mi madre piensa que estoy casado con mi trabajo.

Grace se llevó una mano a la cadera.

—Si esa es tu vida personal, entonces tu madre no anda muy equivocada.

—Le diré que has dicho eso.

Aquella conversación rozaba el ridículo.

—¿Por qué me llamas, Dameon?

—Así está mejor. —Su tono era de engreído total.

—¿Por qué me llama, señor Locke? —se corrigió.

—¿Volvemos a eso?

Grace cerró los ojos y sacudió la cabeza.

—Nunca hemos ido más allá de eso.

—Quiero invitarte a cenar.

Eran contadas las veces en las que Grace se quedaba sin palabras. Aquella era una de esas veces.

—¿Sigues ahí? —preguntó Dameon.

—Sigo aquí.

—¿Y?

—No.

El silencio se instaló en la línea.

—No sabía que trabajabas para el departamento de urbanismo de la ciudad —dijo Dameon al fin—. Ni lo sabía en el hotel, cuando te vi por la ventana, ni tampoco en la cafetería. Tú sentiste algo.

—No es verdad.

Había respondido demasiado rápido. Incluso ella misma percibió la mentira en su voz.

—En la reunión estabas distraída y te sonrojaste. No finjas que no fue así.

Grace se humedeció los labios e ignoró las miradas de todo aquel que pasaba por su lado.

—Esto no está bien, Dameon.

Él hizo una pausa y ella supo que acababa de revelarle sus verdaderos sentimientos.

—Tal vez no. Pero es lo que es.

Aquella conversación tenía que terminar. A él se le daba fenomenal sacarle información que ella no quería dar a conocer, de ninguna manera.

—Tengo que ir a un sitio, señor Locke. ¿Por qué no intenta llamar en horario de trabajo, ya que es el contexto en el que le conozco?

Su voz ronca reverberaba cuando se reía.

Era la primera vez que oía su risa y le produjo un cosquilleo en el vientre.

—Vale, Grace. Te llamaré el lunes.

—Así está mejor.

—Hablamos entonces —dijo.

—Pero no por Facebook.

—Te llamaré a la oficina.

—Mejor.

Se rio por segunda vez.

—Buenas noches.

¿Por qué sonaba eso tan personal? Como algo que diría un amante tímidamente por teléfono.

—Buenas tardes —dijo ella en su lugar.

Dameon siguió riéndose incluso al colgar.

Cinco minutos más tarde, Grace salió de la tienda con una vela medio rota escandalosamente cara y con las ganas de comprarse dos cojines que no podía pagar.

***

—Se llama práctica —le dijo Grace a Erin mientras se ponía un par de zapatos de bolos.

A su alrededor, las pistas estaban a tope de familias y parejas, e incluso de algunos aficionados solos que, obviamente, habían nacido para aquel deporte.

—Nuestra liga no empieza hasta enero.

Grace había convencido a sus hermanos y a las parejas de estos a participar en un campeonato. Como el número era impar, decidieron que las chicas estarían en un equipo y los chicos en otro. Matt estaba intentando convencer a uno de sus amigos para que se uniera a su equipo, pero si no lo conseguía, se las apañarían y utilizarían la puntuación media.

—Lo sé. —Grace plantó el pie en el suelo y se levantó calzando los incómodos zapatos—. Pero me gusta ganar. O al menos ganarles a mis hermanos.

—Entonces me parece que deberías haber invitado a otra persona a entrar en tu equipo: la última vez que jugué a los bolos tuvo que ser en alguna fiesta de cumpleaños de cuando tenía diez años.

Grace se dirigió al lugar donde estaban las bolas de bolos y empezó a toquetearlas.

—Hay una cosa que se llama hándicap.

Grace dedicó los siguientes diez minutos a explicarle cómo funcionaba la liga de bolos para que todo el mundo tuviera las mismas oportunidades de ganar. Obviamente, cuanto mejor jugador de bolos fueras, las posibilidades de ganar aumentaban siempre y cuando tu equipo fuese mejorando a medida que pasaban las semanas.

—Y además así nos juntamos para la *happy hour* en algún sitio mientras hacemos algo de ejercicio —concluyó Grace.

—Yo me alegro de salir de casa.

Erin había pasado la mayor parte de los dos años anteriores de su vida huyendo y escondiéndose de su pasado, por lo que se había aislado de las relaciones sociales. A pesar de todo su cuidado, su exmarido maltratador la encontró e intentó acabar con su vida. Aquel malnacido había estado a punto de conseguirlo, pero al final fue su ex quien se encontró al otro lado de un arma de fuego. Por desgracia, fue Erin quien apretó el gatillo. Ahora estaba yendo a terapia y trabajando para combatir sus demonios. Afortunadamente, tenía a Matt a su lado.

Grace quería a sus hermanos. Matt era uno de los buenos.

Cuando la psicóloga de Erin le sugirió que se apuntara a algún club social para tener la mente y las horas ocupadas y encontrar su lugar en su nuevo mundo, Grace le había sugerido jugar a los bolos.

A todos les entusiasmó la idea.

Mientras el reloj avanzaba en los cinco minutos de práctica antes de empezar la partida, Grace cogió su bola y visualizó dónde quería que terminara en la pista.

—¿Ya habías jugado alguna otra liga? —le preguntó Erin cuando Grace lanzó la bola.

Derribó cinco bolos.

Grace activó los hombros y se hizo a un lado para que Erin practicara mientras la máquina volvía a plantar los bolos.

—En la universidad. Jugué dos temporadas. Incluso gané un trofeo cuando quedé en tercer puesto.

La bola de Erin acabó en el canal.

—Ay.

—No pasa nada. Acabamos de empezar.

Grace se acercó de nuevo, se llevó la bola al pecho y refrescó algunos de sus trucos. La palma hacia arriba. Esta vez la bola golpeó el primer bolo y derribó nueve.

En el turno de Erin cayeron tres bolos.

—Los chicos dependen de su fuerza bruta. Vamos a superarlos en técnica y habilidad. —Grace movió los pies un poco hacia la izquierda y apuntó hacia la derecha del primer bolo.

Cuando los diez bolos cayeron con un ruido más que satisfactorio, Grace se puso a bailar de alegría.

—¡Genial!

Erin sonrió.

—Me alegro de estar en tu equipo.

—Me encanta ganarles a mis hermanos.

—Parece que has empezado bien —dijo Erin.

Grace observó mientras Erin lanzaba la bola. Cuando acabó en el canal, se acercó a su amiga y levantó la mano con la palma hacia arriba.

—Tuerces el cuerpo cuando lanzas la bola. Empieza por sujetarla con la palma hacia arriba y trata de darle a la segunda flecha de la pista.

—Ah, pero ¿hay flechas?

Grace señaló el punto exacto y esperó mientras Erin lanzaba otra bola.

Esta vez derribó seis bolos.

—Mucho mejor.

Erin se volvió hacia ella con una enorme sonrisa.

Cuando terminó el calentamiento y empezó la partida, siguieron hablando.

—Adivina quién me ha llamado por teléfono —dijo Grace.

Erin se sentó en la mesa esperando su turno.

—¿Su nombre empieza por D?

Grace asintió.

—Ese hombre los tiene bien puestos.

—Me da a mí que te va a llamar mucho a la oficina, ese Mister Aprietamanos.

Eso la hizo reír mientras esperaba que volviera su bola.

—No me ha llamado a la oficina.

—Espera, ¿le has dado tu número de móvil?

Grace le explicó que la había llamado por Facebook. Efectivamente, Erin lo llamó acosador.

—A mí me ha parecido decidido e ingenioso —replicó Grace. Dejó solo un bolo en pie y se sentó a esperar que pasara el turno de Erin.

—Todas las cualidades de un acosador.

Grace hizo una pausa.

—¿Tan desesperada estoy por atraer la atención masculina que estoy pasando por alto lo obvio con este tipo?

—No es que hayas salido con muchos chicos estos últimos seis meses…

—Me he estado concentrando en mi trabajo.

Y evitando por completo a la especie masculina.

Cuando Erin acabó de lanzar, se sentó y cogió su móvil.

—¿Cómo dices que se llama?

—Dameon Locke.

Mientras ella lo buscaba en internet, Grace lanzó la bola.

—¡Oooh! ¡Es guapísimo!

Nueve bolos menos.

—Lo sé. Da un poco de miedo.

Erin se inclinó hacia atrás y leyó la información sobre él.

—Tiene bastante éxito profesional para tener treinta y cinco años.

—Lo sé. Los terrenos que ha comprado su empresa no son ninguna parcelita, precisamente.

—¿Lo has buscado en internet? —preguntó Erin, agitando el teléfono en el aire.

—No me ha hecho falta: tengo su perfil comercial encima de mi escritorio.

Se volvió hacia el único bolo que quedaba en pie y se concentró en él. Cayó con un sólido ¡plop!

Erin no se movió.

—No se ha casado nunca…

—¿Alguna novia? —preguntó Grace.

—Estoy buscando.

Grace no había ido tan lejos; se negaba a hacerlo por miedo a lo que pudiese encontrar.

—Pues sigue buscando, que yo voy a por un par de cervezas.

—De acuerdo.

El bar estaba abarrotado de gente y tardó una eternidad. Cuando volvió, Erin estaba completamente absorta en la lectura. Levantó la vista y dio una palmada en la mesa.

—Atención a esto: hace solo seis años que se fundó Empresas Locke, lo que significa que el Acosador la creó cuando tenía veintinueve.

—Los tiene bien puestos, ya te lo he dicho.

Grace se sentó y se bebió la espuma de su cerveza.

—Antes de eso era contratista general. He encontrado un artículo donde atribuye su éxito a su padre.

Se inclinó hacia delante.

—¿Su padre tenía dinero?

Erin negó con la cabeza.

—No he encontrado nada sobre él.

—¿Y dicen algo de alguna novia?

—Tampoco. Es como si estuviera prácticamente fuera del circuito. Muy pocos artículos.

—Eso es bueno.

Y lo era. Era evidente que el hombre tenía sus encantos, pero no hacía alarde de ello.

—Ah, esto es interesante. —Erin siguió leyendo.

—¿El qué?

Grace se desplazó hacia el otro lado de la mesa para ver qué estaba leyendo Erin.

—Parece que Locke contó con algún capital inicial al principio y que hace poco esa inyección financiera se ha cerrado.

Grace miró el teléfono de Erin y se lo quitó de las manos. Vio una foto de Dameon posando junto a otro hombre trajeado en lo que parecía una especie de cóctel.

—Me pregunto qué habrá pasado.

—Muchas empresas empiezan con la ayuda de algún inversor, con más de uno, de hecho. Estos luego suelen figurar en un consejo de administración de algún tipo que tiene voz y voto en la empresa. Si tu Dameon se ha desprendido de su flujo de dinero adicional, una de dos: o ha habido problemas, o Mister Acosador ya no necesita el dinero de la otra compañía.

Grace echó un vistazo al artículo.

—¿Qué crees que habrá pasado?

—No lo sé, pero lo que sí sé es que los próximos dos años determinarán si Empresas Locke puede volar sola o no.

Bajó el teléfono y miró a Erin.

—Sabes mucho de estas cosas.

Erin se encogió de hombros.

—Esa ha sido la vida de mi padre. Supongo que algunas de las conversaciones que escuché durante esos años se me han quedado grabadas para siempre.

Grace no pudo evitar la sensación de que Dameon necesitaba que su último proyecto tomase cuerpo, y rápidamente además.

Y eso le hizo cuestionar aún más sus motivos para coquetear con ella.

—Tal vez tengas razón. Es un acosador. —Le devolvió el teléfono a Erin y se puso de pie —. ¿A quién le toca?

***

La cama se hundió bajo el peso de alguien que acababa de sentarse en la orilla. Una mano le alcanzó la pierna.

—¿Cariño?

Grace abrió los ojos. Era tarde, o muy temprano. El sol no había salido aún.

—¿Qué pasa?

Estaba en el dormitorio de cuando era niña, reconvertido en cuarto de invitados.

Nora, su madre, encendió la luz de la mesilla de noche, con los ojos muy abiertos con una expresión de temor. Había muy pocas cosas capaces de provocar esa expresión en la cara de su madre.

Grace sacudió la cabeza para despejarse. Su madre estaba vestida, pero no con su estilo habitual; era como si hubiese sacado una camisa del cesto de la ropa sucia y se hubiese puesto un par de vaqueros viejos.

—¿Qué ha pasado?

—Es Erin.

Grace se quedó paralizada, pendiente de las siguientes palabras que saldrían de la boca de su madre.

—Su marido la ha encontrado.

Grace se revolvió en la cama. El terror le oprimió el pecho.

«No. No. No…».

—Tenemos que irnos —le dijo su madre.

Grace retiró las sábanas y se dio cuenta de que estaba desnuda.

Solo que ella nunca dormía desnuda.

Algo no iba bien. Allí pasaba algo raro.

—¿Dónde está mi ropa?

—No la necesitas. Vamos.

Algo no iba bien.

¿Estaba soñando?

—Mamá, tengo que ponerme algo de ropa.

Nora estaba de pie ahora, mirándola.

—Erin ha muerto y ahora él viene a por ti.

Grace se incorporó de golpe en la cama, aferrando la manta con fuerza con las manos. La respiración agitada le estremecía todo el cuerpo.

Estaba en su propia cama y la luz asomaba por las persianas. Cerró los ojos y apoyó la cabeza en la almohada.

—Solo ha sido un sueño.

Al menos en parte.

Grace estaba en casa de sus padres cuando los despertaron en plena noche para decirles que el exmarido de Erin se había colado en la casa de esta y la tenía retenida allí. Grace y sus padres se habían apresurado a vestirse y salir corriendo hacia el rancho Sinclair, donde Erin vivía en la casa de huéspedes de Parker. Cuando llegaron, todo había terminado.

Habían metido a Erin en una ambulancia y se la habían llevado al hospital mientras los demás se abrazaban en la puerta de la casa, en estado de shock.

Podría haber sido ella.

Podría haber sido Grace quien estuviera en esa ambulancia o algo aún peor... muerta en el suelo con una bala en la cabeza.

Grace apartó las sábanas, entró descalza en el cuarto de baño y encendió la luz. Una versión muy pálida de sí misma le devolvió su imagen en el espejo.

—Ahora eres más inteligente, Gracie.

¿Verdad?

Capítulo 6

El lunes, Grace llegó al trabajo cuarenta y cinco minutos antes de su hora de entrada. Tenía toda la intención de salir a las cinco en punto, si no antes, para poder ir a casa de Colin y Parker ahora que ya habían vuelto de su viaje de novios a Hawái.

Parker estaba ansiosa por abrir los regalos de boda y quería verla allí. Pasar tiempo con la familia era una idea mucho más atractiva que estar sola en su apartamento.

Encendió la luz de su pequeño despacho, que había conseguido hacía menos de un año, cuando uno de los directivos lo había dejado libre y le había tocado el turno a ella de ocupar un espacio privado. No era grande y, desde luego, no era un despacho con vistas, pero lo tenía para ella sola y le encantaba poder cerrar aquella puerta.

Sin embargo, siendo tan temprano por la mañana, dejó la puerta abierta de par en par, ya que era la única que estaba allí.

Después de quitarse el jersey y guardar el bolso en el cajón de su escritorio, Grace apartó el expediente de Dameon y se puso a trabajar en un proyecto anterior que la obligaría a salir de la oficina a las diez. A la una tenía una reunión de equipo a la que debía asistir. Tal vez en medio de todo eso se perdería la llamada prometida de Dameon.

Poco a poco fueron llegando los empleados y al otro lado de su puerta la oficina se convirtió en un hervidero de actividad.

Evan, otro ingeniero, asomó la cabeza y dio un golpe seco en la pared.

—Hola, ¿Grace?

Ella levantó la vista.

—¿Sí?

—¿Te importa ir a lo de las diez y media sin mí? Richard me ha colado un proyecto nuevo y tengo que ir a hacer una visita de obra.

—Me alegra saber que no soy la única —respondió.

—¿Cómo dices? —Evan cruzó el umbral.

—No, nada. Vale. Tomaré notas y te las traeré, y así podremos repasarlo todo más tarde.

Evan sonrió.

—Te debo una.

—¡Llevo la cuenta! —le gritó mientras se iba.

A las 9:45 estaba deslizándose por el pasillo y saliendo de la oficina. El cielo se había vuelto gris y había bajado la temperatura. Como su trabajo la llevaba a menudo fuera de la oficina y a visitar las obras, tenía dos pares de zapatos en el maletero: unas zapatillas de deporte y un par de botas de goma para el mal tiempo. También llevaba el siempre estético casco blanco y el chaleco naranja, obligatorios cada vez que había maquinaria pesada de por medio o algún tipo de construcción en marcha.

Después de llenar el depósito de gasolina y de detenerse a tomar una taza de café de verdad en lugar del líquido marrón que hacían pasar por café en la oficina, Grace puso rumbo al otro extremo de la ciudad.

Llegó al lugar propuesto diez minutos antes y aparcó su coche en el arcén de la concurrida carretera.

El invierno anterior, la escorrentía en las inmediaciones de la autopista Sierra había arrasado varias carreteras y caminos de acceso. La mayoría de los propietarios se pusieron a repararlas de inmediato, en cuanto dejó de llover.

No era el caso del propietario con quien se iba a reunir ese día.

El señor Sokolov, dueño del parque de autocaravanas, se había limitado a echar tierra y grava sobre la entrada y salida de la única carretera de acceso al lugar. Tras las quejas de los residentes y la denuncia de los bomberos, Sokolov estaba obligado a pavimentar la carretera según la normativa municipal en vigor.

No estaba contento.

En la primera reunión, se había puesto a patalear y a protestar por los costes.

Aunque Grace entendía que aquello supusiese un revés económico para él, no era su trabajo reducir los costes para el propietario. A ella le correspondía elaborar un plan de trabajo con el fin de que la ejecución de la obra fuera segura para todos los implicados.

Consciente de que aquel día iba a hacer una visita técnica, había tenido la precaución de ponerse pantalones. Se quitó los tacones y se calzó las zapatillas antes de salir del coche. Mientras pasaba los brazos por el jersey, se regañó a sí misma por no haberse acordado de coger algo más de abrigo.

Con un portapapeles en una mano y los planos de la obra en la otra, Grace recorrió el camino de grava en cuestión. No había nadie para recibirla.

Sacó los planos en los que ella y Evan habían trabajado juntos y recorrió el terreno para ver si se les había escapado algo. Diez minutos después, Sokolov entró en la propiedad y aparcó en una zona de color rojo. Salió de su Mercedes con gafas de sol y el ceño fruncido.

Bajando del asiento del copiloto, otro hombre, casi tan grueso como el primero, se unió a él.

Sokolov miró a su alrededor antes de detener la mirada en Grace. Para entonces ella ya estaba andando hacia él.

—¿Eres de Urbanismo? —le preguntó.

Grace se puso delante de él y le tendió la mano.

—Nos conocimos el mes pasado, señor Sokolov. Grace Hudson.

La miró a ella y a su mano como si estuviera bromeando.

—¿Dónde está Evan?

Grace bajó la mano e intentó ignorar su tono desdeñoso.

No era fácil.

—Evan no ha podido venir a la reunión de hoy.

Sokolov se quitó al fin las innecesarias gafas de sol y la miró fijamente.

—Siempre trato con Evan.

Grace miró un instante al hombre que estaba al lado de Sokolov.

—Trata usted con los ingenieros civiles del ayuntamiento, entre los que me cuento.

Cincuenta y pocos años, igual de ancho que alto, aunque no superaba el metro setenta y cinco. No es que tuviera sobrepeso, sino que era achaparrado. El amigo que tenía a su lado era igualito que él, desde el ceño de la frente hasta la cintura.

La mirada de Sokolov pasó de los ojos de Grace a sus pechos, demorándose allí el tiempo suficiente para que Grace supiera que, con aquel gesto, lo que pretendía era incomodarla. En cualquier otra situación se lo habría recriminado abiertamente, pero esta vez no apartó los ojos de su cara y esperó a que fuera él quien apartara la mirada.

—¿Tiene algún despacho aquí donde pueda abrirle mis planos y enseñarle lo que hemos pensado?

El hombre esbozó una sonrisa obscena y ella supo que se había equivocado eligiendo aquellas palabras.

—Soy el dueño de este lugar, jovencita, pero no vivo aquí.

—Hudson. Me llamo Grace Hudson, no «jovencita».

Estaba a punto de perder la paciencia.

—Ya. —Pasó por delante de ella en dirección a su coche y dio un golpecito en el capó—. Aquí puedes *abrir* lo que quieras y *enseñarme* lo que tienes.

«No le hagas caso, Grace».

Desplegó los planos.

—¿Les importaría sujetar ese extremo? —les pidió a ambos, ya que ninguno se había movido para hacerlo.

El acompañante de Sokolov, al que no le habían presentado en ningún momento, lo hizo de mala gana.

Los tres miraron los dibujos y los cálculos.

Los bocetos eran simples, pero las dimensiones eran precisas. La única razón por la que estaban examinando los planos de obra del ayuntamiento en lugar de inspeccionar ella los de Sokolov era porque si no cooperaba y hacía el trabajo él mismo, el ayuntamiento tomaría la iniciativa y le cobraría en consecuencia. Se trataba de un problema de seguridad pública, y hacía meses que se habían hecho las advertencias y no se habían tenido en cuenta. Aquella reunión era el último intento de conseguir que el hombre colaborara antes de tomar otras medidas.

—Como señalamos cuando nos reunimos el mes pasado, el tamaño de la carretera debe ampliarse de manera significativa para dar respuesta a un uso eficiente del lugar donde se ubica.

—Eso es una gilipollez. La carretera siempre ha tenido el mismo tamaño, desde que compré este terreno —argumentó.

—Y si el mantenimiento se hubiera llevado a cabo con el material adecuado, podría haber resistido las tormentas del año pasado y no estaríamos teniendo esta conversación.

La fulminó con la mirada.

—¿Qué estás sugiriendo?

—Nada.

Empezó a dar explicaciones antes de poner un dedo sobre el boceto. Explicó la profundidad de la excavación, el número de barras de refuerzo que habría que colocar y la cantidad de hormigón o de asfalto que iban a necesitar.

Sokolov preguntó dónde iba a empezar exactamente el acceso.

Grace caminó hasta el punto aproximado y se detuvo.

Sokolov masculló algo que ella no llegó a oír y su amigo habló al fin.

—¿No es excesivo?

—No cuando los vehículos de emergencia tienen que entrar y salir con mal tiempo.

—Lo del año pasado fue excepcional, una anomalía.

—Y cuando se dan años como el último, el ayuntamiento se ve obligado a volver a la mesa de planificación y asegurarse de que estamos preparados para el siguiente.

—Sí, y que se encargue el pobre este de aquí…

Tal y como ella lo veía, el señor Sokolov no tenía nada de pobre.

—Hay treinta y tres residentes en esta comunidad. Muchos son ancianos y jubilados. Los equipos de primera intervención acuden al menos a cuatro llamadas al mes. Los bomberos necesitan acceso.

—Esto va a costar una fortuna.

El hombre empezó con la misma cantinela que la primera vez que Grace había ido allí.

—Le costará más si no contrata a alguien usted mismo —le aseguró—. Nosotros no trabajamos con contratistas. Contratamos a grandes equipos para que vengan, hagan el trabajo y le entreguen a usted la factura.

Y teniendo en cuenta la falta de respeto que estaba demostrando, Grace no iba tener ningún problema en sugerirles que hicieran horas extras para acabar más rápido. Al fin y al cabo, parecía que iban a volver las lluvias.

—Estás disfrutando con esto —la acusó.

—Estoy haciendo mi trabajo.

Entre el frío y la adrenalina que aquella conversación le estaba inyectando en el organismo, Grace empezó a tiritar. Volvió al coche, enrolló los planos y se los entregó a Sokolov.

Este se dio unos golpecitos con ellos en el muslo y le dijo algo a su amigo en un idioma que Grace no entendía.

Cuando el otro hombre se rio, ella supuso que sería algo insultante.

—Tiene una semana.

Recogió sus papeles.

—Pero ¿qué cojones…?

—Ha tenido varios meses, señor Sokolov. Le enviaron la primera carta en mayo y, después, otra cada cuatro semanas …

—Ya les dije a los de tu oficina que no había recibido ninguna carta.

—Pero, curiosamente, sí que recibió la carta en la que le decíamos que íbamos a intervenir de forma inminente.

La miró de hito en hito y se inclinó hacia adelante.

—Me estás llamando mentiroso.

Ella se mantuvo firme y levantó la barbilla.

—Solo expongo los hechos, señor Sokolov. Si no cumple el plazo que hemos establecido, el ayuntamiento enviará a un equipo y empezará justo después de Año Nuevo. Si las condiciones meteorológicas lo permiten.

—Necesito más tiempo.

—Ya estamos en la temporada de lluvias. —Levantó la mano como si estuviera recogiendo gotas de lluvia—. El ayuntamiento no puede hacerse responsable de la inacción en materia de seguridad. Una semana. Agilizaremos los permisos teniendo en cuenta que Evan y yo ya hemos visitado el lugar y sabemos lo que hay que hacer. Tenga en cuenta nuestro horario durante las fiestas de Navidad.

Grace alternó la mirada entre ambos y se subió el bolso en el hombro.

Sokolov emitió un gemido.

—Señores —dijo, despidiéndose con un movimiento con la cabeza antes de darse la vuelta y marcharse.

***

A Grace le temblaban las manos cuando dejó a Sokolov y al amigo de la sonrisa lasciva. Se detuvo a un kilómetro y medio de la carretera para recobrar el aliento.

Por mucho que se esforzara por levantar la barbilla y hacerse la valiente, a veces el comportamiento indignante y sexista de los hombres con los que tenía que tratar la afectaba profundamente.

Aquel era uno de esos momentos.

Ella ya sabía que aquel sería uno de los gajes del oficio cuando entró a trabajar en el campo de la ingeniería. Tener que tratar con los Sokolov del mundo que no la tomaban en serio y que seguramente la llamaban «zorra» y «malfollada» a sus espaldas en cuanto la perdían de vista, era uno de los inconvenientes de su profesión.

Pero, joder, aquello era una puta mierda. Sus homólogos masculinos no sufrían el mismo trato indignante.

Se apostaría una pasta a que nadie se quedaba mirando la entrepierna de Evan mientras intentaba hablar con ellos.

Necesitaba refuerzos.

En casos como el de Sokolov, en los que la falta de respeto era de un 9,5 en la escala de Richter, Grace necesitaba unos mimitos por parte de sus amigos o, en este caso, de su familia.

Tomó el teléfono y llamó a su hermano.

—¡Hombre! ¡Hola! —Colin la saludó con demasiado entusiasmo para lo que acababa de pasar.

—Hola.

Grace respiró hondo y trató de ordenar sus pensamientos.

—Hace ya doce horas que he vuelto. ¿Por qué has tardado tanto?

Eso la hizo sonreír.

—Te quiero.

—Yo también te quiero. ¿Qué te pasa? —Su hermano la conocía muy bien.

—¿Cuándo vuelves al trabajo? —Colin era supervisor del departamento de obras públicas del condado y, aunque aquel asunto en particular no entraba dentro de su ámbito, iban a llamar a parte de su equipo para construir el acceso que el ayuntamiento estaba obligando a Sokolov a construir.

—El miércoles.

—Vale… bien… —Los pitidos en el teléfono la avisaron de que tenía otra llamada. Como estaba hablando con el móvil del trabajo, tenía que atenderla—. Espera, tengo otra llamada.

—Vale…

Cambió a la otra línea.

—Al habla Hudson.

—¿Grace?

Exhaló un suspiro.

—Dameon.

Su voz la delató.

—Huy, vaya voz más rara que tienes… ¿Te pasa algo?

—Hombre, muchas gracias. Eres un lince. —Por la razón que fuera, no tuvo ningún problema en poner a Dameon en su lugar—. Espera un momento.

Puso la llamada en espera para hablar de nuevo con su hermano.

—Lo siento… Necesito que pases por el parque de autocaravanas de la zona de Sierra. El que se inundó el año pasado.

—¿Hay algún problema? —preguntó Colin.

—Si solo fuera uno… —El teléfono emitió un pitido, recordándole que tenía a Dameon en espera—. Mierda. Espera.

Activó la otra llamada.

—¿Puedo llamarte luego?

—¿Es esa tu forma de pedirme mi número de teléfono? —le preguntó Dameon.

A Grace le dio rabia que se le escapara una sonrisa; le dio tanta rabia que puso a Dameon en espera otra vez y volvió a hablar con su hermano.

—El dueño se ha comportado como un gilipollas integral. Se me ha quedado mirando las tetas y me ha llamado «jovencita». Necesito refuerzos para esta intervención en concreto.

—Pero ¿qué cojones? —exclamó la voz de Dameon al otro lado de la línea.

Grace se apartó el teléfono de la oreja y lo miró fijamente.

—Mierda, mierda, mierda… —Volvió a activar la llamada y se acercó el aparato a la oreja—. ¿Dameon?

Esta vez le respondió su hermano.

—¿Quién es Dameon?

Se iba a volver loca.

—Nadie. Hummm… Te llamo luego, ¿vale?

Pulsó con determinación el botón para terminar la llamada con su hermano y volvió a acercarse el teléfono a la oreja.

—Olvida lo que he dicho. No iba dirigido a ti.

—¿A quién has llamado para pedir refuerzos?

Grace se sorprendió respondiéndole en modo piloto automático.

—A mi hermano. —Cerró los ojos y sacudió la cabeza para despejársela.

—Ah, vale… Muy bien.

Después de exhalar un profundo suspiro, Grace contuvo sus emociones.

—¿Qué puedo hacer por ti, Dameon?

—Puedes empezar por decirme quién te ha faltado al respeto.

—¿Por qué? ¿Qué vas a hacer? ¿Darle una paliza?

—Tal vez.

Grace cerró los ojos con fuerza y golpeó el volante con la mano libre.

—Eso se lo dejaré a mis hermanos, pero gracias.

—¿Tus hermanos harían eso por ti?

—Huy, por esta zona hay un montón de «zapatos de cemento» en el fondo del mar —dijo, bromeando.

Dameon se rio.

—Pues me alegro, eso hace que me sienta mejor.

—La verdad es que no tienes derecho a sentir nada sobre el tema.

Ni ella tenía derecho a sentir mariposas en el estómago con aquella conversación.

—Bueno, pues… sí siento cosas.

Y ahora ¿qué hacía ella con eso?

Ignorarlo.

—¿Qué puedo hacer por ti, Dameon?

—Quería organizar una visita de obra para repasar algunos detalles antes de que se te echen encima las fiestas navideñas y no te queden horas.

Lo que pedía no estaba fuera de lugar, aunque su evidente coqueteo sí lo estuviese.

—¿Qué día habías pensado?

—El viernes.

—¿Este viernes?

—A menos que estés libre el sábado. Entonces podríamos salir a cenar y hablar del proyecto.

Grace percibía vagamente el movimiento de los coches que pasaban a toda velocidad junto al suyo mientras permanecía parada, con el motor encendido, en el arcén.

—Creo que tengo la tarde del viernes libre. Te lo confirmo cuando esté de vuelta en la oficina.

Dameon suspiró.

—Genial. Que tu gente llame a mi gente y lo organice todo.

Ella se rio.

—Trabajo para el ayuntamiento, Dameon. Yo no tengo «gente».

—Mejor todavía, así puedes llamarme directamente. ¿Tienes un bolígrafo?

—¿Para qué?

—Para anotar mi número de teléfono.

—Tengo el número de tu oficina —le dijo.

—Voy a salir de la oficina. Te daré mi móvil.

Grace cogió un bolígrafo y abrió el bloc de notas que había en el asiento del copiloto.

—Dime.

Le dio su número.

—Te llamo luego.

Hubo una pausa en la conversación.

—A ver si consigues que tu día mejore un poco —dijo Dameon.

—Lo intentaré.

Grace colgó y soltó el teléfono en el interior de su bolso.

Tenía que darle la vuelta a ese día… y rápido.

Capítulo 7

Había una comida en casa de los recién casados, en la que todos los comensales debían aportar algo.

Grace entró por la puerta con una botella de vino tinto y una bolsa de la compra con todo lo necesario para hacer una ensalada de nueces y arándanos.

No se molestó en llamar porque el coche de sus padres estaba aparcado en la entrada.

—¡Ho, ho, ho! —dijo saludando a todos. Al primero que vio fue a su hermano.

Colin le dio un beso en la mejilla y le quitó la bolsa.

—Pareces más contenta que cuando hemos hablado antes.

Ella puso los ojos en blanco.

—No me tires de la lengua.

Al doblar la esquina llegaron a una gran estancia que albergaba una cocina, un comedor y un estudio. Su madre estaba junto al fregadero cortando verduras y su padre estaba jugando al tira y afloja con el perro de Parker, Scout.

—Hola, papá —lo saludó Grace.

—Espera —dijo el hombre—, que estoy a punto de ganarle.

Por el gesto de determinación en la cara del perro, su padre no iba a ganar nada de nada.

—Buena suerte.

Su madre sonrió y siguió picando verduras.

—Hola, cariño.

Parker salió del dormitorio principal con un aspecto tan relajado como Colin.

—Alguien se ha puesto muy morena —señaló Grace.

Parker levantó los brazos y se los miró.

—Casi me siento culpable —dijo.

—Pues yo no —bromeó Colin.

Parker se sonrojó y se acercó a darle un abrazo.

—Lo hemos pasado genial.

—No quiero detalles sobre vuestra vida sexual. —El comentario de Grace arrancó una carcajada a su madre.

—Puedo escaparme el viernes por la tarde para ir a ver eso de la zona de Sierra —le dijo Colin—. ¿Sobre las tres?

—Me parece bien.

La puerta principal se abrió de nuevo y oyeron entrar a Matt y Erin.

—Parece que la fiesta ha empezado sin nosotros —dijo Matt antes de besar a su madre en la mejilla.

Grace le dio a su hermano la botella de vino.

—No, a menos que abras esto —le dijo.

Matt sonrió.

—Cuánto me alegro de verte yo también.

—¿Dónde está Austin? —preguntó Erin.

El hermano pequeño de Parker aún vivía con ella… y ahora con Colin. Parker se había hecho cargo de él y de su hermana menor tras la muerte de sus padres unos años antes.

—Esta temporada trabaja otra vez en la tienda de árboles de Navidad.

La mirada de Grace se dirigió al árbol del estudio, que parpadeaba con luces de colores, iluminando todo el espacio.

—¿Cuándo habéis tenido tiempo de hacer eso? —preguntó.

—No lo hemos decorado nosotros. Austin y Mallory lo pusieron mientras no estábamos. ¿A que son un amor?

Matt había descorchado la botella y le sirvió a Grace un poco de vino.

—Pues a mí mis hermanos nunca me han puesto ningún árbol —se quejó, haciendo pucheros.

—¿Y dónde íbamos a ponerlo? ¿En tu patio? —le espetó Colin.

—Tiene razón —dijo su padre. Dejó la cuerda al perro y se sentó en uno de los taburetes de la isla de la cocina.

Colin repartió cervezas a su padre y a su hermano, y Matt abrió una botella de vino blanco para Erin.

—¿Mallory viene? —preguntó Erin.

—Tiene exámenes finales.

Grace conocía lo bastante bien la cocina de Parker para encontrar los ingredientes necesarios para hacer la ensalada. Mientras todos pululaban por allí preparando la cena, la conversación fluía con naturalidad.

Entonces, sin venir a cuento, Colin preguntó:

—Oye, ¿y quién es Dameon?

Al oír su nombre, Grace se distrajo y desvió su atención de lo que estaba cortando.

—Mmm…

—¿Y tú cómo sabes que hay un Dameon? —preguntó Erin—. ¿Tú le has hablado de Dameon?

—No, yo no…

—Yo no sé nada de ningún Dameon. —Parker dio un golpecito con el hombro a Grace en el brazo.

—Tú has estado en Maui —le recordó Grace.

Colin pasó el brazo por encima del hombro de Grace y cogió un tomate.

—Si Erin sabe algo de algún Dameon, eso es que debe de ser alguien.

—¡No, no es nadie!

—Negar algo inmediatamente siempre es una señal de que alguien miente —señaló su padre.

—No disimules, Gracie. ¿Quién es ese Dameon? —preguntó su madre.

—Ay, Dios... En serio, no es nadie.

Su familia era como un perro con un hueso.

Se hizo un silencio y todas las miradas se concentraron en ella.

Soltó el cuchillo con un suspiro.

—Es un hombre.

—Hasta ahí llegamos —dijo Colin riendo.

—Es un cliente. Un promotor inmobiliario...

Todos siguieron en silencio.

Entonces Erin rompió el silencio:

—Que te llamó por Facebook.

En ese momento estalló un murmullo por toda la sala.

—¿Que hizo qué?

—¿Eso se puede hacer?

—¿Quién llama a la gente por Facebook?

Las preguntas se sucedían tan rápido que no podía responderlas todas. En vez de eso, miró fijamente a Erin.

—Muchas gracias, amiga mía.

Erin levantó las manos en el aire.

—Que conste que a mí me parece un acosador.

Lo único que les faltaba oír a los demás...

Todos se pusieron a hablar a la vez, y Grace se apartó de ellos y dio un buen trago de vino.

No fue hasta que su padre le preguntó el apellido de Dameon cuando Grace dio por terminada la conversación.

—¡Basta! —gritó.

Hasta Scout dejó de lamerse y se volvió a mirar.

—Dameon no es ningún acosador. —Dejó su copa de vino—. Es un tipo que conocí por pura casualidad antes de saber que era un promotor inmobiliario y de que se presentara en la oficina. Y antes de que lo preguntéis… no, no pasó nada. Nos conocimos en una cafetería.

—Y antes, en la boda —la corrigió Erin.

—Estaba en el hotel, no en la boda. Y no nos conocimos entonces. Fue solo que… —Se calló de golpe, a sabiendas de que lo que estaba a punto de decir iba a hacer que todos empezaran con la misma cantinela otra vez.

—¿Fue solo que qué? —preguntó su madre.

—Que nos fijamos el uno en el otro.

Parker suspiró y se apoyó en la encimera, con una sonrisa inmensa en la cara.

—¿Quieres decir que os fijasteis el uno en el otro desde la otra punta de la sala llena de gente?

En ese segundo, Grace recordó el momento en que, desde el interior del hotel, él estaba observándola.

—Alguien se está poniendo roja —bromeó Matt.

—¡No, no es verdad!

Grace miró a Erin, quien se encogió de hombros y asintió. Se llevó el dorso de la mano a la mejilla ardiente.

—No es nada, ¿vale? Le gusta coquetear, eso es todo. —Volvió a coger el cuchillo y se puso a picar—. Por no hablar de que no estaría nada bien. Trabaja con el ayuntamiento en unos permisos y unas recalificaciones urbanas para un proyecto muy importante de su empresa. Es un conflicto de intereses.

—La negación es intensa con este hombre —dijo Matt imitando la voz de Yoda, profunda y gutural.

Grace cogió una nuez y se la tiró a su hermano.

—¿Lleva casco o traje? —preguntó su padre.

—Traje.

Hubo varios suspiros.

—No se puede confiar en un hombre con traje —aseguró su padre.

—Pues entonces menos mal que no es nadie, ¿verdad? Porque lo lleva. Y ahora, ¿podemos hablar de otra persona? Como, no sé... Oye, Matt, ¿cuándo vas a hacer de Erin una mujer decente?

Si algo tenía su familia era su capacidad para repartir leña, y puesto que había sido Erin la que había empezado aquello, ahora le tocaba a Grace asegurarse de sacarle todos los colores a su amiga.

***

—El tercer trimestre fue una mierda y el cuarto es aún peor.

Dameon estaba reunido con su junta directiva, examinando el informe financiero. Ignoró la tensión que le agarrotaba el cuello y formuló las preguntas difíciles.

—¿Cuál es la proyección para los próximos seis meses?

—Maldita sea, Dameon, ¿desde cuándo miramos las previsiones solo a seis meses vista?

Su director financiero y viejo amigo, Omar, tiró el informe al suelo y se lo quedó mirando fijamente.

—Desde que Maxwell se largó y el colchón que nos proporcionaba su banco se fue con él, dejándonos con el culo al aire. Sabíamos que íbamos a ir muy justos, pero la pregunta es: ¿cómo de justos?

Omar lo fulminó con la mirada.

—Tan justos que no nos van a quedar agujeros en el cinturón, de tanto ajustarlo.

Dameon se inclinó hacia delante.

—Pero ¿nos aguantamos de pie?

—Nos aguantamos de pie, pero el suelo se mueve. Necesitamos terminar el proyecto de Rancho cuanto antes y que empiece a generar ingresos si queremos poner en marcha lo de Santa Clarita. Y aun así, no sé si vamos a tener los fondos para cubrir las dimensiones que propusimos originalmente.

Empresas Locke tenía otra docena de proyectos comerciales en marcha, todos en distintas etapas de ejecución, desde la adquisición hasta la construcción. Las dimensiones del proyecto Rancho eran la mitad del de Santa Clarita, pero era el de mayor envergadura de los que estaban a punto de concluir.

—Necesitamos que el proyecto de Santa Clarita nos devuelva a donde estábamos —les recordó.

—No queremos acabar como Fedcon, con proyectos a medio construir en pleno desierto —añadió Tyler.

Fedcon era un conocido promotor que quebró en medio de la construcción de una urbanización de trescientas viviendas en las afueras de Lancaster. Las casas estuvieron en varias fases de construcción durante cinco años hasta que otro promotor entró en escena y se forró.

—No vamos a dejar que eso ocurra —dijo Dameon—. En todo caso, quiero que seamos nosotros quienes demos un paso adelante y nos hagamos cargo de los proyectos que algún otro constructor haya dejado a medias y que tengan sentido para nosotros.

Omar se dirigió a Chelsea, que dirigía los departamentos de relaciones públicas y marketing. Aunque parecía un área muy extensa, lo cierto es que la joven estaba al frente de un equipo de menos de cinco personas.

—Tengo una sugerencia sobre el proyecto de Rancho —empezó a decir Omar.

—Te escucho.

—Sé que la idea original era quedarnos con las propiedades y formalizar contratos de arrendamiento neto triple en el espacio comercial, pero ahora mismo una reforma integral y venta posterior podría darnos lo que necesitamos para seguir otro año más en números positivos. O al menos, para permitirnos empezar a trabajar en Santa Clarita.

Aunque a Dameon la idea no le hacía ninguna gracia, tenía que reconocer que era buena. Desde el principio habían ganado una cantidad sustancial de dinero con las reformas integrales de las propiedades. Cuando empezaron a conservarlas para generar un flujo constante de dinero fue cuando Empresas Locke empezó a crecer de verdad, y ese crecimiento se tradujo también en la contratación de más personal y en mayores presupuestos.

Chelsea dio unos golpecitos con su bolígrafo en los papeles que tenía delante.

—Otra idea sería atraer a un inversor.

—¿Para que pueda retirarse cuando hayamos vaciado nuestras arcas? —preguntó Dameon—. Preferiría ahorrármelo.

—Con los contratos y los abogados adecuados, podemos evitar esa clase de problemas —le dijo Omar.

Sí… El problema con Maxwell era que habían sellado el trato mediante un simple apretón de manos y no habían puesto casi nada por escrito. Ese era el problema cuando unías fuerzas con los amigos pudientes de la universidad, gente de muy buena familia y con dinero: una agria discusión y adiós trato.

Y por una mujer, nada menos.

—Omar, necesito unos cálculos que muestren cuál sería nuestra situación si hubiéramos mantenido el rumbo que iniciamos en enero pasado. Chelsea, quiero una lista de personas interesadas, además del coste de lo que tenemos en marcha ahora en Rancho. Quiero cifras reales, nada de números ideales. —Señaló la puerta cerrada—. Hay mucha gente ahí fuera que depende de nosotros para llegar a fin de mes y no quiero tener que estar repartiendo cartas de despido el año que viene por estas fechas. —Hizo una pausa—. Y aunque me duela en el alma pedirla, también quiero una lista de posibles inversores.

Eso fue lo que más le gustó a su equipo, a juzgar por sus sonrisas.

Dameon dio por terminada la reunión y Tyler y Chelsea abandonaron la sala.

Omar se recostó hacia atrás.

—Vamos a conseguir que funcione, ya lo verás —aseguró a Dameon dándole una palmadita en la espalda—. Empezamos esto con mucho empuje y muchas agallas.

Dameon se rio.

—Lo empezamos en un bar, borrachos como cubas.

Omar había estudiado contabilidad y se había pasado a la gestión financiera para el mundo empresarial; el susodicho Maxwell era el niño de papá con el fondo fiduciario que iba a clases de Empresariales porque su padre le obligaba; y Dameon ya se había sacado la licencia de contratista y estaba estudiando una titulación en Empresariales para no tener que pasarse el resto de su vida clavando clavos.

Cuando nació Empresas Locke, fue con el dinero que Dameon había ganado dirigiendo la reforma de una docena de casas y un complejo de apartamentos con lo que arrancó todo, pero los ahorros que había acumulado no eran suficientes para llegar al siguiente nivel. Y ahí era donde entraba Maxwell.

A Maxwell no le gustaba trabajar. Era un inversor discreto que se reunía con Dameon y Omar una vez al mes para recoger un cheque o para dárselo a ellos.

Hasta el año anterior.

—Creo que necesitamos más noches de borrachera en un pub —sugirió Omar.

Dameon ahuyentó sus recuerdos y esbozó una sonrisa forzada.

—Tal vez sí.

Capítulo 8

Grace llegó a los terrenos de Empresas Locke media hora antes de lo acordado con Dameon. Sabía sobre el papel cuál era el alcance del proyecto, pero aún no había entrado en la propiedad para examinarlo de cerca. Llevaba unos vaqueros y un jersey y se había puesto un abrigo largo para protegerse de los vientos fríos que acompañaban a las primeras lluvias de verdad de la temporada. No había empezado aún a llover, pero se esperaba que lo hiciese en cualquier momento.

Grace deseaba que el tiempo aguantara un par de horas más.

La propiedad del rancho donde había acordado reunirse con Dameon parecía llevar abandonada al menos un año. Había varios carteles que decían PROHIBIDO EL PASO, pero eso no significaba que la gente los respetara. Llevaba tiempo suficiente en su trabajo como para saber que no había que husmear en las viviendas hasta que hubiese alguien más allí. Era cosa sabida que los indigentes se instalaban en el interior de las propiedades abandonadas, sobre todo en las alejadas de miradas indiscretas y de cualquiera que pudiera llamar a la policía.

Echó un vistazo a la cerradura de la puerta y decidió cruzar el camino de tierra y atravesar la maleza hasta el punto en el que se encontraba con el barranco que nacía en el cañón.

Aquella había sido una próspera comunidad de ranchos, pero con el paso de los años y los altibajos del mercado inmobiliario, algunos propietarios se hipotecaron y se vieron obligados a vender. Poco a poco, muchas de las propiedades se fueron deteriorando. Ver ganado por allí se convirtió en una anomalía y no en la norma. Algunos propietarios utilizaban parte de sus propiedades para guardar autocaravanas y barcos. Aunque las leyes urbanísticas no permitieran ese tipo de usos, se salían con la suya porque nadie se quejaba.

¿Por qué iban a hacerlo? Todo el mundo estaba tratando de aferrarse a lo que era suyo.

Grace trató de imaginar una urbanización y lo que eso supondría para la zona. No pudo evitar pensar que algunos de los propietarios se opondrían a la idea. Se habían instalado allí en busca de soledad y privacidad. Por otro lado, si la zona se urbanizara, aumentaría el valor de sus casas.

En última instancia, no le correspondía a ella aprobar o denegar ningún proyecto, sino solo señalar los aspectos relacionados con el desarrollo urbanístico; desde el punto de vista de la ingeniería civil, si algo no era factible, el propietario debía cambiar sus planes.

Oyó el ruido de unos neumáticos aplastando la grava de la carretera y vio que una camioneta se detenía junto a su coche.

Se fijó en el vehículo. Cuando Dameon abrió la puerta y bajó, Grace se quedó de piedra: estaba convencida de que era la clase de hombre que solo conducía sedanes de lujo.

Dameon la vio y la saludó con la mano.

Además de conducir una camioneta todoterreno, llevaba unos vaqueros y un jersey. Metió la mano en la cabina, sacó una chaqueta y empezó a ponérsela mientras ella se acercaba.

Tenía que inclinar la cabeza hacia atrás para mirar a aquel hombre y mirarlo era todo un espectáculo digno de ver: pelo castaño oscuro, mandíbula firme…

«Basta, Gracie».

—Buenas tardes —le saludó ella con toda la profesionalidad que fue capaz de mostrar.

Él sonrió mientras cerraba la puerta y le tendió la mano para que se la estrechara.

Grace vaciló un momento, temiendo el contacto por cómo iban a reaccionar sus sentidos. Aunque negarle a alguien un apretón de manos era como darle una bofetada.

Y en efecto, en cuanto las palmas de sus manos entraron en contacto, todo su cuerpo fue perfectamente consciente de la presencia de aquel hombre.

Para empeorar aún más las cosas, Dameon encerró su mano entre las suyas.

—Estás helada.

—Es que aquí fuera no hace calor, precisamente.

Hizo el gesto ya familiar de apretarle la mano antes de soltársela.

—Al menos esta vez llevas un abrigo.

No pudo evitar sonreír.

—Y llevo guantes en el coche.

Una vez que hubo dejado el bolso en el maletero y se hubo guardado las llaves en el bolsillo, se puso los guantes y cogió el portapapeles y el bolígrafo.

—Dime, Dameon, ¿qué esperas conseguir hoy?

Él abrió la boca, la cerró… levantó una mano en el aire y no dijo ni una palabra.

Grace supo en ese instante que no estaba pensando en la obra.

—Me refiero al terreno —le aclaró ella.

—Ya. —Dameon bajó la mano—. El terreno. Por un momento pensaba que habías cambiado de opinión respecto a la cena.

Grace se volvió para disimular su sonrisa.

—No es por eso por lo que hemos venido aquí.

Cuando él se calló, ella miró por encima del hombro.

—Vale. —Echó a andar por delante de ella en la dirección en que Grace acababa de venir—. Necesitamos saber el alcance de las infraestructuras necesarias para llevar a cabo nuestro plan urbanístico. Qué obstáculos y qué problemas prevéis vosotros que no hayamos tenido en cuenta.

Pasaron los siguientes treinta minutos recorriendo los terrenos y Grace fue la que más habló. Señaló las mejoras de la carretera. Teniendo en cuenta que, lejos de la vía principal, la mayor parte del cañón era de grava y tierra, era obvio que una gran parte de la construcción sería de hormigón. Ninguna de las casas estaba conectada a la red de alcantarillado. La ciudad no había construido la zona con eso en mente. El pequeño centro comercial que estaba medio ocupado era lo más cercano al sistema de alcantarillado.

—Pero vuestra intención es añadir un espacio comercial en el extremo del fondo. Eso va a requerir la conexión con el sistema de la ciudad.

Dameon asintió varias veces.

—Algunas de las propiedades tienen pozos.

—Y casi todos se usan para el riego, cuando se utilizan. Aunque el nivel freático es alto en esta zona, eso no significa que los pozos capten mucha agua. Yo no contaría con ellos. No a menos que tengamos diez años de fuertes lluvias.

Ambos miraron al cielo, que se había teñido de un gris oscuro y amenazaba exactamente con hacer justo lo que ella acababa de decir.

—Y hablando de lluvia, eso de ahí es un problema de primer orden. —Señaló el barranco.

—La vaguada del cañón —especificó él.

—Sí. Necesitaremos informes técnicos del suelo, pero te lo puedo decir ya: esta es una de las razones principales por las que este cañón no se ha desarrollado nunca en las dimensiones en las que vosotros os habéis propuesto hacerlo. —Lo miró de reojo. Él estaba examinando el paisaje como si supiera exactamente lo que iba a decir ella—. Hay que facilitarle al agua un canal por el que circular. La gente que vive en las casas del otro lado suele pasar semanas sin cruzarlo. Los residentes de la zona tienen tractores y camionetas todoterreno por una razón.

—Vamos a necesitar puentes y alcantarillado para solucionar el tema del drenaje —dijo él.

—Espero que la persona a la que pagasteis por hacer la prospección de estos terrenos supiera lo que hacía.

—Lo sabía. —La miró y sonrió.

Ella desplazó su mirada a los pies y rehuyó sus ojos.

—¿Qué hay de las recalificaciones del terreno? —le preguntó.

—Supongo que sabéis que se trata de suelo residencial con uso agrícola, por lo que los residentes tienen derecho a tener animales de granja o cultivar sus propias vides.

—No veo mucho uso agrícola por aquí.

—No, pero muchos tienen unas cuantas gallinas, algún caballo o una cabra. Y pueden tener vacas o alpacas o cualquier animal parecido si lo desean. Si intentas quitarles eso a los vecinos que ya están aquí, te llevarán a los tribunales. Y lo más probable es que pierdas. Por no hablar del tiempo que vas a perder con la burocracia del sistema.

—Necesitamos empezar a construir en primavera. —Había bajado la voz y sus ojos no dejaban de examinar el paisaje.

—Eliminar el uso agrícola en la urbanización que quieres construir sí es factible. O puedes dejarlo y hacer constar en la Asociación de Propietarios que tener animales de corral va en contra de las normas. Lo que nos lleva al siguiente tema: la cantidad de viviendas que propones. —Dejó de caminar y miró el espacio que les rodeaba—. En los últimos diez o quince años, las casas han crecido como setas. Cada promoción inmobiliaria está pegada a la siguiente. A medida que la gente se instala en zonas como esta, lo que quiere es más espacio.

—Más espacio significa menos beneficios.

—Lo sé. —Levantó una mano en el aire—. Pero si hay algo que he aprendido sobre esta comunidad, es que los cambios son lentos. Tal vez no tan lentos como en el interior de Texas, pero más lentos que en el valle, por ejemplo. La división de estas parcelas tendrá que someterse a la aprobación del consejo municipal.

—Nuestro equipo legal no cree que eso pueda detener nada.

—No lo hará, pero si no queréis retrasos innecesarios, y por eso pedías esta reunión hoy, debéis tener diseñado un plan alternativo de compromiso por si hay resistencia ante el tamaño de las parcelas. Podéis pedir la luna si queréis, pero estad preparados para reducir vuestras exigencias. A menos que queráis pasaros los dos próximos dos años asistiendo a las reuniones del ayuntamiento.

Dameon se metió las manos en los bolsillos de la chaqueta y miró hacia arriba, al cielo.

—Nosotros tampoco queremos eso. —Empezaron a caer las primeras gotas de lluvia—. Me gustaría que echaras un vistazo a unos planos que tengo en la camioneta.

—De acuerdo.

Aceleraron el paso mientras se dirigían a los coches.

El pelo de Grace no tardó en convertirse en una maraña de rizos húmedos.

Dameon sacó los planos de la camioneta y empezó a toquetear un juego de llaves tratando de encontrar la correcta para abrir la puerta de la valla de tela metálica.

—Trae, déjame aguantar eso —dijo ella, cogiéndole de debajo del brazo el tubo portaplanos.

Para cuando Dameon probó la cuarta llave, la lluvia ya estaba arreciando.

Grace se subió el cuello de la camisa para intentar no mojarse.

Dameon consiguió abrir la cerradura al fin y los dos salieron corriendo hacia el porche de la casa.

Ella se sacudió el agua y esperó mientras Dameon repetía el proceso anterior para encontrar la llave de la puerta principal.

Una vez dentro, ambos imitaron a la perfección a un perro sacudiéndose. Grace no estaba segura de quién se había reído primero, si él o ella.

Dameon dejó de reírse y la miró fijamente, con la clase de mirada a la que, por secuencia lógica, iba a seguir algo que no debía decirse, o que no debía suceder.

Grace se dio la vuelta y observó el espacio, una construcción de los años setenta de techos bajos con acabados de gotelé y una alfombra anaranjada a la que deberían haber dado una muerte digna veinte años antes. Alguien había dejado un sofá en mitad de la sala que le recordaba a los bordados de su abuela Rose: flores marrones y motivos decorativos en verde oscuro.

—Eso de ahí es horroroso —dijo Grace, mirando el sofá.

—A mi madre le encantaría —comentó Dameon detrás de ella.

—He pensado lo mismo de mi abuela.

La habitación daba a una cocina con una encimera lo bastante grande para desplegar los planos.

—Esto servirá.

Grace abrió el tubo y extrajo los bocetos de Dameon mientras este se dirigía a la ventana y abría las persianas para que entrara algo de luz en la habitación.

—No debería haber dado de baja el suministro eléctrico —dijo.

—¿Para animar a entrar a los okupas?

Entonces Dameon se acercó al fregadero y abrió el grifo, pero no ocurrió nada.

—Este es un espacio tan bueno como cualquier otro para albergar las oficinas de la construcción en esta primera fase. —Mientras hablaba, abrió los armarios y recorrió la habitación.

—¿Es la primera vez que vienes aquí?

—Sí.

Echó a andar por el estrecho pasillo.

Grace se encontró siguiéndolo.

—¿Cómo puede alguien hacer una cosa así?

—¿El qué?

—¿Comprar una casa sin verla?

Grace sabía que eso ocurría, pero nunca había tenido la confianza suficiente para preguntarle a alguien como Dameon cómo lo hacían.

—Compramos los terrenos. Las casas son accesorias. —Miró hacia arriba y luego abrió la puerta de un armario en la habitación vacía—. Y la mayoría de las veces no están en tan buen estado.

—¿En serio?

—Sí. Esta proviene de un embargo: los propietarios no podían pagar la hipoteca y el banco se quedó con la casa, pero a las entidades bancarias no les gusta nada tener inmuebles. La mayoría no ha llegado a recuperarse tras el desplome del mercado inmobiliario.

—Y ahí fue cuando vosotros entrasteis en escena y comprasteis la casa sin verla.

—Aquí el suelo es barato. Cuando acabemos el proyecto, volverá a valer dinero. Sé que los actuales vecinos se van a oponer, pero nuestro departamento de relaciones públicas les explicará que la urbanización va a añadir valor a sus casas. —Pasó por delante de ella en el estrecho pasillo y abrió otra puerta—. Oooh… —exclamó, mirando al interior.

—¿Qué hay ahí? —Grace asomó la cabeza por la puerta. En el centro de la habitación había una cama de matrimonio. No había ninguna sábana que tapara el colchón lleno de lamparones. Arrugó la nariz.

—¿Alguna vez has visto una cama en una casa antigua y has pensado en la de historias que podría contarte?

Grace se dio cuenta de que estaba demasiado cerca de él cuando tuvo que inclinar la cabeza hacia atrás para mirarle a los ojos.

—No —le contestó—. Miro las chimeneas y las ventanas delanteras y me pregunto cuántos árboles de Navidad habrán puesto en esa casa y pienso en la de anécdotas familiares que se habrán contado ahí dentro, llenas de exageraciones después de unas cuantas botellas de vino.

Dio un paso atrás.

—Eso me gusta mucho más que lo que pienso yo.

Grace volvió a la cocina y se quitó el abrigo, no porque tuviera calor, sino porque el peso de la prenda con la lluvia le estaba dando más frío.

Dameon se quitó la chaqueta también y se pusieron a mirar los planos el uno al lado del otro.

Grace intentó hacer como que no se daba cuenta de las veces que rozaba el hombro con el suyo, una y otra vez. Hizo todo lo posible para no aspirar el olor a lluvia y a masculinidad que emanaba de él.

Se obligó a mirar los planos y no al hombre que estaba a su lado. Tragando saliva, se dio cuenta de que ninguno de los dos había dicho nada durante varios segundos.

Dameon desplazó la mano hacia la suya por encima de los planos y fue entonces cuando su cerebro reaccionó.

—Ya he visto estos planos antes —le dijo sin levantar la vista.

Formuló en voz alta los aspectos que le preocupaban y puso el espacio suficiente entre ambos para no sentir el calor de su cuerpo.

Pasaron los minutos mientras ella dibujaba lo que sabía que él iba a necesitar, al menos en aquella fase del proyecto. A continuación, empleó más tiempo del que solía necesitar estudiando los planos, a lo que contribuyó el hecho de que Dameon parecía estar al día de todos los requisitos que imponía el gobierno municipal en materia de urbanismo. No tardó en hacerse evidente que no se pasaba todo el día sentado detrás de un escritorio.

Grace escribió unas notas en los márgenes de los planos, acompañadas de sus correspondientes casillas de verificación.

—Creo que con esto ya tienes suficiente para estar ocupado hasta después de las Navidades —le dijo dando un paso atrás.

Fuera, el cielo ya se había teñido de un gris intenso, casi negro, y a medida que se acercaba el ocaso, la casa empezaba a sumirse en la oscuridad.

Dameon enrolló los planos y ella le dio el tubo para que los guardara.

—Muchísimas gracias, de verdad.

Cogió su abrigo.

—Es mi trabajo.

Él le quitó el abrigo de la mano y lo abrió para ayudarla a ponérselo. Al parecer, aquel gesto no era nada raro para él, pero Grace no estaba acostumbrada.

Intentó acertar con los brazos en el abrigo y sintió las manos de él sobre sus hombros.

Durante un breve segundo disfrutó del contacto de sus manos. Entonces debió de hacer algo para alentarlo, porque Dameon deslizó los dedos lo suficiente como para rozarle los brazos. De espaldas a él, lo oyó suspirar.

—¿Qué puedo hacer para convencerte de que vengas a cenar conmigo?

Grace cerró los ojos y recordó con quién estaba.

Sacudió el cuerpo y él no tuvo más remedio que bajar las manos.

—Dameon…

—Solo cenar. Me harías un favor inmenso. Si no, tendré que meterme en la autopista, con todo el tráfico que hay a estas horas…

—¿De verdad quieres que me crea eso de «solo» una cena?

Los ojos de Dameon decían que de «solo cenar», nada.

—Tal vez algo más que una cena. Pero por algún sitio tenemos que empezar…

Se acercó un paso más.

—No tenemos que empezar en ningún sitio.

Sin embargo, sus pies no se movían.

Muy despacio, Dameon levantó una mano hacia la cara de ella y le apretó la palma contra la mejilla.

Grace sintió que faltaba oxígeno en la habitación y respiró con fuerza.

—Tus labios dicen una cosa…—dijo él mientras le recorría el labio inferior con el pulgar—. Pero tus ojos… Tus ojos entonan una melodía completamente diferente. —Le llevó el pulgar a la sien.

—Creo que he leído esa frase en algún libro —susurró.

«Muévete, Gracie. …sal de su espacio».

—¿Estás insinuando que estoy equivocado? —Se acercó más—. ¿Que si presionara los dedos aquí, en tu nuca… —hizo justo lo que estaba amenazando con hacer—… no levantarías la vista hacia mí y abrirías los labios lo suficiente como para reclamar un beso?

Ella cerró los labios y clavó los ojos en los suyos.

A él se le escapó una risa y se inclinó hacia abajo.

«¡Apártate!».

Grace abrió la boca. Tenía un «no» en la punta de la lengua, pero se negaba a salir.

En ese momento, la puerta de la casa se abrió de golpe.

Capítulo 9

Grace dio un salto y Dameon se volvió para colocarse frente a ella, protegiéndola de lo que fuera o de quien fuera que hubiese abierto la puerta.

—¿Gracie?

Con el corazón desbocado en el pecho y palpitándole ya en la cabeza, la joven miró por delante de Dameon y descubrió a su hermano Colin completamente enfurecido.

—Pero ¿qué narices...?

Apartó las manos de la cintura de Dameon, a la que se había agarrado, y se puso delante de él.

Dameon extendió el brazo y la detuvo.

Ella le apartó la mano.

—Es mi hermano —dijo, casi a gritos.

—¿Estás bien? —preguntó Colin.

—¿Te parece que no estoy bien?

Colin alternó la mirada entre ella y Dameon y luego la miró a ella de nuevo.

—¿Quién es este?

—¿Qué quieres decir con «quién es este»? ¿Qué haces tú aquí?

—No contestabas al móvil.

Se palpó el bolsillo trasero y recordó que lo había metido en el bolso que estaba en el maletero de su coche.

—Está en mi coche.

—Se suponía que habíamos quedado en la obra de la autopista de Sierra. —Para entonces la voz de Colin ya no parecía tan furiosa.

Grace también perdió parte de su indignación.

—Mierda, es verdad. Se me ha ido el santo al cielo.

—Como no me contestabas, he usado los servicios de localización del móvil y he visto que tu teléfono estaba aquí. —Colin había dejado de mirar a Grace y estaba mirando a Dameon—. En el culo del mundo, donde podría pasarte cualquier cosa.

—Sé cuidar de mí misma, Colin.

—Teniendo en cuenta todo lo que ha pasado este último año, comprenderás que me preocupe.

En ese instante, cualquier resto de enfado que pudiera quedarle en el cuerpo desapareció: Grace sabía exactamente a qué se refería.

Dameon dio un paso adelante y extendió la mano.

—Soy Dameon Locke.

Durante medio segundo, pareció que Colin no iba a estrechársela.

Entonces los hombres se dieron la mano, solo que luego Colin no se la soltó.

—Así que tú eres Dameon. He oído hablar mucho de ti.

Oh, no… Aquello no podía estar pasando.

—¿Ah, sí? Vaya… —Miró a Grace de reojo.

Siguieron apretándose la mano con fuerza, hasta que los nudillos de ambos se pusieron de color blanco.

Grace colocó sus manos sobre las de ellos y tiró con fuerza.

—Ya basta.

Ambos se soltaron, pero Grace no habría sabido decir quién la había soltado primero.

Colin la miró a los ojos. Con su elocuente mirada, Grace le estaba dando a entender que se callara, pero él no le iba a hacer caso.

—Entonces ¿este es el acosador?

Ella puso los ojos en blanco y se volvió hacia Dameon.

—Yo no te he llamado así, ha sido Erin.

Dameon la miró, reprimiendo una leve sonrisa con los labios.

—¿Quién es Erin?

—Una amiga —le dijo ella.

—La novia de nuestro hermano, que sabe un rato sobre acoso, igual que sabe perfectamente cómo identificar a un acosador —le aclaró Colin.

Grace se volvió con tanto ímpetu que estuvo a punto de perder el equilibrio. Dos zancadas y se plantó a un centímetro de la cara de su hermano.

—Este *show* del hermano mayor haciéndose el machito tenía su gracia a mis dieciséis años. ¡Ya basta! Dameon y yo estamos aquí revisando los planos de su proyecto. Estoy haciendo mi trabajo.

—Pues no es eso lo que parecía cuando…

Levantó el pie y aplastó los dedos del pie de su hermano.

—¡Ay! ¡Joder, Gracie! Eso ha dolido.

Colin retrocedió cojeando.

—Da gracias de que no hayan sido tus pelotas. —Se irguió para enderezarse al máximo, aunque no ganó demasiado en altura, teniendo en cuenta que llevaba zapatillas de deporte y no tacones—. Y ahora… gracias por tu preocupación, pero hazme el puto favor de cerrar la boca.

Colin gruñó y volvió a fulminar a Dameon con la mirada.

—La próxima vez llévate el teléfono contigo —le dijo.

Lo cierto es que no podía echarle eso en cara a su hermano.

—La próxima vez, llama antes de entrar.

Él se inclinó y la besó en la mejilla.

—Te quiero.

—Yo también te quiero.

Dameon habló por detrás de ella.

—Siento que nos hayamos conocido en estas circunstancias.

A Grace le dieron ganas de derretirse y fundirse con la alfombra solo para escapar de la incomodidad del momento.

—Me alegro de poder asociar una cara al nombre —dijo Colin.

Grace levantó un puño en dirección a Colin y este retrocedió.

—Adiós, Colin.

Lo observó mientras su hermano atravesaba la lluvia y subía a su camioneta. Cuando arrancó el motor y se alejó, suspiró aliviada.

—Esta ha sido, sin duda, la forma más divertida de conocer a alguien que he experimentado en la vida —dijo Dameon, riendo.

Gracias a Dios que se reía. A ella le daban ganas de irse a un rincón y morir.

—Lo siento mucho.

—¿Tu familia es italiana?

—No.

—¿Estás segura?

—No, no estoy segura, pero nadie ha dicho nunca que lo fuéramos.

Se atrevió a levantar la vista y mirarlo al fin. Aun con la luz cada vez más tenue, vio su sonrisa.

—Así que le hablaste a Erin de mí.

—Vas a hacer que esto sea aún más incómodo, ¿verdad?

Dameon negó con la cabeza.

—No. Voy a quedarme con eso y a tratar de asimilarlo.

—Bien.

—¿Quieres decirme a qué se refería Colin con eso de todo este año pasado?

—La verdad es que no me corresponde a mí contártelo y roza el chismorreo.

Por no hablar de que era un asunto aún muy sensible para ella.

—Teniendo en cuenta que tu hermano quería arrancarme la mano del brazo, me gustaría saber a qué viene tanta preocupación.

Se recordó a sí misma que Dameon era, ante todo, un cliente. Y aparte del hecho de que había estado a punto de besarla —y de que ella había estado a punto de dejar que lo hiciera—, tenía derecho a saber algunas cosas.

—Erin se estaba divorciando de su ex, un maltratador. Llegó a cambiarse el nombre y su identidad para huir de él. —Grace levantó la vista y vio que la sonrisa de Dameon se desvanecía—. Bueno, pues al final, él descubrió dónde vivía, la encontró y estuvo a punto de matarla.

—Dios…

—Erin vivía en la casa de invitados en la propiedad de Parker. Ella y Colin son los que acaban de casarse. Mi hermano estaba en la casa principal esa noche, pero para cuando supieron lo que pasaba, era demasiado peligroso entrar en la casa de invitados.

—¿Y qué pasó?

—Erin consiguió hacerse con el arma con la que su exmarido la amenazaba. Ella sobrevivió, pero él no.

Y antes incluso de que Grace supiera nada de todo aquello, el ex de Erin había logrado colarse, a través de una hábil manipulación, en la vida de Grace. Todavía se le revolvía el estómago cada vez que recordaba la cara de aquel desgraciado. Él la había besado. De hecho, había sido el último hombre que la había besado.

—¿Estás bien?

Dameon dio un paso adelante.

—No fue hace tanto tiempo. Todavía es todo demasiado reciente para toda la familia. Colin es un buen hermano, solo quiere protegerme.

Dameon volvió a dirigirse a la cocina.

—Y con razón.

Se puso el abrigo y cogió los planos.

—¿Seguro que no puedo convencerte para que cenes conmigo?

—Dameon…

—La próxima vez.

—Dameon… esto no es… no deberíamos…

Abrió la puerta y apoyó la mano en su espalda.

—Pero los dos sabemos que hemos estado a punto —le dijo al oído.

***

El tráfico que salía del valle de Santa Clarita no era ni mucho menos tan intenso como el de los coches que circulaban en la otra dirección. Aun así, Dameon tardó más de una hora en llegar a su apartamento en Los Ángeles y dejar la cartera y las llaves en la encimera de la cocina.

No podía dejar de pensar en Grace. Era completamente distinta de las mujeres que él solía perseguir. Era muy inteligente e ingeniosa, y cuando estaba con ella, era imposible dejar de reír. La escena entre ella y su hermano se reproducía como una de esas imágenes en *boomerang* en su cabeza.

Y le había hablado a su amiga de él.

Cuando las mujeres hablaban a sus amigas de un hombre, eso era porque pensaban en ese hombre. Que era exactamente lo que Dameon quería que pasase con Grace.

Se acercó al mueble bar y decidió que no estaba de humor para beber solo.

Ya era hora de salir una noche con sus amigos.

Omar contestó al segundo tono.

—Por favor, no me digas que llamas porque tenemos problemas.

Dameon se rio.

—Necesito esa noche en el bar. ¿Te apuntas?

—¿Invitas tú?

—¿En media hora en O'Doul's?

—Estaré allí en veinte minutos.

Omar colgó y Dameon se metió en la ducha.

Veinticinco minutos después, saludó a Omar desde la puerta del concurrido pub irlandés. Las luces de Navidad parpadeaban encima de la barra y la música irlandesa se colaba entre el barullo de la gente. Con muebles de madera oscura y una clientela algo pendenciera, O'Doul's era la clase de bar al que no iba nadie que quisiera ser visto. Era un local sencillo con cerveza de barril decente y mucho whisky irlandés.

Saludó al camarero por su nombre y se dirigió al taburete vacío junto a Omar.

—Veo que has empezado sin mí.

—No estaba seguro de si iba a ser una noche de cerveza o de chupitos.

Se quitó la chaqueta de los hombros y la colocó junto a la de Omar.

—Vamos a empezar con la cerveza.

Omar hizo una señal al camarero, pidiendo otra.

—A ver, ¿a qué se debe esta noche improvisada?

Dameon se sentó.

—Hay una chica.

—Y dos chupitos de Jameson, Tommy —añadió Omar. Dameon no pudo evitar reírse.

—Sabía que tenía que haber una chica por en medio. ¿Quién es y por qué no he oído hablar de ella antes? —Omar fue directo al grano.

—Se llama Grace y es ingeniera en el ayuntamiento de Santa Clarita.

Omar detuvo el movimiento de su cerveza cuando estaba a punto de llevársela a los labios.

—Ah… ¡Por eso sales de visita de obra todo el tiempo! Ya sabía yo que tenía que haber otra razón aparte de supervisar al equipo…

Tommy sirvió a Dameon su cerveza, les trajo dos vasos de chupito y los llenó.

—Ponme un plato de *fish and chips*, ¿quieres, Tommy? —le pidió Dameon.

—Que sean dos —añadió Omar.

—Estáis cogiendo fuerzas para una noche larga, veo.

—Hay una chica —le explicó Omar.

Tommy O'Doul tenía unos sesenta años y era el dueño del pub desde su inauguración, treinta años atrás.

—¿Y os vais a tomar dos chupitos para celebrarlo o mejor dejo la botella para que olvides a la chica en cuestión? —preguntó.

—Estoy de celebración —le dijo Dameon.

Omar extendió la mano rápidamente para que Tommy no se llevara la botella.

—Pero puedes dejar la botella, porque invita Dameon.

—Pero ¿tú qué te crees que es esto? ¿Una cita?

—Sí, me has llamado tú para invitarme a salir —dijo Omar riendo.

Tommy se despidió con un gesto, dejó la botella y se fue a prepararles la comida.

—Vale, sigue hablando. Es evidente que tienes muchas cosas que contarme.

—¿Alguna vez has conocido a alguien en quien no puedes dejar de pensar? —le preguntó Dameon antes de dar el primer trago a su cerveza.

—Sí. Entonces me acuesto con ellas y me olvido de su nombre.

Dameon puso los ojos en blanco.

—Y por eso fuiste la primera persona en la que pensé para salir y venir aquí esta noche: sabía que no estarías ocupado.

—Estoy ocupado cuando quiero —se defendió Omar.

—Grace es distinta. Es como una fuerza de la naturaleza, rebosante de seguridad en sí misma y buen humor. Se empeña en negar la atracción que sentimos el uno por el otro.

—Espera, ¿qué? ¿Me estás diciendo que alguien ha rechazado al gran Dameon Locke?

—Sí… no, en realidad no. Ella piensa que lo nuestro está mal, porque ahora mismo yo también trabajo con el ayuntamiento. Conflicto de intereses.

Omar apoyó un codo en la barra e inclinó su vaso hacia Dameon.

—No le falta razón. Es un conflicto para ella, no para ti. ¿Dijiste que era ingeniera?

—Sí.

—No quiero parecer sexista, pero es raro, ¿no? La mayoría de los ingenieros con los que hemos tratado son hombres. Hombres cuadriculados y sin sentido del humor.

Cuando Dameon se paró a pensarlo un segundo, vio que Omar tenía razón.

—Personalidad analítica. Viene con la profesión, supongo.

—¿Pero tu Grace no es así?

—No… Quiero decir, sí… analítica cuando habla de su trabajo y del proyecto. Su cerebro va a mil por hora, como una cinta de teletipo, avanzando constantemente. —Dameon volvió a inclinar su cerveza—. Pero en plan divertido.

—Y sexy, supongo.

La visualizó echando la cabeza hacia atrás y rememoró la llama en sus ojos.

—Sí. No como Lena. —Había estado saliendo con Lena durante un año—. Bajita, con curvas… parece la típica chica normal y corriente.

—Pues desde luego, no parece tu tipo.

—Ya —resopló—. Además, trabaja.

Ambos se rieron y Tommy se acercó a darles los cubiertos.

—Pero tengo dos problemas —dijo Dameon.

—¿Aparte del hecho de que su jefe podría cantarle las cuarenta si alguien la ve tonteando con un cliente?

—Vale, pues tres problemas.

Omar empujó el vaso de chupito hacia Dameon.

—Los problemas requieren whisky.

¿Cómo iba a oponerse a eso? Entrechocaron los vasos de chupito y se bebieron el trago de golpe. Sintió cómo el alcohol le quemaba el fondo de la garganta y todo el camino hasta el estómago.

—El primero es su hermano. —Dameon recreó la escena en la casa, desde el momento en que se abrió la puerta hasta el apretón de manos con el hermano mayor y su indiscutible aversión instantánea—. El otro problema es que su amiga cree que soy un acosador.

—¿Y eso? —preguntó Omar.

—He estado dándole vueltas. Vi a Grace en el hotel. Pero no hablamos entonces. A la mañana siguiente entró en la cafetería, con resaca, y la abordé. El lunes por la mañana, entró en su despacho de las oficinas municipales de urbanismo y… —Se detuvo—. Además, la llamé por Facebook.

Omar casi escupe su cerveza.

—¿Que hiciste qué?

Ahora que Dameon lo había dicho en voz alta, se daba cuenta de la cantidad de hechos demostrables que había en su contra.

—Mierda, no me extraña que su amiga piense que la estoy acosando…

Tommy puso un plato caliente delante de los dos y miró la botella de whisky.

—¿Os habéis vuelto abstemios o pensáis seguir bebiendo?

Omar levantó un dedo en el aire, pidiendo otra ronda. Tommy guiñó un ojo, les sirvió y se marchó.

—Primero: deja de usar Facebook.

—Ya, eso ya lo había pensado.

En el momento en cuestión le había parecido una genialidad.

—Tienes que quedar bien con el hermano, y en mi experiencia, si no le caes bien a las amigas, todo se te va a hacer muy cuesta arriba.

Omar se metió una patata frita en la boca y cogió otra.

—La amiga sale con su otro hermano.

Omar cogió el segundo vaso de chupito.

—Toda la familia te odia. Vas a tener que tragar mucha mierda y hacerles mucho la pelota si quieres conseguir a esa chica.

Dameon cogió el chupito.

—¿Sabes cuándo fue la última vez que necesité la aprobación de alguien?

Estaba casi seguro de que todavía iba al instituto y tenía algo que ver con el padre de una chica de dieciséis años…

—O puedes llamar a Lena.

El mero hecho de pensar en esa posibilidad le dejó un mal sabor de boca del que no logró desprenderse ni siquiera probando la cena.

—Empezaré por congraciarme con el hermano.

Dameon empezó a trazar un plan para conseguirlo mientras se tomaba el segundo chupito que le ofrecía Omar.

Capítulo 10

Grace estaba otra vez en casa de Dameon.

La lluvia caía sobre el tejado con el repiqueteo de los tambores de guerra. No tenía nada de natural.

Él estaba de espaldas a ella, pero sintió cómo su vientre entraba en calor al anticipar el momento en que él se diera la vuelta.

Ella quería que la besara, aunque sabía que no debería hacerlo. Y allí, en un sueño que sabía que era un sueño, pero en el que podía percibir el olor de su cuerpo, podía dejar que Dameon la abrazara.

Grace le puso una mano en la espalda y las luces parpadearon.

Él no se movió.

El frío le atravesaba la tela del abrigo.

Él se volvió de repente y la mano de Desmond le agarró la garganta.

Grace se despertó sobresaltada y se llevó las manos al cuello.

—No era Dameon.

Desmond Brandt, el ex de Erin, había reaparecido en los sueños de Grace.

Se levantó de la cama y se dirigió al baño. Accionó el interruptor y una luz brillante invadió sus globos oculares. Grace se pasó una mano por el cuello, notando aún el tacto de aquellos dedos.

—Idiota —insultó a su imagen en el espejo. Había sido una idiota al creerse sus mentiras, tan evidentes. Y todo porque era un hombre guapo y sofisticado.

Incluso el recuerdo del momento en que él la había besado —algo que desearía poder desterrar para siempre de su memoria— le trajo la sensación de notar sus dedos en el cuello.

En ese momento había aparecido Miah, un policía al que conocía desde que iba al instituto, acompañado de su compañero de patrulla. Estaban haciendo una ronda de rutina por el extremo del centro comercial. La vieron con Desmond y, a partir de ahí, el comportamiento de este cambió radicalmente. Debió de sentirse expuesto o nervioso. Se fue corriendo y al día siguiente Grace supo quién era en realidad. Una semana después, el hombre estaba muerto y Erin, en la UCI.

Podría haber sido ella.

Ella podría haber sido quien hubiese acabado muerta.

En la investigación que siguió a la muerte de Desmond se encontraron fotos de ella y Parker con las palabras «primera» y «segunda» escritas encima de las imágenes. La policía se había mostrado reacia a comunicarle los hallazgos, pero cuando lo hicieron, fue su padre quien se sentó con ella y le explicó lo que significaban.

—Era un sociópata, Gracie. Y si te hubiera pillado sola, sabe Dios lo que podría haberte hecho.

—¿Y por qué me dices esto ahora?

Su padre le apretó la mano y unas lágrimas insólitas le asomaron a los ojos.

—Porque no puedo perderte. Debes tener más cuidado. Eres demasiado mayor para que te castigue para que no salgas con el chico más gamberro del instituto.

Grace abrió el grifo de agua fría en el fregadero y se despejó empapando un paño y frotándoselo por la cara. Sí que estaba yendo con más cuidado, hasta el extremo de evitar por completo a los hombres en el sentido romántico del término.

Hasta ahora.

De vuelta a su habitación, se fijó en la hora. Las tres de la mañana.

Recorrió el corto pasillo hasta el salón y encendió una luz tenue en la cocina.

Después de servirse un vaso de leche, algo que su madre siempre hacía cuando tenía problemas para dormir, Grace se sentó en el sofá y se echó una manta sobre el regazo.

Dameon y Desmond, unos nombres casi idénticos, pero ahí terminaban las similitudes.

Dos semanas después de la noche en que murió Desmond, Grace empezó a tener pesadillas. Más recuerdos de lo que realmente había sucedido que lo que la había despertado esa noche.

Al haberse criado con dos hermanos mayores, había aprendido a defenderse. Se enorgullecía de ser capaz de distinguir a los malos de los buenos. Con Desmond, sin embargo, no lo vio venir. Él la había abordado casualmente, como quien no quiere la cosa, mientras estaban en un bar. Ella creía estar esperando al chico con el que había quedado a través de una *app* de citas, quien nunca llegó a aparecer. Más tarde, cuando la policía terminó su investigación, le informaron de que él mismo había preparado aquel montaje utilizando un perfil falso. Él sabía dónde iba a estar ella, como también que el chico de la *app* la iba a dejar plantada.

Desde entonces, Grace había borrado todas las aplicaciones de citas en las que había abierto un perfil y ni siquiera miraba dos veces a los hombres que intentaban ligar con ella en los bares. Había renunciado por completo a la especie masculina.

Cerró los ojos y trató de borrar el recuerdo de su cerebro.

Tal vez Erin tenía razón sobre él. Tal vez por eso había empezado a tener pesadillas de nuevo. Tal vez Dameon no era tan inocente como decía ser.

O tal vez sus recuerdos de Desmond la estaban machacando porque era la primera vez que se sentía atraída por alguien en casi seis meses.

***

Era domingo, y Grace acompañó a Parker, Colin, Erin y Matt en su tradicional paseo por los barrios de Santa Clarita para ver las luces y la decoración navideñas. Las casas estaban engalanadas con todos los adornos imaginables, con guirnaldas de luces que cruzaban la calle hasta unirse con las casas de enfrente. Había casas decoradas con adornos del Grinch y motivos de Disney, nieve falsa y árboles que parecían salir de los mismísimos tejados. El aire olía a limpio con el aroma de una lluvia reciente que no hacía sino intensificar la experiencia.

En cuanto se acercó al grupo, supo que alguien mencionaría el encontronazo de Colin con Dameon. Si había algo que se le daba espectacularmente mal a los miembros de su familia, era guardarse las cosas para ellos.

Sin embargo, había que decir en su favor que pasaron casi cinco minutos, entre saludos y besos en la mejilla, antes de que alguien pronunciara la primera palabra. Se colocaron en círculo mientras Erin sacaba una bufanda del asiento trasero de su coche.

—¿Qué es eso que he oído sobre una situación comprometida entre tú y un cliente en una casa abandonada? —Fue Matt quien formuló la pregunta.

Por el silencio que siguió a continuación, Grace supo lo único que necesitaba saber: ya habían hablado todos del asunto.

—Gracias, Colin —le dijo ella.

Su hermano sonrió como si hubiera completado con orgullo una hazaña portentosa.

—Creo recordar que fuiste tú quien nos dijo a todos que, si te veíamos salir con alguien que no te conviniese, hiciésemos el favor de intervenir.

—¿Estuve yo en esa conversación? —preguntó Erin, cerrando la puerta del coche.

—No. Fue en la sala de espera del hospital, cuando estabas en la UCI —le dijo Parker a Erin.

Grace había pronunciado esas palabras exactas mientras borraba las aplicaciones de citas de su teléfono. Toda su familia, incluidos su madre y su padre, también habían estado allí.

—En primer lugar, Dameon y yo no estamos saliendo. Y en segundo lugar...

—Yo sé lo que vi —la interrumpió Colin.

—Y en segundo lugar... —Hizo una pausa para asegurarse de que todos la estaban escuchando—. Ese hombre no tiene nada de malo. Pero quiero volver a subrayar la parte de que ¡no estamos saliendo!

—Vi cómo te miraba, Gracie. Si no estáis saliendo... o lo que sea que estéis haciendo, no será porque él no lo haya intentado —señaló Colin.

—Y aunque así fuera, ¿qué tiene eso de malo?

Parker entrelazó el brazo con el de Grace y echó a andar hacia las luces de Navidad.

—No tiene nada de malo. Es solo que todos estamos un poco sensibles.

Teniendo en cuenta la pesadilla que la había despertado en mitad de la noche, no podía indignarse por la reacción de su familia.

—Si descubrís algún aspecto negativo sobre ese hombre, no dudéis en decírmelo, pero ahora mismo parecéis unos exagerados, preocupándoos en exceso por la frágil mujer soltera del grupo.

Colin se acercó a Parker y le rodeó el hombro con el brazo. Matt y Erin iban detrás de ellos.

—Mi psicóloga me ha dicho que es normal que todo el mundo se muestre excesivamente protector durante un tiempo y que intentes no tomártelo como un insulto personal —le dijo Erin—. Lo hacemos por amor.

Parker apretó el brazo de Grace y se acercó.

—Simplemente te queremos.

—Yo me sentiría mejor si supiéramos algo más sobre ese hombre —dijo Colin.

—¿Y si lo invitas a una cena familiar? —sugirió Erin.

—Oye, os lo digo en serio: no estamos saliendo. Sí, me invitó a salir, pero ya tengo suficientes problemas en la oficina con Richard y sus desplantes para darle encima una excusa auténtica con un cliente que alimente la manía que me tiene.

—Creía que Richard se había calmado —dijo Matt.

—Hace tiempo que dejó de pedirme que le trajera el café. Ahora se limita a desbordarme de trabajo e insinúa que si no puedo con él se lo dará a Evan o a otro de los hombres del equipo.

—Pues vaya plan —dijo Parker.

Doblaron la esquina y la entrada al barrio iluminó la calle.

—Puedo decirle algo el viernes, en la fiesta de Navidad —se ofreció Colin.

—Eso solo haría que empeorar aún más las cosas. Pero gracias. Puedo manejar a Richard.

—Solo tienes que decírmelo.

Grace sonrió a su hermano y luego se volvió a mirar las gigantescas figuras de los Cascanueces que flanqueaban la calle.

—Esto cada año es más espectacular.

—¡Es alucinante! —exclamó Erin.

Y así, la conversación se desvió de Grace y Dameon y se centró en las facturas de la luz y las redes eléctricas.

***

Dameon estaba en su despacho, rodeado de hojas de cálculo y proyecciones. Mentiría si no admitiera que estaba nervioso. Su empresa había experimentado un rápido crecimiento en los últimos cuatro años, lo que equivalía a más empleados, más espacio de oficina y un aumento de los gastos generales. Sin la inversión de Maxwell, tenían muy poco margen de maniobra. Durante su expansión, Dameon tuvo la oportunidad de dar un paso atrás y repartir su participación personal en cada obra individual y delegar las operaciones diarias en personas de su confianza. ¿Podría seguir trabajando así? Un paso en falso y tendría que reducir su tamaño.

Su teléfono sonó con el número de su secretaria. La puso en altavoz.

—¿Sí, Pauline?

—Lo llama un tal señor Hudson por la línea uno. Le he preguntado el motivo de la llamada, pero ha insistido en que quería hablar con usted.

Dameon comenzó a dar golpecitos con el lápiz sobre su escritorio.

—Pásamelo. Gracias.

Su dedo vaciló antes de pulsar el botón. Aquello tenía un cincuenta por ciento de posibilidades de salir mal. Aceptó la llamada y puso a Colin en modo altavoz.

—Soy Dameon —respondió.

—Buenos días. Soy Colin, el hermano de Grace.

—Hola, buenos días. Yo también estaba tratando de encontrar una razón para llamarte. Gracias por adelantarte.

—¿De verdad? —preguntó Colin.

—El viernes fue todo un poco incómodo y quería aclarar las cosas.

—¿Y cómo pensabas hacerlo?

Colin era un tocacojones, Dameon tenía que reconocerlo.

—Pues no estoy seguro —dijo, sincerándose—. Invitándote a una cerveza y demostrándote con el ejemplo que no soy ninguna de esas cosas que se dicen de mí.

Colin tardó un minuto en responder.

El silencio hizo que Dameon quisiera añadir algo más, pero en vez de eso, dejó que se prolongara.

—¿Estás diciéndome que no vas detrás de mi hermana?

—No. Nada me gustaría más que Grace aceptara salir conmigo. Está decidida a hacerme sudar por ello. Cree que eso le daría problemas con su jefe.

—Si te dijera que tiene razones legítimas para sentirse así, ¿dejarías de presionarla? —preguntó Colin.

Dameon necesitó unos segundos para pensar en eso.

—No quisiera causarle problemas en el trabajo.

—Bien.

—Pero eso no significa que vaya a rendirme. —¿Por qué estaba teniendo aquella conversación con su hermano?—. Puede que tenga que esperar hasta que mi empresa haya acabado de tramitar todo el papeleo municipal.

—Esa es, en parte, la razón de mi llamada.

Esperó.

—Te escucho.

—El ayuntamiento organiza una fiesta anual de Navidad. Parece más un evento de *networking* que una fiesta del personal de la oficina. Van a asistir muchos de los altos cargos municipales, y he pensado que si vienes podrías hablar con los otros departamentos, con los miembros del consejo municipal… Ya sabes, con la gente que tiene que dar luz verde a tu proyecto. Tal vez eso agilizaría los trámites o al menos así podrían asociar una cara a tu nombre cuando llegue el momento de firmar los documentos.

Dameon no pudo evitar sentir que se le escapaba algo.

—Me parece muy buena idea. ¿Alguna razón en concreto por la que me estés ayudando con eso?

Lo que quería oír era que había sido iniciativa de Grace.

—Soy un buen tipo —dijo Colin, casi riendo.

—Que prácticamente me arrancó la mano cuando nos conocimos —le respondió Dameon.

—Tengo razones para estar preocupado.

—¿Te refieres al incidente con Erin y su difunto marido? —preguntó Dameon.

—¿Grace te habló de eso?

—Sí.

De nuevo, se hizo un silencio.

—Entonces entiendes mi suspicacia ante el hecho de que alguien esté acechando a mi hermana de una forma de todo menos normal.

Eso no había sonado bien.

—Me parece que no te sigo.

—Te pusiste en contacto con ella a través de Facebook, ¿verdad?

—Sí.

—Es raro, ¿no crees? —preguntó Colin.

—Mucha gente utiliza Messenger para enviar mensajes de texto.

—Sí, pero tú la llamaste.

—Vale, sí. Pero en mi defensa, me gusta tu hermana. Y estoy casi seguro de que el sentimiento es mutuo.

Oyó a Colin suspirar.

—¿No ves ningún paralelismo?

—¿Entre llamar a Grace por Messenger y que el marido de Erin intente matar a su mujer? No, Colin, no veo ningún paralelismo.

—No. No me refiero a eso. Me refiero a que tú utilices Facebook para contactar con Grace y Brandt utilizase una *app* de citas para acercarse a ella.

Dameon estaba completamente perdido.

—¿Quién es Brandt?

—Desmond Brandt. El hombre que intentó matar a Erin y que manipuló a Grace para entrar en su vida.

Dameon se quedó boquiabierto.

—¿Qué?

Colin empezó a tartamudear.

—Oh… no. Grace no te contó esa parte, ¿verdad?

Todos los fragmentos de la conversación se arremolinaron como hojas movidas por el viento. Al final se asentaron en una pequeña pila ordenada.

—¿Estás diciéndome que el muerto utilizó a Grace para encontrar a su ex? —Se le erizó el vello de la nuca.

—Mierda. No exactamente. Pero, joder… Grace me va a matar.

—¿Qué quieres decir con «no exactamente»?

—Ah, no… a mí no me vas a sacar nada más. Vas a tener que hablar con Grace para obtener más información.

—En la fiesta de Navidad a la que sugieres que vaya.

—Ya. Eso. Pues creo que no va a ser buena idea mencionar esta llamada en la fiesta.

—Así que quieres que me presente en una fiesta de Navidad sin invitación… ¿Cómo ayuda eso a que tu familia deje de considerarme un acosador? —Especialmente ahora que sabía el alcance de la inquietud que sentía Grace por los acosadores en potencia.

—Eres un hombre con recursos, estoy seguro de que podrás conseguir una invitación si te esfuerzas lo suficiente.

Sí, era un hombre con recursos.

—Dime una cosa, Colin … ¿Le hizo daño?

Dameon contuvo la respiración mientras aguardaba la respuesta.

—No físicamente. Pero no ha vuelto a ser la misma desde que sucedió todo.

Incluso eso le dolió a Dameon.

—¿Puedo preguntarte algo? —dijo.

—Sí.

—Si crees que yo me parezco en algo a ese hombre, ¿por qué invitarme a esa fiesta, para empezar?

—Para poder decidir por mí mismo si te pareces o no.

Esa era una respuesta con la que Dameon podía vivir.

Capítulo 11

Había una razón por la que los memes sobre los lunes aparecían en las tazas de café, las camisetas y las redes sociales.

Los lunes eran un auténtico coñazo, sobre todo cuando alguien se pasaba el fin de semana sin dormir las horas suficientes de sueño reparador para compensar una semana de trabajo de mierda.

Grace estaba en una reunión bimensual con los ingenieros. Richard presidía la mesa de reuniones y ella y Evan ocupaban un lado, mientras que Lionel, Adrian y dos becarios se sentaban en el otro. Como trabajaban juntos en muchos proyectos, celebraban reuniones regulares en las que todos podían hablar de los avances o los problemas y limar asperezas en equipo. Todos tenían sus puntos fuertes en diferentes áreas de la ingeniería, y era en aquellas reuniones donde se delegaban las tareas.

Había tomado la decisión consciente de llevar ropa que le permitiera ponerse tacones en días como aquel. Con esos centímetros de más alcanzaba el empuje —y la altura— que necesitaba para mirar a los ojos a sus colegas; o mejor aún, a su jefe.

Richard había empezado con Lionel y Adrian antes de pasar a Evan.

—¿En qué punto estamos con el tema de la autopista de Sierra? ¿Vamos a abrir nuevas vías de actuación o el propietario de los terrenos ha decidido cooperar al final? —preguntó Richard.

Evan miró a Grace.

—Creo que esa pregunta es para ella —dijo.

—Le dije que tenía hasta el final de la jornada de hoy para darnos el nombre del contratista que iba a emplear, pero no me sorprendería que encontrara alguna táctica para conseguir más tiempo.

—Ha tenido varios meses —dijo Evan.

—Lo sé. Es un tipo muy beligerante —les explicó Grace.

—¿No lo son todos cuando el ayuntamiento se les echa encima? —exclamó Adrian con una sonrisa de satisfacción.

—¿Demasiado para ti, Hudson? —preguntó Richard.

Evan se inclinó hacia delante.

—No es eso lo que ha dicho, Richard. Ese hombre es un imbécil. No nos respeta a ninguno de nosotros. Estoy de acuerdo con Grace en esto. Va a retrasar las cosas el máximo posible.

—Le di un plazo definitivo. Ya he redactado lo que hay que hacer. Lo único que necesito es el visto bueno para seguir adelante y conseguir un equipo de trabajo para empezar. —Grace hizo su exposición de los hechos y esperó el visto bueno de Richard.

—Ponlo en el presupuesto de enero —dijo Richard.

Grace sintió una pequeña victoria al saber que podía pasar a la siguiente fase. A continuación, Evan habló de uno de sus proyectos principales, que ya estaba terminando, y otro para el que necesitaba más personal.

Richard dio su aprobación y se volvió hacia Grace.

Al igual que los demás, ella empezó por lo más urgente y terminó por lo más reciente, que resultaba ser el proyecto de Dameon. Habló del alcance del plan urbanístico y de los aspectos en los que iba a participar su departamento.

—Sé que Dameon quiere empezar las obras de construcción en primavera. Para que eso sea posible, voy a necesitar más personal en esto. La reubicación del espacio comercial ya es todo un proyecto de construcción en sí mismo.

Después de todo lo que dijo, Richard solo tenía una pregunta:

—¿Dameon? ¿Te refieres al señor Locke?

Se advirtió a sí misma contra la idea de apretar el lápiz con tanta fuerza, o se arriesgaba a romperlo.

—Sí, Richard, me refiero a «Dameon» Locke.

Se estableció un duelo de miradas entre los dos.

Evan, su mano derecha, ofreció su ayuda.

—Yo puedo trabajar en los locales comerciales.

—Gracias, Evan. —Apartó la mirada de su jefe y miró a Adrian—. ¿No hiciste hace poco un informe del suelo para el cañón de San Francisquito?

—De eso hace más de un año —dijo Adrian.

—¿Me harías el favor de encontrarlo? Así me ahorraría algo de trabajo.

—Ningún problema.

Richard habló al fin.

—Parece que lo tienes todo bajo control, Hudson.

Por su tono, era evidente que no estaba contento.

—Siempre es bueno empezar a tope el nuevo año.

Habiendo logrado sus objetivos en la reunión, Grace se recostó hacia atrás y apoyó las manos en su regazo.

Evan la siguió hasta su despacho y esperó a que se cerrara la puerta antes de decir lo que ambos estaban pensando.

—¿Qué narices le pasa?

—No me digas que te acabas de dar cuenta ahora.

—Vale, sí, siempre ha sido muy duro contigo, pero hoy se ha pasado de la raya.

—Empezando por el detalle de que siempre habla primero a todo el mundo antes de dirigirse a mí, y continuando porque siempre os llama a todos por vuestro nombre de pila, mientras que yo soy siempre Hudson. —Se sentó en la silla detrás de su escritorio.

Evan ocupó la silla al otro lado.

—Lánzale una advertencia. Empieza a hablar de discriminación de género.

Grace echó la cabeza hacia atrás.

—No voy a jugar a ese juego. No sé si es un tema de género o es personal. —Eso era mentira: Grace nunca le había hecho nada a Richard, absolutamente nada, que él pudiera recriminarle—. Además, una vez que tomas ese camino, es casi imposible encontrar un trabajo después.

Evan se encogió de hombros.

—¿Por qué crees que mantengo mi vida personal al margen de la laboral?

Grace resopló. Hacía años que sabía que Evan era gay.

—No tienes que fingir conmigo.

—Lo sé, pero es que es más fácil mantenerla separada.

Acercó la silla a su escritorio.

—Tengo la sensación de que se sentiría más cómodo con tu orientación sexual que con mis genitales...

Evan se rio y se inclinó hacia delante.

—Mira el lado positivo: tendrá que jubilarse mucho antes que nosotros.

—Eso será si duro aquí más que él. Tengo que admitir que he hecho algunas búsquedas de trabajo en internet. —Aunque no había ninguna garantía de que fueran a tratarla mejor en otro sitio.

—No puedo culparte. —Evan agitó una mano en el aire—. Dame los planos de Locke. Haré una copia y revisaré tus notas.

Grace se acercó al archivador, sacó el cajón que contenía los planos de Dameon y encontró los que necesitaba Evan.

—Gracias. Te agradezco mucho que te hayas ofrecido.

—De nada. Tú te has comido el marrón de Sokolov sin mí. Por lo que a mí respecta, te debo una.

Enrolló los planos y se los dio.

—No me debes nada.

—Eso es discutible. —Evan se dirigió a la puerta y dudó antes de salir—. ¿Vas a venir con alguien el viernes?

—Ya sabes que hace meses que no salgo con nadie.

—Qué pena. Lo que pasó con ese tío, el que murió, no significa que no seas exigente con tus citas ni que no actúes de forma inteligente en el terreno amoroso.

—¿Tan transparente soy?

Y eso que creía que se le había dado muy bien ocultar sus sentimientos.

—Es una deducción lógica. Tú siempre has traído a un montón de novietes a las fiestas, y no tardas en hablar de sus sustitutos. Pero ahora no te veo con nadie desde hace…

—Lo sé. Es que no estoy preparada.

Su compañero le guiñó un ojo.

—No le des a ese tío, el muerto, ningún poder sobre ti, Grace. Eres demasiado joven para empezar a hacer colección de gatos en tu casa.

Eso la hizo sonreír.

—No tengo ni uno, así que no se me ocurriría hacer colección. —Le sonó el teléfono, poniendo fin a su conversación—. Adiós, Evan. —Levantó el auricular—. Grace Hudson —dijo.

—Buenos días, Grace. —La voz de Dameon era suave como la seda.

Evan miró por encima de su hombro al salir de su despacho.

Grace tapó el auricular con la mano.

—Cierra la puerta.

Evan salió y Grace volvió a la llamada.

—¿Interrumpo algo? —preguntó Dameon.

—No, no pasa nada.

—Vale. Oye, voy a estar en la ciudad mañana. Me gustaría hablar de algunas cosas contigo.

—Mañana estoy muy ocupada.

—¿Y qué me dices del almuerzo? Podrías dejar que te invite.

Bajó la voz como si las paredes tuvieran oídos.

—¿Es esta tu manera de invitarme a salir cuando sigo diciendo que no?

Dudó lo suficiente como para que eso fuera un «sí» a su pregunta.

—Tendrás que comer.

—La verdad es que tengo un… compromiso. Mañana. A la hora del almuerzo.

—¿Un compromiso?

—Es importante.

—Pues te llevaré allí con el coche.

—Dameon…

—Vale, me conformo con tu número de móvil.

Ella negó con la cabeza.

—Tienes mi móvil del trabajo.

—¿De verdad quieres que te llame a ese número fuera del horario laboral? No sé si en tu trabajo alguna vez hacen auditorías de los teléfonos de los empleados, pero…

Desde luego, era un hombre muy insistente.

—Está bien.

Grace le dio su número.

—Nunca había tardado tanto en conseguir el móvil de una chica.

Eso la hizo sonreír.

—Seguro que te los tiran a la cara muy a menudo.

—Yo no diría eso.

Grace apartó a un lado las notas de la reunión.

—A menos que haya algo urgente, la verdad es que tengo que volver al trabajo.

—Pues entonces buscaré algo urgente.

—¿Por qué será que no me sorprende?

—Porque eres muy lista. Que tengas un buen día, Grace.

Se estaba acostumbrando a escuchar su nombre en sus labios.

—Adiós, Dameon.

Colgó y cogió con una sonrisa la carpeta en la que había estado trabajando antes de la reunión.

Cuando su móvil personal vibró con el aviso de un mensaje de texto, supo de quién se trataba antes incluso de mirar.

Solo quiero asegurarme de que eres tú.

Eres incorregible.

Él le envió un emoji guiñando un ojo.

Sí… probablemente era mejor que ese tipo de mensajes de texto no apareciesen en el móvil del trabajo. Seguro que al puñetero Richard le daría un síncope si detectara cualquier tipo de flirteo.

Capítulo 12

Dameon tenía tres días para conseguir una invitación a la fiesta, lo que le dejaba pocas opciones. Vio a Grace salir del edificio de oficinas a las doce en punto.

—Puestos a que te acusen de ser un acosador, de perdidos al río...

La verdad es que se sentía como si fuera un pervertido.

En lugar de subirse a un coche, Grace se dirigió a un centro comercial.

Seguirla a pie sería demasiado obvio, así que en vez de eso la siguió con el coche y la vio entrar en uno de los locales comerciales. Aparcó y caminó un poco más allá de donde había visto desaparecer a Grace, delante de un escaparate. A medida que se fue acercando, aminoró el paso. Solo había dos puertas posibles.

La primera era una especie de local para el cobro de cheques. Echó un vistazo al interior y no vio ninguna señal de ella, así que se dirigió al siguiente y la vio quitarse los zapatos.

—¿Un salón de pedicura? No me lo puedo creer...

Era imposible fingir que se la encontraba por casualidad dentro de un maldito salón de pedicura.

Grace se sentó en un sillón y sumergió los pies en el agua. Dameon se quedó mirando.

Se dio cuenta de que alguien dentro de la tienda le estaba observando, así que entró.

«Actúa con naturalidad».

—¿Grace? ¿Eres tú?

Al oír su nombre, la joven levantó la cabeza.

—¿Dameon?

—Ya me ha parecido que eras tú.

Varios pares de ojos se movieron en su dirección. Había una mujer sentada ante un mostrador con la mano dentro de una especie de lámpara de luz ultravioleta. Una de las empleadas empujó un taburete con ruedas junto a la silla de Grace y ajustó el caudal de agua con el que se estaba llenando el barreño.

—¿Qué haces aquí? —le preguntó ella.

—Estaba, hummm… —Señaló hacia la puerta con el pulgar—. Pasaba por aquí y … —Mierda, no tenía ni idea de qué había en el centro comercial para decir de qué tienda había salido—. ¿Así que este era tu compromiso de hoy?

De repente, era Grace la que estaba en el punto de mira. Las mejillas se le tiñeron de rojo.

—Es importante.

—¿Había reservado hora? —La pregunta venía de una de las empleadas.

—Perdón, ¿cómo dice? —La pregunta lo pilló desprevenido.

—Que si ha reservado hora.

Dameon negó con la cabeza.

Entonces le tocó el turno a Dameon de sonrojarse.

La mujer a la que le estaban pintando las uñas empezó a reírse.

Miró a Grace, que estaba disimulando una sonrisa.

—Puedo sentarlo junto a su amiga —insistió la empleada.

—Lo siento. Yo no…

—Quiere saber si te vas a hacer una pedicura —le explicó Grace.

«No, por Dios».

Miró a su alrededor, sintiéndose completamente fuera de lugar.

—Mmm…

—Bueno, pues no puedes quedarte ahí como un pasmarote —le dijo Grace.

—¿Podemos hablar? —preguntó.

Grace miró el asiento vacío a su lado.

«Cabrona».

—Está bien, de acuerdo.

En algún lugar, alguien estaba haciendo pedacitos su tarjeta de miembro del muy masculino Gentlemen's Club. La mujer sonrió, levantó el reposabrazos del sillón y lo animó a tomar asiento.

Se quitó los zapatos antes de sentarse.

Percibió la sonrisa de Grace antes de que sacara un mando a distancia de un bolsillo en el lateral del sillón.

—¿Así es como pasas la hora del almuerzo? —le preguntó.

—Está cerca, y el mediodía siempre es una buena hora.

Se recostó hacia atrás mientras la empleada abría el agua. Fue entonces cuando se le ocurrió que tenía que quitarse los calcetines y arremangarse los pantalones, lo que sin duda era la cosa más estúpida que había hecho en todo el año.

Una vez se hubo asegurado de que sus pantalones de vestir no iban a mojarse, hundió sus pies blanquecinos en el agua. Metió un dedo del pie y lo sacó de golpe.

—Quema.

La empleada sumergió toda la mano en el agua, lo miró, hizo una mueca —como si no diera crédito— y luego ajustó la temperatura.

—Es que fuera hace frío. —Además, no estaba acostumbrado a quitarse los zapatos en público, a menos que fuera para comprarse unos nuevos.

La mujer que atendía a Grace le sacó uno de los pies del agua y empezó a retirarle el esmalte de las uñas.

Dameon volvió a probar el agua, le pareció que la temperatura era agradable y se arrellanó en el sillón.

—A ver si lo adivino: ¿nunca has hecho esto antes? —le preguntó Grace.

—Los hombres no hacemos estas cosas.

El asiento hacía las veces de sillón de masaje, y todo el cuerpo de Grace se arqueó cuando el rodillo se le deslizó por la columna vertebral. Dameon intentó no quedarse mirando boquiabierto su pecho mientras lo levantaba.

—Pues esto suele estar lleno de hombres todos los días —le aseguró Grace.

—¿En serio? —Porque no conocía a nadie con pene que se hiciera la pedicura.

—Todos los días.

—¿Por qué tengo la sensación de que me estás tomando el pelo? Grace se dirigió a la mujer que le hacía los dedos del pie.

—Nell, tienes hombres aquí todos los días, ¿verdad?

Nell asintió y sonrió.

—Y dime, ¿de qué querías hablar? —le preguntó Grace.

Dameon movió los dedos de los pies en el agua y pulsó un botón del mando a distancia. El sillón empezó a moverse hacia adelante, cosa que no parecía normal.

—Mmm… ¿cómo hago para que esta cosa se vaya otra vez hacia atrás?

Grace se inclinó y pulsó el botón derecho. Las letras del mando a distancia estaban desgastadas por los años de uso.

—Échate para atrás —le dijo antes de poner la silla en movimiento.

De repente, su cuerpo empezó a sufrir las mismas sacudidas que el de Grace. De hecho, hasta le estaba dando gustito…

Movió los hombros de lado a lado.

—No está mal.

—Una hora entera de masaje antiestrés —le dijo Grace mientras inclinaba la cabeza hacia atrás y cerraba los ojos.

Se alegraba infinitamente de que no hubiera ninguna posibilidad de que alguien conocido lo viera allí dentro.

—Voy a venirme a vivir aquí —anunció.

Grace abrió los párpados de golpe.

—¿Que vas a hacer qué?

—Sobre todo los fines de semana. Seguramente también algunos días entre semana, en cuanto las cosas estén en marcha. He llamado a la compañía y he vuelto a dar de alta el suministro de agua y de electricidad en la casa.

—¿En el cañón?

Asintió con la cabeza. La empleada que estaba a sus pies dio unos golpecitos en el espacio donde Grace había colocado un pie y miró a Dameon. Cuando vio que no se movía, la mujer le tiró con delicadeza de una pierna hasta que tuvo el pie colocado en la misma postura que el de Grace. Le aplicó una especie de crema en los dedos del pie, cogió un cortaúñas y se puso manos a la obra.

—Dameon —lo llamó Grace, atrayendo su atención hacia ella.

—Sí. La casa del sofá de la abuela. He pensado que será más cómodo que tener que ir y volver en coche todos los días o alojarme en un hotel. Ya que soy el dueño de los terrenos, más me vale aprovecharlo, ¿no? Habilitaré los dormitorios del fondo como oficinas y me montaré mi espacio de trabajo en el estudio.

—¿Así que piensas dormir allí?

—Sí. —¿Qué estaba haciendo aquella mujer ahora? Parecía que le estaba cortando la piel de las uñas de los pies, pero no notaba nada. Señaló hacia abajo y preguntó—: ¿Eso es normal?

—Sí —dijo Grace—. ¿Y cómo se te ha ocurrido lo de mudarte ahora?

—He pensado que viviendo en la zona más de una hora entenderé mejor qué es lo que va a funcionar y qué no.

Todo eso era cierto, pero no era la razón principal por la que tenía a una cuadrilla de operarios en la casa esa mañana para que se llevasen la cama y los trastos desperdigados por toda la casa.

—Pero eso es un poco exagerado, ¿no te parece? —exclamó Grace.

Él dejó de mirarse los pies y dirigió su atención hacia ella.

—Tal vez. Necesito que este proyecto salga bien, Grace, no te voy a engañar. Si hubiera un lugar en el que pudiera conocer a todas las personas involucradas con las que voy a tratar durante el próximo año para hacer que este proyecto salga adelante, me iría de cabeza a ese lugar.

—Pareces preocupado.

Dameon decidió que era la hora de darle más información.

—Soy responsable de muchos empleados. Mi empresa ha perdido a su principal inversor, y aunque tenemos fondos para tirar adelante el proyecto, me quitaría un gran peso de encima si pudiera establecer contactos con algunos de los agentes involucrados.

—Cuando dices «establecer contactos» quieres decir hacerles la pelota para camelártelos.

—Sí —afirmó rotundamente con la cabeza.

—¿Es eso lo que estás haciendo conmigo?

Su sonrisa se esfumó.

—No. —En realidad, sí quería camelársela, pero no exactamente en ese sentido, ni tampoco por negocios.

—¿Así que estás aquí sentado haciéndote la pedicura, y no intentando camelarme?

El sillón empezó a masajearle la espalda.

—Estoy aquí haciéndome la pedicura porque no quieres salir a cenar conmigo.

Grace puso los ojos en blanco.

Nell se rio pero no hizo ningún comentario mientras seguía trabajando con los pies de Grace.

—Vamos, Grace… eres la única amiga que tengo en la ciudad. Seguro que conoces algún sitio donde se reúne ese círculo de gente.

La empleada pasó a concentrarse en su otro pie después de volver a sumergirle el primero en el agua.

—Hay una fiesta este viernes —le dijo.

Intentó no sonreír para no delatar su entusiasmo.

—¿Ah, sí? ¿Y quién va a estar en esa fiesta?

—Nunca se sabe quién va a aparecer. Habiendo comida y alcohol gratis, mucha de la gente con la que vas a tratar estará allí.

—¿Cómo puedo conseguir una invitación? —preguntó.

—No es tan formal, pero puedo poner tu nombre en la lista. Muchos años han venido varios inversores. Toda la gente importante de la comunidad va a estar allí.

La mujer le volvió a meter el pie en el agua y le sacó el otro para, acto seguido, empezar a rasparle la piel con una especie de bloque de lija. Cada vez que le pasaba la lija, Daemon daba un bote en el sillón.

Grace se echó a reír.

—Me hace cosquillas —le dijo él mientras intentaba estarse quieto durante la sesión de tortura—. ¿Y ahora qué está haciendo? —le preguntó a la mujer.

—Raspando las pieles muertas.

Eso no le había gustado nada. Peor aún, no le gustaba la sensación que le provocaba. Volvió a centrar su atención en Grace.

—Entonces ¿me pasarás la hora y el lugar de esa fiesta? —le preguntó, para confirmar.

—Estaré encantada.

Grace se recostó y cerró los ojos mientras la mujer le echaba loción en la pierna y empezaba a frotar.

—¿Y tú vas a…?

Lo interrumpió en mitad de la frase levantando la palma de la mano.

—Prohibido hablar en la mejor parte.

Aunque hubiera querido seguir hablando, no pudo hacerlo, porque Dameon se encontró con la pierna untada de loción y con unas manos recorriéndole de arriba abajo la pantorrilla.

La mejor parte no duró tanto como le habría gustado.

—Sí, voy a ir. Es la única fiesta de la oficina que celebramos, aunque sea multitudinaria.

—¿Es formal?

—¿Te refieres a si hay que ir de etiqueta?

Dameon asintió con la cabeza.

—No somos esa clase de ciudad.

Nell empezó a aplicar un esmalte rojo brillante en las uñas de los pies de Grace. Durante un instante en el que dio alas a sus fantasías, Dameon se imaginó el pie de ella rozándole el suyo mientras estaban enredados entre las sábanas.

—¿Así que vas a ir?

Dameon pestañeó para borrar la imagen de ella tumbada en la cama a su lado.

—¿Qué? Claro. No me la perdería por nada del mundo.

—¿Quiere esmalte?

Dameon se miró los pies y a la mujer que agitaba en el aire una laca de uñas de color claro.

—No, gracias. No hace falta.

Grace se echó a reír.

—Los hombres también se las pintan.

—No me lo creo —dijo él.

Ella siguió riendo.

La empleada le secó los pies y le bajó las perneras de los pantalones. Luego le dio las gracias y se fue.

Dameon esperó a que acabaran de pintarle las uñas de los pies a Grace y a que se calzara con cuidado un par de sandalias. Se puso de pie y buscó su cartera mientras se acercaba al mostrador donde había visto pagar a la otra mujer unos minutos antes.

—Pagaré las dos pedicuras —dijo, señalando a Grace.

Pensó que ella ofrecería resistencia, pero no le dijo nada.

Grace lo miró con cara de inocencia.

—¿Qué? Te has pasado todo este rato hablando como una cotorra en lugar de dejarme disfrutar de mi hora antiestrés; lo menos que puedes hacer es pagar por ello.

Era la clase de sarcasmo que cada vez le resultaba más simpático en aquella mujer. Nell le dijo un precio y él le dio su tarjeta de crédito.

Una vez concluida la transacción, volvió a guardar la tarjeta en su cartera.

Se dirigió hacia la puerta.

Grace lo detuvo.

—Tienes que darles una propina.

—Ah, claro. —Buscó de nuevo su cartera y susurró—: ¿Cuánto debería dejar?

Grace sonrió.

—Diez a cada una.

Teniendo en cuenta que el total había sido de menos de cincuenta, le pareció que era demasiado.

—Y estamos en Navidad —añadió Grace.

Sacó dos billetes de veinte y le dio uno a cada empleada. El dinero desapareció rápidamente entre agradecimientos y sonrisas.

Dameon le abrió la puerta a Grace y la siguió fuera.

—Les he dado demasiada propina, ¿verdad? —preguntó.

Grace soltó una risita.

—Sí.

—Y los hombres no entran ahí, ¿verdad?

—Bueno… es más barato que un podólogo —señaló.

Él hizo una mueca.

—Lo sospechaba.

Echó a andar a su lado.

—Estoy segura de que mis hermanos se han hecho la pedicura.

—¿De verdad?

—No. Ni muertos entrarían ahí dentro. —Empezó a reírse como si se hubiera estado aguantando las ganas durante toda la última hora.

Dameon decidió que había valido la pena solo para verla reír así.

—Nunca voy a superar esto, ¿verdad que no?

Ella se llevó la mano al estómago entre risas.

—No.

Se detuvieron en la puerta del centro comercial.

—Ha sido muy divertido, pero tengo que volver al trabajo.

A Dameon le dieron ganas de acercarse más a ella y abrazarla. Es más, le dieron ganas de besarla. En lugar de eso, se metió las manos en los bolsillos.

—Te veré el viernes.

—Supongo que sí. Te enviaré la información en un mensaje de texto. —Lo miró a los ojos—. Tengo que irme.

—Vale.

Se dio la vuelta.

—Espera.

—¿Sí?

Grace lo miró de nuevo.

—¿Cuál es la mejor tienda de la ciudad para comprar una cama? Puedo usar el sofá de la abuela, pero hay que cambiar la cama de todos modos.

—Hay una tienda de colchones en Camino Viejo.

Él sabía dónde era.

—Gracias.

—De nada.

Se volvió de nuevo.

—Ah, ¿Grace?

—¿Sí?

Bajó la mirada a sus pies.

—Me gusta el rojo.

Y con eso, las mejillas de ella se tiñeron del mismo color que el esmalte de uñas de sus dedos.

Capítulo 13

Concentrarse en el trabajo era toda una hazaña mientras Grace seguía recordando el desfile de expresiones en la cara de Dameon durante su primera pedicura. La imagen había sido absolutamente impagable. Ojalá hubiera sabido con antelación que iba a entrar en el salón de manicura, porque así habría tenido lista la cámara en secreto para grabarlo.

Antes de que se le olvidara, mandó a Dameon una foto de la invitación que habían enviado a todo el mundo para la fiesta de Navidad y llamó para dejar un mensaje al coordinador para que añadiera su nombre a la lista de invitados.

En cuanto colgó el teléfono, le vibró el móvil.

Después de lo de hoy, tengo unas ganas irrefrenables de ir a un combate de boxeo.

Ella se rio y le devolvió el mensaje:

¿Ahora sientes tu lado femenino?

¿Qué puedo hacer para convencerte de que guardes lo de hoy en secreto?

Grace se recostó en su silla y se miró las uñas de los pies, que estaban secándose todavía.

Mi precio es muy alto.

¡Pídeme lo que quieras!

Da igual. Me reservo la información para poder decidir lo que quiero que hagas.

Vaya, ya veo cómo funciona esto: chantaje.

Grace no podía dejar de sonreír.

Cada cual tiene sus propios medios para conseguir las cosas. Ahora desaparece. Tengo trabajo de verdad.

Grace se quedó mirando fijamente su teléfono, sabía que estaba coqueteando, pero, por lo visto, no podía evitarlo.

Treinta minutos antes de la hora de salida, Richard entró en su despacho sin llamar a la puerta.

No le dijo hola, ni le pidió perdón por entrar de esa manera, sino que se lanzó directamente a imponer sus exigencias.

—Necesito que te pases por la obra de la autopista de Sierra hoy.

Miró al exterior. El sol ya se estaba acercando al horizonte.

—¿Por qué?

—Sokolov me ha llamado al despacho para decirme que tiene un plan que no requiere la intervención del ayuntamiento.

Grace sintió que se le aceleraba el pulso.

—Le dije que el plazo acababa a última hora de ayer.

—Dijo que le dijiste que tenía hasta el próximo lunes.

—Richard… no es verdad, él…

—Si nos ahorra tiempo y dinero, lo haremos. —Señaló el reloj—. Tienes tiempo.

No, la verdad es que no lo tenía.

—Ha dicho que a las cinco.

Richard se fue, dejándola con la palabra en la boca y sin posibilidad de argumentar nada.

Soltó el bolígrafo sobre el escritorio y empujó la silla hacia atrás. Un torrente de palabras se acumulaba en su cabeza, pero no le llegaban hasta la lengua.

No solo no iba vestida para una visita de obra, sino que no había traído el abrigo adecuado para estar la intemperie, sobre todo cuando se ocultase el sol. Aunque vivía lo bastante cerca de allí como para cambiarse, no había tiempo suficiente si quería llegar puntualmente a las cinco. No en la hora punta.

Apagó el ordenador, cogió su jersey y su bolso y salió de la oficina.

Refunfuñando todo el camino al volante, Grace llegó a las cinco y cinco minutos. En lugar de aparcar en la calle, entró en el complejo de autocaravanas y aparcó en el arcén.

El coche de Sokolov no estaba allí.

Sacó su móvil del bolso, miró la hora para ver que coincidía con la de su coche y se removió en su asiento.

Hacía viento y ya hacía tiempo que el sol había desaparecido.

Le daría a ese hombre diez minutos y luego se iría de allí.

Aparecieron dos vehículos, iluminando con sus faros el interior de su coche, pero pasaron de largo.

Cuando faltaba un minuto para que se cumpliese el plazo que ella misma se había impuesto, el sedán oscuro se detuvo detrás de ella. Se llevó un chasco. Incapaz de evitar al hombre, salió de su coche.

No había oscurecido del todo, pero casi.

Sokolov salió de su coche y se tiró de los pantalones, como si estuviera haciendo sitio en la entrepierna. Aquel hombre era un cerdo.

—Me alegro mucho de que los de Urbanismo vengáis corriendo para reuniros conmigo —dijo en vez de saludarla sin más.

Grace quiso contradecirle, pero llevaba parte de razón.

—¿Ha traído unos planos para que les eche un vistazo? ¿O viene acompañado de un contratista para que me reúna con él?

Porque si lo que él quería era ganar tiempo, Grace no iba a aguantar mucho rato pelándose de frío en aquel parque de autocaravanas a oscuras con un hombre al que detestaba.

—Le he hecho diseñar algo a mi gente.

—Vamos a verlo.

—Eres una chica muy impaciente, ¿verdad? —Su voz era ácido en su columna vertebral.

Grace cruzó los brazos sobre el pecho, sujetando el móvil con fuerza en la mano.

—Es tarde, señor Sokolov...

—Vale, vale...

El hombre rodeó el coche, abrió la puerta de atrás y sacó unos papeles enrollados que ella supuso que eran planos.

Los desplegó sobre el capó del coche y utilizó su teléfono móvil como linterna.

Grace dejó su teléfono sobre el capó y empleó ambas manos para sujetarlos.

A pesar de que no tenía sus propios planos para compararlos, a primera vista ya supo que la escala no estaba bien.

—Han reducido la escala —dijo.

—Estos son casi idénticos a los que me diste.

Señaló el punto de referencia que utilizaba como base del plano.

—Aquí es donde tiene que empezar la construcción. —Desplazó el dedo hacia el lugar donde empezaba en ese plano—. No aquí.

—Eso no fue lo que me dijiste el otro día. —Lo tenía tan cerca que percibía el olor a tabaco en su aliento.

—Aquí no dice nada de los materiales ni de la infraestructura.

—Ya llegaremos a eso más adelante.

El hombre estaba demasiado cerca, así que ella se apartó.

—No va a haber un «más adelante». Esta reunión era para que nos diera un plan sólido y el nombre del contratista que va a utilizar.

Examinó la totalidad de los planos con la mirada. Dio la vuelta al papel gigante y encontró otro vacío debajo. Allí no se veía el nombre ni el número de licencia del contratista por ninguna parte. Era como si él mismo hubiera garabateado los planos.

—Estamos negociando.

Se había acercado a ella, sin apartar en ningún momento los ojos de sus pechos.

Grace irguió todo el cuerpo y echó a andar por el camino de grava hasta el mismo punto de la semana anterior. Tocó el poste.

—Aquí mismo. Aquí es donde empieza. —Se alejó un par de metros hasta donde indicaba su plano—. No aquí.

—Tiene que haber algo que podamos hacer para que esto funcione —dijo—. Tiene que haber alguna solución.

Se llevó la mano al bolsillo trasero y sacó su cartera.

¿De verdad creía que ella iba a aceptar un soborno?

—Vienen las Navidades e imagino que el ayuntamiento no paga tan bien como el sector privado.

Grace negó con la cabeza.

—No me insulte.

Mantuvo las distancias. Solo por los latidos de su corazón ya sabía que era mejor mantener al hombre bien lejos de ella, donde pudiera verlo.

Sokolov agitó su cartera en el aire.

—Cuanto antes te des cuenta de cómo funciona el mundo, mucho mejor, jovencita.

—Ya me he hartado de usted y de su ego desmedido.

La sonrisa burlona se desvaneció del rostro del hombre. Devolvió su cartera al lugar de donde la había sacado y enrolló sus planos.

—Estás cometiendo un error.

Grace se dirigió a su coche, lista para pegarle si él intentaba tocarla.

Cuando pasó por su lado, él aspiró aire con fuerza, hizo una especie de salto y se dio unos golpecitos con los planos en las piernas.

El gesto la sobresaltó y Grace estuvo a punto de tropezarse y caer al suelo. Lo miró fijamente y él se echó a reír.

—Alguien está con los nervios de punta —dijo.

Una vez en el interior del coche, Grace cerró el seguro de las puertas inmediatamente y arrancó el motor. La grava salió despedida en todas las direcciones mientras se alejaba.

Un kilómetro más abajo vio que aún le temblaban las manos al volante.

—Cálmate —se dijo a sí misma.

Sokolov había intentado asustarla, y lo había conseguido. Y eso la sacaba de quicio.

Necesitaba desahogarse, gritarle a alguien y que ese alguien se pusiera de su parte.

Pensó en Parker. Pero Parker se lo diría a Colin, y Colin se pondría en plan cavernícola. O se lo diría a Matt, y entonces tendría a dos cavernícolas. Peor aún, podrían decirle algo a su padre. Jubilado o no, su padre, expolicía, llamaría a sus amigos y entonces todo el asunto saltaría por los aires, se armaría la de Dios y en cuanto se corriera la voz a ella la señalarían como a una empleada problemática.

Lo que tenía que hacer era pensar racionalmente: acción consciente, actuar con calma.

Pero lo único que quería hacer era gritar «¡Gilipollas!» a pleno pulmón.

Pulsó el botón de llamada inalámbrica del volante.

El coche hizo un ruido pero no enlazó con el móvil.

Repitió el mismo proceso.

Mientras conducía, buscó a tientas en su bolso el teléfono móvil. Lo encontró y lo sacó para ver si se había quedado sin batería.

Cuando se dio cuenta de que era su teléfono del trabajo, lo soltó en su regazo y buscó el otro. Como no lo encontraba, palpó el asiento del copiloto, alrededor del bolso.

Su cabeza volvió al momento en que lo había soltado para ver la mierda de planos de Sokolov, y entonces le entró el pánico.

¿Había visto Sokolov su teléfono? ¿Lo había cogido él? ¿Se habría resbalado del coche y se habría caído en la carretera?

Tenía que volver a comprobarlo.

Pero ¿y si Sokolov todavía estaba allí?

«No, ya se habrá ido», argumentó consigo misma.

Pero la voz en su cabeza decía que podía seguir allí.

Esperó tras una larga fila de luces traseras rojas en una intersección antes de coger su teléfono de trabajo.

Llamar a su familia estaba descartado.

Llamar a la novia y a la mujer de sus hermanos estaba descartado.

Antes de perder los nervios, encontró el número de Dameon y lo marcó.

—Vaya, vaya, qué sorpresa más agradable…

El mero hecho de oír el timbre alegre de su voz la ayudó a relajarse.

—Dameon.

—¿Qué pasa?

¿Tan transparente era?

Grace respiró hondo y trató de hablar con voz serena.

—No es nada, de verdad. ¿Sigues aquí? —No le dio tiempo a responder—. Ya te has ido, ¿verdad? No pasa nada…

—Todavía estoy aquí —la interrumpió—¿Dónde estás?

—En Soledad con Bouquet Canyon. No muy lejos de ti.

—No estoy en la casa. ¿Qué pasa, Grace?

—Es una historia un poco larga. He perdido mi teléfono. Estoy casi segura de dónde está, pero no… No quiero volver a buscarlo yo sola. Se lo pediría a mis hermanos, pero se pondrían muy nerviosos.

Lo que debería hacer era olvidarse del teléfono y comprarse otro.

—¿Por qué iban a ponerse nerviosos, Grace?

El tráfico empezó a moverse. En lugar de enfilar hacia el cañón, en dirección a la casa de Dameon, Grace dobló hacia la larga cola de coches que se dirigía al centro comercial.

—Porque sí. ¿Puedes ayudarme o no?

—¿Dónde te recojo?

—Voy a pasar por casa a cambiarme. —Le dio su dirección y él le dijo que estaría allí en veinte minutos. Grace le dio las gracias y colgó el teléfono.

Diez minutos más tarde entró en su apartamento, dejó el bolso en la mesa de centro y se sentó. Todavía estaba temblando, en parte porque hacía frío al entrar en su casa, pero sabía que no era solo por eso.

La adrenalina le circulaba como una cascada por las venas.

No soportaba que aquel desgraciado la intimidara a propósito y que le funcionara. Durante años, había compensado su baja estatura con grandes dosis de seguridad en sí misma y, en ocasiones, mostrando una actitud desafiante. Su padre le había enseñado a pegar con el codo y no con el puño para conseguir el máximo efecto. Con dos hermanos mayores, sabía cómo encajar las provocaciones y también cómo lanzarlas.

Sin embargo, era como si últimamente hubiese perdido parte de su habilidad para tratar con hombres desagradables. Richard no la trataba, ni mucho menos, como acababa de hacerlo Sokolov, pero, en su opinión, la línea que separaba uno y otro comportamiento era, como mínimo, borrosa.

Algo tenía que cambiar.

Se levantó para echarse agua en la cara y ponerse otra ropa cuando llamaron al timbre de la puerta.

Dameon estaba al otro lado, con la respiración agitada, como si hubiera subido corriendo las escaleras.

—No hacía falta que te dieras tanta prisa.

Entró y le puso ambas manos sobre los hombros. La miró de arriba abajo.

—¿Estás bien?

—En cuanto me calme, me pondré furiosa. —Intentó sonreír.

Dameon la rodeó con las manos, deslizándolas por su cuerpo y, al minuto siguiente, se encontró pegada al pecho de él. Aunque sabía que debería apartarse, no solo no lo hizo, sino que le rodeó la cintura con los brazos, y toda la adrenalina que aún le fluía por las venas le salió a borbotones.

Oyó a Dameon suspirar.

—Tranquila, estoy aquí.

Siguió abrazándola, en el umbral de la puerta entreabierta de su apartamento, y ella dejó que lo hiciera.

Una luz se encendió al otro lado del patio y rompió el hechizo.

—Entra —le dijo ella, separándose.

La siguió al interior.

Grace se miró a sí misma y luego volvió a mirarlo a él. No había ni rastro del hombre risueño y jovial que intentaba sacarla a cenar constantemente, sino que en su lugar había aparecido un ser muerto de preocupación. Sus labios eran una línea recta y buscaba los ojos de ella con los suyos. Grace señaló hacia el fondo de su apartamento.

—Tengo que... tengo que cambiarme de ropa. Haz como si estuvieras en tu casa.

Dameon se pasó una mano por el pelo y se quitó la chaqueta.

Una vez en su dormitorio, Grace se miró en el espejo. Estaba muy pálida, sin rastro de color en su rostro. Con razón Dameon la había mirado así.... Era como si hubiese visto un fantasma.

Tardó menos de cinco minutos en ponerse unos vaqueros y un jersey. Se pasó un cepillo por el pelo y se echó agua en la cara. Con algo de mejor aspecto y sintiéndose ya más tranquila, Grace volvió al salón y encontró a Dameon en la cocina. Había descubierto una botella de whisky y se había servido un poco en un vaso.

Él advirtió su presencia y le ofreció el vaso.

—Esto te ayudará.

Ella no pensaba ponerse a discutir.

—Gracias.

—No me lo agradezcas, es tu propio whisky.

Eso hizo aflorar una leve sonrisa a sus labios. El alcohol le templó la garganta y se fundió cuando le llegó al estómago. Por fin soltó un suspiro con absoluta tranquilidad. Se sentó en el taburete de la barra.

—Cuánto necesitaba ese trago...

—Grace...

Levantó la copa.

—Ya casi estoy. —Tomó otro sorbo—. Me parece que lo que te voy a contar te va a parecer una estupidez.

—No te conozco desde hace mucho tiempo, pero me extrañaría que algo de lo que tú digas pueda ser una estupidez.

Ella sonrió y apartó la mirada.

—Cuando me faltaba media hora para salir del trabajo, mi jefe, Richard, entró en mi despacho y me dijo que tenía que reunirme con el propietario de unos terrenos a las cinco. Es un auténtico capullo, alguien que lleva años sin ocuparse del mantenimiento de la carretera que lleva a su parque de autocaravanas. Después de las tormentas del año pasado, esa carretera se hace intransitable cuando llueve. Le habían advertido varias veces que, si no la arreglaba, el ayuntamiento tendría que intervenir. —Levantó la vista y vio a Dameon mirándola fijamente—. Me reuní con él la semana pasada y le di un ultimátum. Se suponía que tenía que entregarnos la documentación sobre las medidas que piensa tomar ayer a las cinco. Hoy ya llevaba un día de retraso. Estaba muy enfadada, pero he ido igualmente.

Apuró el último sorbo de whisky.

Dameon cogió el vaso y le sirvió un poco más.

—Llego allí. No está. Aparece quince minutos tarde. Me presenta sus planos. Resulta que solo es una táctica de mierda para retrasarlo todo, cosa que yo ya me veía venir. Me habla llamándome «jovencita» y me dice que está seguro de que podemos encontrar una solución y que si esto y que si aquello… Se me acerca demasiado… ya sabes, para intimidarme. Pongo un poco de distancia entre los dos, le indico una vez más qué es lo que necesitamos, y saca la cartera y empieza a agitarla en el aire como ofreciéndome un soborno.

Dameon seguía mirándola, tensando la mandíbula.

—Estoy cabreada y harta de este personaje. Le digo que ya me he cansado y vuelvo a mi coche. Pero mi padre es un policía jubilado, así que le doy espacio. Me doy espacio a mí misma. Paso junto a él y va y da una especie de brinco. —Imitó los movimientos de Sokolov—. Por poco suelto un grito. Está todo muy oscuro y hace frío y el tipo es un imbécil. Me meto en mi coche y me voy. Y me cabrea que me haya afectado tanto. Me da rabia porque pienso que no debería dejarme asustar tan fácilmente. Aún me pone de peor humor que sepa que me da miedo. Y entonces me doy cuenta de que me he dejado el teléfono en el capó de su coche. Ni siquiera sé si él se ha dado cuenta. A estas alturas podría estar tirado en la carretera perfectamente, después de que le hayan pasado por encima cien veces.

Sus ojos se encontraron con los de Dameon.

Estaba cabreado. Tenía la nariz encendida y la respiración entrecortada y agarraba el cuello de la botella de whisky con tanta fuerza que Grace creía que iba a romperla.

Soltó la botella y la dejó en la encimera.

—Vamos a buscar tu teléfono —dijo con una voz tan sosegada que daba miedo.

—Puede que no esté allí.

—No lo sabremos hasta que lo comprobemos.

Se puso de pie, contenta de sentirse más serena y firme que cuando había entrado. Después de sacar un abrigo largo del armario, cogió el bolso y las llaves. Dameon abrió la puerta y la esperó. Una vez que hubo cerrado con llave, dejó que él la guiara hasta su coche. Él no apartó la mano de la parte baja de su espalda durante todo el camino.

Capítulo 14

Dameon tuvo que hacer un esfuerzo casi sobrehumano para mantener la calma. Supo, en cuanto Grace lo llamó, que tenía que haberle pasado algo grave para que cediera y lo llamara para pedirle ayuda. Sabía perfectamente que ni su nombre ni su número figuraban en la lista de marcación rápida del móvil de ella… todavía. Le demostró además lo asustada que estaba cuando dejó que la abrazara. Y en esos momentos, mientras conducía con calma en la dirección que ella le había indicado, prestando atención al límite de velocidad cuando, en realidad, lo que quería era pisar el acelerador a fondo para llegar allí cuanto antes, seguía haciendo un esfuerzo sobrehumano. Grace, por su parte, iba sentada tranquilamente en el asiento del copiloto de su camioneta. Dameon esperaba que aquel cabrón siguiera allí. No le importaría nada tener que llamar luego a Omar, cuando se lo llevasen a comisaría, para que pagara el dinero de la fianza por haberle dado un puñetazo en toda la cara a aquel tipo.

Los hombres que disfrutaban intimidando a las mujeres eran de los seres más repugnantes sobre la faz de la Tierra.

—¿Estás bien? —preguntó.

—Iba a preguntarte lo mismo.

Podía mentir.

—No soy un hombre violento —le contestó.

Ella suspiró.

—Me alegro.

—Pero ahora mismo tengo unas ganas tremendas de romper algo.

Ella alargó la mano y se la puso en el brazo.

—No puedes. Si todavía está ahí, no puedes hacerlo.

No iba a hacerle esa promesa.

—Dameon, no he llamado a mis hermanos porque eso es exactamente lo que harían ellos.

—¿Te he dicho ya lo bien que me caen tus hermanos?

—Pero si solo has conocido a uno —señaló ella.

—¿Cómo se llama tu otro hermano?

—Matt.

—Me cae bien Matt. Un buen tipo. Cuida de su familia. —Miró por el retrovisor—. ¿Cuánto falta?

—Antes de llegar al último semáforo, hay un camino oscuro a la izquierda. Dameon…

Pisó el acelerador, rozando el límite de velocidad, ya que el tráfico se había apaciguado.

—¿Dameon?

—¿Sí?

Grace le apretó el brazo.

—Prométemelo.

—Tengo un hermano pequeño. Es un poco inútil. Nunca llegó a madurar, en realidad. Pero cuando éramos niños, nos cubríamos las espaldas el uno al otro. Si alguien se metía con él en la escuela, se metía conmigo. Eso se parece mucho a la manera en que describes a tus hermanos.

El primer semáforo cooperó, pero el segundo no.

—Dameon, perderé mi trabajo.

Volvió la cabeza y la miró. Quiso decirle que si perdía su trabajo, él la ayudaría, pero no era eso lo que Grace quería oír.

—No haré que te arrepientas de haberme llamado —la tranquilizó.

Eso parecía ser suficiente para ella. Enfiló el camino de grava avanzando despacio.

—No está aquí —dijo Grace con un suspiro.

Al menos Dameon no tenía que preocuparse por no cumplir su palabra ante ella.

—Teníamos los coches aparcados allí. —Agitó un dedo en el aire—. Para aquí y no apagues las luces.

Dameon puso la palanca del cambio automático en posición de aparcamiento, dejó el motor en marcha y se bajó del coche. Grace cruzó el camino con paso decidido y concentró la mirada en el suelo.

—Estábamos aquí. —Extendió los brazos—. Dejé el teléfono en el capó de su coche, justo aquí.

Inspeccionaron el suelo en silencio.

Dameon miró más allá de donde Grace dijo que lo había visto por última vez. Rodeó su camioneta y siguió andando hasta el borde del camino, hasta la zanja. Cuando volvió a mirar a Grace, se la imaginó allí con aquel tipo, el que tanto miedo le había hecho pasar. Estaba muy oscuro. Las autocaravanas más cercanas también estaban a oscuras, como si sus ocupantes no estuvieran o como si utilizaran persianas para que los faros de los coches no los molestaran. ¿Quién la habría oído si hubiese gritado? Tal vez alguien, pero ¿habría hecho algo?

La cabeza de Dameon siguió dándole vueltas a aquello, obsesionándose con toda clase de conjeturas y escenarios posibles. Pensar en todas las cosas que podrían haber pasado era una pérdida de tiempo, pero no podía evitarlo. Anotó el nombre del parque de autocaravanas. No le preguntaría a Grace el nombre del propietario; a Dameon no le costaría nada averiguarlo.

—No lo veo por ninguna parte.

Dameon sacó su móvil del bolsillo.

—Voy a llamarte desde el mío.

—Buena idea.

Encontró su contacto y lo pulsó. Ambos se quedaron inmóviles y aguzaron el oído.

—¿Lo tenías en silencio? —preguntó.

—Creo que no.

El timbre sonó varias veces antes de que saltase el buzón de voz.

—¿Estás segura de que lo dejaste en el capó de su coche?

—Segurísima.

—Tal vez lo ha cogido él —dijo Dameon.

—Si se lo he llevado él, no se va a molestar en devolvérmelo. Lo más probable es que lo tire a la basura o que lo aplaste pasándole por encima con el coche a propósito.

Dameon esperaba que eso fuera lo único que hiciera.

Guardó el móvil y se acercó a ella.

—Supongo que tendremos que ir de compras.

—Pues es lo último que me apetece en plena vorágine navideña. —Siguió escudriñando el suelo con la mirada.

—¿Has probado a usar la *app* para localizar tu teléfono?

Grace le miró como si fuera un genio.

—Ni siquiera se me había ocurrido.

Alguien entró en el camino de entrada y redujo la velocidad al pasar.

—Vamos a meternos en la camioneta, para no pasar frío.

Subieron y él encendió la luz de cortesía. Buscó en internet cómo localizar un dispositivo móvil perdido y siguió las indicaciones que alguien se había tomado la molestia de detallar.

Grace le dio la información que necesitaba. Apareció un mapa de la zona y señalaron en él su ubicación exacta en ese instante.

—Pero el móvil no está aquí —dijo Grace.

Dameon siguió buscando en internet.

—Aquí dice que localizará la ubicación de tu teléfono la última vez que tuvo batería. ¿Te quedaba batería?

—Estaba a la mitad, si no más.

Siguió buscando.

—Voy fuera a echar otro vistazo.

Antes de que él pudiera poner alguna objeción, Grace salió de nuevo de la camioneta y escudriñó el suelo.

Dameon descubrió otra posibilidad: la de que alguien hubiese extraído la tarjeta sim del teléfono allí mismo, deshabilitando de ese modo las aplicaciones de búsqueda.

Apagó el motor de la camioneta y se sumó a la búsqueda de Grace por segunda vez. Ambos marcaron su número y aguzaron el oído, tratando de escuchar el zumbido de la vibración de un móvil.

—No creo que esté aquí —sentenció Dameon.

—Tienes razón. Maldita sea, menuda putada. —Grace agitó su teléfono del trabajo en el aire—. Bueno, por lo menos tengo este.

—Podemos ir a una tienda de móviles y comprar otro.

Ella negó con la cabeza.

—Esta noche no. —Grace miró su reloj—. Ya son más de las siete. Me muero de hambre.

Hizo una pausa.

—¿Sugieres que vayamos a cenar algo?

Se miraron a los ojos y ella sonrió por primera vez esa noche.

—Invito yo. Es lo menos que puedo hacer por toda tu ayuda de hoy.

—No me lo digas dos veces.

—¿Te gustan las costillas a la barbacoa? —preguntó.

—Me encantan.

—Conozco el lugar perfecto: lejos del centro comercial y entre semana no está demasiado lleno.

—Suena perfecto.

Abrió la puerta del pasajero y esperó a que ella subiera.

***

Grace no estaba preparada mentalmente para quedarse sola. Sabía que estaba rompiendo las reglas, pero ya había cruzado la línea cuando llamó a Dameon. Así que, ¿qué podía tener de malo cenar con aquel hombre?

El Backwoods era un asador de los de toda la vida, con madera oscura y asientos con tapizado capitoné de color rojo. La barra parecía sacada de un salón del Oeste y el suelo estaba lleno de serrín. Servían bebidas fuertes y las raciones de costillas eran muy generosas.

Dameon abrió la puerta y esperó a que Grace entrara. Era un gesto sencillo, un gesto aborrecido por algunas mujeres y esperado por otras. Para Grace era un detalle amable, sin más. Había crecido con unos hermanos a los que sus padres habían enseñado a abrir puertas y a defender a las chicas. Al mismo tiempo, sus padres le habían inculcado que fuera independiente. Había elegido una profesión cargada de testosterona porque era lo que conocía. Siempre y cuando cumpliera con su obligación, la tratarían con respeto. Por lo visto, eso acababa en casa y no la seguía a su lugar de trabajo.

La camarera les sonrió cuando entraron por la puerta.

—¡Hola!

Grace la conocía, pero no recordaba su nombre.

—¿Trabaja Carrie esta noche?

—Pues sí.

Carrie era una amiga del instituto que llevaba trabajando allí desde que tenía edad para servir bebidas alcohólicas.

La camarera cogió dos cartas y echó a andar, indicándoles que la siguieran.

—¿Conoces a todo el mundo en esta ciudad? —preguntó Dameon.

—Es lo que pasa cuando vives en el mismo sitio toda tu vida.

Los llevaron a un reservado semicircular, lo que les dio la oportunidad de sentarse más cerca que si hubieran ocupado sillas individuales, separados por la mesa. Ambos se quitaron los abrigos y ocuparon el reservado.

—Pensaba que estos restaurantes ya no existían —le confesó Dameon cuando la camarera se marchó.

—Pues todavía existen. Conozco unos cuantos por aquí, con distintos tipos de comida. Hay locales más elegantes cerca de donde vivo yo, pero aquí la relación calidad precio es insuperable.

No es que el Backwoods fuera barato precisamente, pero no era nada comparado con el centro de Los Ángeles, donde vivía Dameon.

Grace no pudo evitar preguntarse si aquello le parecía un local de paletos. Si así era, preferiría saberlo ya.

Carrie se acercó a la mesa con una sonrisa de oreja a oreja y se inclinó para abrazar a Grace.

—Hace al menos un mes que no te veo. ¿Cómo estás?

—Ocupada, como siempre. ¿Cómo está Cody?

—El mes que viene cumple cinco años, me parece increíble.

Carrie miró a Dameon.

—Dameon, esta es Carrie. Íbamos juntas al instituto.

Carrie sonrió y movió la cabeza.

—Encantada de conocerte —dijo.

—Lo mismo digo —dijo Dameon.

—Oh, qué voz. ¿Trabajas en el cine o haces radio?

Él se rio.

—Me temo que no.

—Bueno, pues deberías. ¿No te parece, Grace?

—Estoy segura de que tendría una larga carrera haciendo locuciones —dijo Grace.

Dameon parecía un poco avergonzado por los elogios.

—¿Qué vais a beber? —Carrie levantó una libreta y preparó su bolígrafo para anotar su pedido.

—¿Está Adam detrás de la barra? —preguntó Grace.

—Sí.

—Dile que soy yo y que quiero un *old fashioned*.

—Que sean dos —dijo Dameon.

—Enseguida —contestó Carrie con un guiño.

Se alejó y Dameon se acercó a Grace.

—Parece simpática.

—Carrie es buena gente. Tiene un hijo pequeño que es adorable.

—¿Cómo es crecer en un entorno donde todo el mundo te conoce?

—Hay más de doscientas mil personas en este valle. No todo el mundo me conoce.

—¿Por qué será que no me lo creo?

—Bueno, el hecho de que mi padre fuera policía local tiene algo que ver: los policías son un grupo social muy unido.

—¿Eso te ha librado de muchas multas? —le preguntó.

Grace sacudió la cabeza y luego asintió.

—Cuando aprendimos a conducir, mi padre les decía a sus amigos que nos pararan solo por estornudar.

Dameon se rio.

—Estábamos tan paranoicos por si nos ponían una multa que nuestros amigos nunca querían que condujéramos nosotros. Lo curioso era que los amigos de mi padre no eran ni mucho menos tan pesados como los de mi madre: las madres de las asociaciones de padres y madres de toda la ciudad sabían quiénes acababan de sacarse el carnet de conducir y presentaban denuncias cada dos por tres, cuando veían algo que no les gustaba. Es fácil detectar un coche de policía, pero aquí todo dios conduce un todoterreno. —El camarero dejó una cesta de pan de ajo y Grace empezó a comer—. No nos hemos librado nunca de nada.

—Pero estoy seguro de que os protegieron de muchas cosas.

—Sí, eso sí. Cuando miro atrás, pienso que haré lo mismo si tengo hijos. —Aunque había empezado a perder la fe en que los hijos fueran a formar parte de su vida si su situación sentimental no cambiaba—. ¿Y tú? ¿Tus padres también te estaban encima constantemente?

—Nada que ver con lo tuyo. Mi padre era contratista, trabajaba con su propio equipo de trabajadores haciendo reformas y algún que otro complejo de viviendas pequeñito. Su influencia en la comunidad no se puede comparar con la de tu familia. Mi madre le ayudaba con la contabilidad y el trabajo de oficina. Participaba en algunas actividades del colegio, pero no recuerdo que la Asociación de Madres y Padres y de Alumnos fuera algo importante.

Carrie llegó con sus bebidas, murmuró algo sobre un pedido y desapareció.

Grace agitó su bebida con la pajita del cóctel.

—¿Fue así es como te metiste en el negocio de las inversiones inmobiliarias? ¿Por tu padre?

—Mi padre me metió en el mundo de la construcción, pero yo pensaba que trabajaba demasiado. Decía que mantenía una empresa pequeña porque no quería soportar el estrés que acompaña al dinero que necesitan las empresas grandes. Pero, al parecer, sus niveles de estrés eran altos de todos modos.

—Ah, ¿por qué?

Dameon cogió su bebida.

—Murió hace cinco años. De un ataque al corazón.

Grace le miró a los ojos.

—Dios… Lo siento mucho.

No podía imaginarse perder a su padre.

—Gracias. Fue duro. Ninguno de nosotros lo vio venir. Mi madre fue quien lo sufrió más.

Grace dio un sorbo a su copa.

—Me lo imagino.

—Yo quería construir más, expandirme más que mi padre. Mis padres me animaron y me ayudaron desde el principio.

—¿Y disfrutas con tu trabajo?

Asintió con la cabeza y volvió a inclinar su copa.

—Me gusta. Me gusta el hecho de dar empleo a la gente y construir cosas. O que lo haga mi empresa, al menos. Eso conlleva una responsabilidad sobre las personas que trabajan para mí, y nunca lo pierdo de vista.

—Eso está muy bien. Hace que sigas siendo humilde. Creo que muchos hombres en tu situación se olvidan de dónde empezaron ellos y toman malas decisiones.

Carrie volvió a pasar por la mesa. Ninguno de los dos había abierto la carta, aunque Grace no lo necesitaba. Pidió costillas con su guarnición correspondiente, y Dameon levantó dos dedos.

—¿Confías en mi criterio para el cóctel y, además, la cena? —exclamó Grace con sorna.

—Qué pronto nos olvidamos de la pedicura…

Grace se echó a reír, sus ojos se encontraron con los de Dameon y él se rio con ella. Siguieron charlando tranquilamente, y la conversación pasó de la pedicura a los proyectos, y el estrés del día empezó a desvanecerse. Se tomaron su tiempo para comer y hablar de sus familias. Dameon le dijo que no estaba demasiado unido a su hermano, cosa que la desconcertó. Grace le explicó que no había semana en la que no hablara con los suyos, cuando no los veía. Ayudaba el hecho de que era amiga de sus respectivas parejas.

Terminaron con el café y se saltaron el postre.

Con el estómago lleno y la cabeza un tanto achispada por el alcohol, Grace se sorprendió mirando a Dameon y preguntándose cómo narices habían llegado hasta allí. Sí, ya lo sabía, por supuesto, pero aunque era consciente de que no debía alentar nada más que una simple relación de trabajo con aquel hombre, no dejaba de preguntarse qué pasaría si…

¿Qué pasaría si se hubieran conocido fuera del trabajo?

¿Qué pasaría si estaba tan decidido a salir con ella como decía? ¿Qué había de malo en eso?

—Alguien se ha quedado muy callada —dijo Dameon, interrumpiendo su monólogo interior.

Grace bajó la mirada hacia sus manos, apoyadas sobre la mesa.

—Estaba tratando de encontrar una manera de culparte por romper la regla que yo misma me había impuesto.

—¿Y qué regla es esa? —preguntó él con una sonrisa.

—Salir a cenar y a tomar copas con alguien con quien trabajo.

—Ah. Haces que parezca como si formara parte del personal de tu oficina.

Sus ojos se encontraron de nuevo.

—Difícilmente serías eso.

Él alargó la mano y le cubrió la suya.

La piel de Grace se encendió con el simple contacto, y por la forma en que la sonrisa de Dameon desapareció, sustituida por una llamarada en sus ojos, a él tampoco le había sido indiferente.

El silencio se amplió entre ellos y, por primera vez en toda la noche, a Grace no se le ocurrió nada que decir.

El tacto delicado del pulgar de Dameon al acariciarle el dorso de la mano la hizo temblar de arriba abajo.

—Grace…

Ella se acercó a la mesa en ese momento, interrumpiendo a Dameon en plena frase.

—Me alegro un montón de que hayas venido esta noche —dijo, con una voz alegre y cantarina que contrastaba con el tono solemne de la mesa.

Grace zarandeó los hombros para sacudirse de encima el hechizo al que Dameon la estaba sometiendo y se volvió hacia su amiga.

—Avísame cuando te apetezca una noche de chicas, podemos salir de copas o quizá incluso pasar un día en el spa.

Mientras Grace hablaba, apartó su mano de la de Dameon deslizándola por debajo.

—No sabes cuánto me gustaría eso… —Carrie dejó la cuenta sobre la mesa—. Encantada de conocerte, Dameon.

—Igualmente —dijo él.

Carrie se fue y Dameon confiscó la cuenta antes de que Grace pudiese cogerla.

—Dije que invitaba yo —protestó Grace.

Depositó una tarjeta de crédito junto a la cuenta y la puso sobre la mesa.

—No en mi mundo.

Grace mantuvo las manos en el regazo para evitar la tentación de volver a tocarlo.

—¿Eso no es un poco sexista? ¿No dejar que una mujer te invite a cenar?

—No —dijo él, negando con la cabeza. Luego se detuvo y la miró a los ojos—. Sí, probablemente. Mi madre lo llamaría tener buena educación.

Grace se encogió de hombros.

—Mi padre diría lo mismo.

Dameon pagó la cuenta y se despidieron de Carrie.

Cuando ya estaban a mitad de camino del apartamento de Grace, Dameon sacó de nuevo a relucir la razón por la que habían salido juntos esa noche.

—¿Ya estás más tranquila?

—¿Por lo de Sokolov?

—¿Es así como se llama ese tipo?

—Sí. Y sí, lo estoy. Seguro que después de dormir toda la noche del tirón ya podré afrontar la situación de una forma más racional. No me asusto fácilmente, pero ese tipo me ha puesto de los nervios.

—Que yo sepa, ofrecer un soborno es ilegal. Puedes denunciarle —sugirió Dameon.

Pero ella no quería llegar a esos extremos.

—Le contaré a Richard lo que pasó y la próxima vez que tenga que lidiar con él, le plantaré cara.

—No me gusta nada la idea de que tengas que lidiar con él.

—Pero es que no voy a volver a reunirme con él a solas.

Grace se acordó del refranero: «Gato escaldado, del agua fría huye». No había ninguna razón para darle a ese hombre otra oportunidad para meterle el miedo en el cuerpo. Si acaso, lo que había que hacer era cambiar las tornas y que fuese él quien tuviese miedo de ella.

—Gracias por venir conmigo.

Dameon dobló la esquina de la calle que llevaba a su apartamento.

—Para mí es un honor que hayas pensado en llamarme, Grace.

Ella no supo cómo responder a eso, así que permaneció en silencio durante el resto del camino a su casa.

Dameon encontró una plaza de aparcamiento y detuvo el vehículo.

—No hace falta que me acompañes a la puerta —le dijo ella.

Él apagó el motor y se volvió en su asiento.

—Anda, deja que te acompañe. Me sentiré mejor sabiendo que has llegado sana y salva.

—Llevo cinco años viviendo aquí.

—Tú déjame —dijo por segunda vez.

Grace asintió y salió de la camioneta.

Vio la vaharada de su aliento en el frío aire nocturno. Las dentelladas del viento la hicieron andar con más vigor.

—No me puedo creer que sean ya casi las diez.

—Ha sido un día largo para los dos —dijo él.

Al llegar a su puerta, sacó las llaves del bolso y se volvió hacia él. Por segunda vez esa noche, sintió la comezón de los nervios al final de la velada.

—Gracias, Dameon. Por venir, por la cena…

—De nada.

Él permaneció a una distancia más que prudente y no hizo ningún intento de acercarse a besarla.

Grace se estremeció.

—Deberías entrar.

Asintiendo con nerviosismo, jugueteó con la llave en el cerrojo y giró la cerradura. Empujó la puerta para abrirla y el aire cálido del interior le acarició la piel. Entró y se volvió.

—Buenas noches.

—Te veré el viernes.

—Vale.

—Buenas noches.

Empezó a cerrar la puerta.

—¿Grace?

Ella se detuvo y levantó la mirada.

—¿Sí?

—Solo una cosa más.

Dameon dio un paso adelante, le acercó una mano a la cara y presionó la palma contra su mejilla. Los ojos de ambos se encontraron justo un segundo antes de que él agachara la cabeza y eliminara la distancia que había entre ellos. Sus labios eran cálidos, y a ella se le aceleró el corazón con la excitación de la primera vez que probaba el sabor de los labios de aquel hombre. Dameon la estaba besando y ella no tuvo más remedio que abandonarse en sus brazos e inclinar la cabeza hacia atrás para rendirse a la evidencia.

Él movió la cabeza hacia un lado y le hizo abrir los labios.

A aquel hombre se le daba increíblemente bien hacerle romper las reglas.

Justo cuando su beso empezó a hacerse más profundo y a rozar la clase de beso que no podía darse en público, Dameon lo interrumpió.

Ella abrió los ojos y lo sorprendió con una sonrisa en sus labios.

—Quiero volver a hacer esto… muy pronto —murmuró en voz baja.

Grace se había quedado sin palabras, así que se conformó asintiendo con la cabeza.

Le recorrió el contorno de la mandíbula con el pulgar antes de apartar la mano y separarse de ella.

—Buenas noches, Grace.

—Buenas noches.

Ella entró en su apartamento y cerró la puerta.

Oyó los pasos de él alejándose y se apoyó en la pared.

Una lenta sonrisa se desplegó en su rostro. Aquel hombre la había dejado sin aliento, y con ganas de algo más que un beso de buenas noches en su puerta.

Dameon Locke se estaba convirtiendo rápidamente en una adicción para la que no quería una cura.

Capítulo 15

Grace se felicitó a sí misma por no irrumpir en el despacho de Richard a las ocho en punto de la mañana. Esperó hasta las ocho y media. Además, tuvo la cortesía de llamar una vez antes de abrir la puerta y entrar.

Su jefe levantó la vista con cara de sorpresa.

—Buenos días —lo saludó ella, dedicándole la sencilla fórmula de cortesía de una conversación educada, aunque él no la tratara con el mismo respeto.

—¿Tenemos una reunión esta mañana? —preguntó.

Ella ignoró su pregunta.

—La reunión de anoche con Sokolov fue una completa pérdida de tiempo, como yo ya sospechaba. Los supuestos planos que quería utilizar parecían dibujados por un niño de primaria y no tenían en cuenta nada de lo que le habíamos explicado.

Richard la miró fijamente, sin transmitir ninguna emoción.

—¿Y no podías decírmelo en la reunión del lunes?

Su pregunta la sorprendió. Tenía razón.

—Intentó ofrecerme un soborno —soltó.

Levantó las cejas.

—¿Lo intentó, o lo hizo?

—Agitó su cartera y dijo que tenía que haber alguna forma de solucionar esto.

—¿Así que no te dijo directamente que te daría dinero para que aprobaras sus planos?

—Fue más sutil. Le dejé claro nuestros requisitos y me fui.

También hizo todo lo posible para que se cagara de miedo, pero Grace omitió esa información. Era evidente que Richard no estaba muy alarmado por sus noticias.

—Lo último que vamos a hacer es emprender acciones legales con unas acusaciones tan vagas.

Richard se recostó en su silla.

—No estaba sugiriendo que lo hiciéramos. He pensado que deberías saber lo que pasó. Y que de ahora en adelante no me voy a reunir con Sokolov sin que me acompañe otra persona. —En especial, si era después de anochecer... pero una vez más, omitió esa parte.

—Bueno... gracias por informarme. —Se aproximó a su escritorio—. Ahora, si no te importa. —Señaló hacia la puerta.

Grace salió del despacho de su jefe con la misma sensación de alguien que acababa de chivarse a su profesora de que un compañero se había portado mal en la clase.

De vuelta a su despacho, cerró la puerta y se desplomó en su silla. La pila de trabajo que tenía sobre su mesa no parecía disminuir, y la gratificación por el deber cumplido había empezado a transformarse en charcos en el suelo que había que limpiar. ¿Qué había pasado con la satisfacción que sentía antes? El trabajo no había cambiado. Su jefe siempre ha sido un idiota. Para ella, al menos.

El reloj institucional de la pared marcaba los segundos

Cada día los segundos se convertían en minutos, los minutos en horas. Y a las cinco, la pila de su derecha nunca se reducía de tamaño.

Algo en su interior había cambiado, y Grace no sabía qué era.

Abrió la carpeta en la que había estado trabajando antes de que la distrajeran la noche anterior y se puso a trabajar. Por suerte, hoy era un día de visitas de campo. Estaría fuera de la oficina durante varias horas, lo que le daría el espacio que necesitaba lejos de su jefe. Solo un par de días más de trabajo en la oficina, luego la fiesta de Navidad, y un par de semanas laborables cortas lo que quedaba del año.

En ese instante sonó el teléfono de su oficina, interrumpiendo sus pensamientos.

—Grace Hudson —respondió.

—Buenos días.

Era Dameon.

El mero sonido de su voz le levantó el ánimo

—Buenos días —repuso ella.

—Pensé que una llamada sería mejor que enviarte un mensaje al móvil del trabajo.

—Sabia decisión.

—¿Me avisarás en cuanto te lo cambies? —preguntó.

—Lo haré.

—Bien. Así podré enviarte un mensaje de texto totalmente cursi sobre lo bien que lo pasé anoche. No por la razón por la que sucedió, sino por cómo terminó.

Bajó la voz, aunque nadie podía oírla con la puerta cerrada.

—De verdad, no puedo hablar de eso aquí —le dijo.

—Lo entiendo perfectamente. Quería que supieras que vuelvo a estar en Los Ángeles, pero si me necesitas, puedo plantarme ahí en media hora.

—¿Y desde cuándo, en toda la historia del tráfico de Los Ángeles, solo se tardan treinta minutos en llegar aquí desde el centro? —Tenía que reírse.

—Vale, treinta y cinco.

Grace resopló.

—Volveré el viernes.

La fiesta de Navidad de la oficina. Le vino a la cabeza la imagen de él apoyando la mano en la parte baja de su espalda o repitiendo su beso, con la posibilidad de que alguien de la oficina los viera.

—Sobre la fiesta… No podemos… Quiero decir que no es buena idea que se nos vea demasiado… compenetrados.

—Entiendo la discreción.

—Gracias.

—Te voy a dar un número de teléfono —dijo.

—¿De quién?

—El mío, el fijo de la casa de San Francisquito. Allí hay muy mala cobertura de móvil.

Se rio.

—Eso podría habértelo dicho yo.

—Es algo que merece la pena estudiar para el proyecto de construcción.

—No podría estar más de acuerdo.

Le dijo el número y ella lo anotó.

—Te dejo volver al trabajo.

—Nos vemos el viernes —se despidió.

—Estoy deseando que llegue.

Se despidieron y colgaron.

El tictac del reloj enseguida le recordó que debía salir de su ensoñación y volver al trabajo.

***

Algunas cosas daban más problemas de los que merecían y, para Dameon, mantener su oficina abierta y esperar que se hiciese algún trabajo de verdad entre Navidad y Año Nuevo era una de ellas. La mitad de su personal se iba fuera a ver a su familia, y la otra mitad tenía familia de visita. La fiesta de su oficina estaba prevista para el sábado y luego echarían la persiana hasta el 2 de enero. Era un gasto que su contable le había desaconsejado cuando abrió la empresa, pero la satisfacción y la tasa de permanencia de sus empleados era significativamente mejor que en las demás empresas, y eso le ahorraba dinero a largo plazo.

Ese año, Dameon estaba deseando que llegara la semana entre una fecha señalada y la siguiente para poder dedicar algo de tiempo a la casa del rancho. Quería hacer algunas cosas para hacerla más habitable cuando estuviera allí. Nada demasiado laborioso, ya que el plan era derribar la casa y abrir paso a la urbanización. Sin embargo, su ubicación estaba en la tercera fase de la construcción, lo que significaba que faltaba un año largo para la demolición. Tampoco olvidaba el hecho de que así estaría más cerca de Grace, y después de la noche anterior, le gustaba más que nunca poder estar a diez minutos de distancia.

Había vuelto a Los Ángeles después de dejarla en casa y poner el punto final a la velada con un beso en los labios. Ella se había mostrado tierna y receptiva, y en su mirada había visto a una mujer pidiendo más, una mirada que había invadido sus sueños y le había hecho sonreír desde que se fue.

Entonces centró sus pensamientos en Sokolov y en la razón primordial por la que Grace le había llamado.

Había estado una hora buscando el nombre completo del propietario e información sobre el parque de autocaravanas. Acabaría por averiguar absolutamente todo lo que estuviese en un registro público. Aún no sabía qué haría con esa información, pero se sentía mejor sabiendo más cosas sobre su enemigo.

Pero lo que de verdad quería era una foto del hombre. Sin embargo, en internet no había nada que pudiera ayudarlo.

Dameon apartó la escasa información que había reunido sobre el hombre para ocuparse de las cosas que tenía que terminar antes de que acabase el año. A diferencia de su personal, se llevaría trabajo a casa.

Chelsea le había dado una pequeña carpeta con los nombres y las carteras de posibles inversores.

El mero hecho de revisarla le dejó un mal sabor de boca. «Será como último recurso», se dijo a sí mismo.

Alguien llamó a la puerta de su oficina y distrajo su atención.

—¿Sí?

Omar asomó la cabeza.

—¿Tienes un segundo?

—Sí, ¿qué pasa?

Entró agitando un papel.

—¿Qué pasa con el proyecto de Santa Clarita y este informe de gastos?

—Estoy habilitando la vivienda para hacerla habitable.

—¿Para quién?

—Para mí.

Omar se detuvo en seco, ladeó la cabeza.

—¿Cómo dices?

—Solo viviré allí a tiempo parcial. Trabajaré a distancia un día a la semana y me quedaré allí los fines de semana.

—Esto no tiene que ver con cierta mujer, ¿verdad?

—Ella es un elemento a tener en cuenta, desde luego, pero creo que es la mejor manera de saber realmente cuáles son las necesidades de la comunidad. A veces lo que figura en el papel no es la realidad, como las torres de telefonía móvil. La zona no tiene cobertura. Vamos a necesitar un presupuesto para eso, o algún tipo de colaboración con una o varias de las compañías principales.

Todo eso era verdad.

—Y luego está la chica —dijo Omar de nuevo.

Dameon hizo caso omiso de la sonrisa de Omar.

—Piénsalo. Todos los proyectos que hemos hecho han sido en áreas ya urbanizadas que solo necesitaban una reforma o construir un pequeño bloque de viviendas. Este es el mayor proyecto que hemos realizado hasta la fecha. Y lo estamos haciendo sin red.

Omar asintió un par de veces.

—Podemos conseguir una red.

—Tener inversores significa tener que dividir las ganancias.

Y ambos sabían que no querían eso. No es que Dameon necesitara que Omar estuviera de acuerdo con lo que quería hacer, pero que lo entendiera lo hacía todo más fácil.

—Todavía no has cometido ningún error de bulto dirigiendo la empresa —dijo.

—Y no pienso empezar ahora.

Omar se dio la vuelta para marcharse. Justo antes de cruzar la puerta dijo:

—Espero que esa chica merezca la pena, teniendo que hacer tantos desplazamientos.

—Merece la pena —susurró para sí mismo mientras Omar salía de su despacho.

Capítulo 16

Normalmente, Grace no le dedicaría ni dos minutos a decidir qué ropa ponerse para ir a una fiesta con una gente a la que ya conocía y a la que veía casi todos los días. No hacía falta que se pusiese nada especial para ver a sus colegas.

Pero es que Dameon iba a ir a esa fiesta.

Y, lo admitiese o no, quería que se le cayera la baba cuando la viera.

Un vestido de cóctel de color rojo y unos tacones de aguja negros eran exactamente lo que necesitaba para conseguir sus objetivos. Grace se apartó la melena del cuello para recogérsela en un moño suelto y se puso unos pendientes colgantes que brillaban, aunque fueran simples circonitas y no diamantes.

El escote de su vestido era lo bastante pronunciado como para mostrar sus curvas, pero no tanto para que alguien lo considerase indecente.

Después de una última pasada ante el espejo de cuerpo entero se dio por satisfecha y salió de su apartamento.

Llegó a los veinte minutos de la hora en que empezaba la fiesta y la sala ya estaba abarrotada de gente. La cola para la barra de las copas era, con diferencia, la más larga.

Peggy, que trabajaba como recepcionista en la sede municipal, se dirigió directamente hacia ella.

—*Oh là là* —exclamó mirando a Grace de arriba abajo—. ¡Pero mira quién va vestida que quita el hipo!

—Mi vestido negro está en la tintorería —mintió.

—¿Y esto qué? ¿Lo tenías colgado en el fondo del armario?

—La verdad es que…

Peggy se rio.

—Tal vez así Richard te llamará por fin por tu nombre de pila.

—No caerá esa breva. —Grace miró detrás de Peggy—. ¿Has visto a mi hermano?

—Aún no. —Peggy se sumó a ella en la tarea de escrutar la sala—. ¿Quién crees tú que se va a emborrachar este año?

Se volvieron juntas y miraron a la multitud. En todas las oficinas había por lo menos uno o dos borrachuzos que siempre daban la nota en las fiestas.

—Estoy segura de que Pete aprendió la lección el año pasado —señaló Grace.

En la fiesta del año anterior, Pete había conseguido emborracharse como una cuba y chocarse con la mujer del alcalde mientras iba corriendo al baño. Se dieron un cabezazo y él le pisó el pie —enfundado en unos zapatos de tacón— con fuerza suficiente como para hacerle sangre en un dedo. Lo peor fue que no se detuvo a disculparse ni nada. Siguió corriendo al baño y echó todo el alcohol que había estado bebiendo. El lunes siguiente no se acordaba de nada. Cuando el alcalde le envió la factura del hospital por las radiografías y otra por un par de zapatos nuevos de diseño, Pete se dio cuenta de la gravedad del asunto.

—Algo me dice que Pete se ofrecerá voluntario para ser el conductor responsable esta noche, si es que viene —dijo Peggy.

Grace sintió una corriente de calor en la espalda, la clase de calor que solo podía significar una cosa. Volvió la cabeza a la derecha y luego a la izquierda… y fue entonces cuando lo vio.

Dameon fijó los ojos en los suyos mientras una lenta sonrisa se desplegaba en su rostro. Estaba demasiado lejos para oírlo, pero cuando movió los labios, ella habría jurado que decía la palabra «¡Guau!».

—Vaya, ¿quién es ese? —dijo Peggy a su lado.

—¿Cómo? —Grace desplazó la mirada.

—¿El tipo ese que te está comiendo con los ojos?

Grace miró a su alrededor, haciéndose la inocente.

—¿Quién?

Peggy le dio un codazo.

—No cuela. Te he visto mirándolo.

Grace se encontró de nuevo con la mirada de Dameon y abrió los ojos como si quisiera enviarle algún tipo de mensaje telepático para que dejara de mirarla. Él sonrió y se dio la vuelta.

—Ese es el señor Locke.

—El señor Sexy, más bien. ¿De qué lo conoces?

Grace sintió que le ardía la cara.

—Va a poner en marcha un proyecto urbanístico en la zona.

—¿Ah, sí? ¿Dónde?

Grace levantó la vista y… lo pilló mirándola otra vez.

—En el cañón… ¿sabes qué? Parece un poco perdido, así que iré para allá para que se sienta bienvenido.

Peggy se rio.

—Ya estás tardando.

Grace se recordó a sí misma caminar despacio mientras cruzaba la habitación para acercarse a Dameon. Lo último que quería hacer era llamar la atención sobre ellos dos.

Extendió una mano cuando dejó de moverse.

—Hola, señor Locke.

Parecía estar conteniendo la risa mientras le tomaba la mano entre las suyas.

—Señorita Hudson. Está usted absolutamente radiante —dijo, apretándole la mano antes de soltarla.

Ya estaba apretándole la mano otra vez... Grace sabía que le ardían las mejillas. Esperaba no parecer nerviosa.

—Muchas, gracias. ¿Te ha costado encontrar el sitio?

Le hizo una pregunta fácil e inocua por si alguien los estaba escuchando.

—En absoluto.

Hizo un gesto hacia la cola del bar.

—¿Por qué no tomamos una copa y te presento a algunos miembros de la comunidad?

—Te lo agradecería.

Dameon le indicó que caminara delante de él. Cuanto más se acercaban al bar, más alta era la música. La gente intentaba hablar a voz en grito o se acercaba más a su interlocutor para oír lo que decía.

Dameon acercó la cabeza a su oído.

—Me vas a provocar un infarto con ese vestido —dijo con la voz grave de barítono que solo él podía articular.

Y como no pudo evitarlo, Grace le contestó:

—Eso era parte de mi plan.

La cola avanzó.

Dameon agachó la cabeza, apretando los labios en una ligera sonrisa.

Sí, quedarse sin palabras le sentaba bien a aquel hombre.

Cuando les tocó su turno en la barra, ella pidió una copa de vino tinto y él un combinado de whisky.

—Bueno, señorita Hudson... ¿a quién debería conocer primero?

—Puedes llamarme Grace.

—¿Estás segura?

Le indicó que se agachara para poder hablarle al oído.

—Dices «señorita Hudson» como si fuera la profesora traviesa del instituto.

Él echó la cabeza hacia atrás y se rio.

Vio a Evan y empujó a Dameon hacia su colega.

—Evan. —Le tocó el hombro—. Te presento a alguien que quiero que conozcas.

Evan sonrió y estrechó la mano de Dameon.

—Bienvenido a Santa Clarita.

—Vuestra ciudad me está gustando mucho —dijo Dameon, mirando a Grace.

—Sí, ¿verdad? —Evan alternó la mirada entre los dos, con una sonrisa demasiado evidente—. Estás guapísima, Grace. ¿Ese vestido es nuevo?

Vale, quizá presentarle a Evan fue un error.

—Es el mismo del año pasado —mintió.

Evan negó con la cabeza varias veces.

—No. El año pasado llevabas pantalones y tacones de aguja. —Dirigió su atención a Dameon—. Para ser justos, Grace siempre lleva tacones de aguja. Y si no me equivoco, la Navidad pasada estuviste trabajando hasta la hora de la fiesta y tus zapatos no hacían juego con tu ropa.

—Entonces llevé este vestido el año anterior.

Grace miró frenéticamente a su alrededor buscando a alguien más a quien presentar a Dameon.

—Si eso fuera verdad, me acordaría. Ese vestido es difícil de olvidar.

Vale, ahora se estaba sonrojando… sintió que su temperatura corporal se disparaba.

—Es bastante espectacular —comentó Dameon, riéndose.

Y después de eso…

—Vale, ya está. Te presentaré a alguien más, vamos. —Grace dio un golpecito a Dameon en el codo y empezó a alejarse.

—Eres adorable cuando te sonrojas, Hudson.

Evan nunca la llamaba Hudson.

—Cuidadito con las copas, Evan. Baja el ritmo —le dijo mientras se alejaban.

Dameon acercó los labios a la altura de su oreja.

—¿Es mi competencia?

Eso tenía que ser lo más gracioso que había oído en mucho tiempo.

—¡Qué va! Aunque le fueran las mujeres, es como un hermano para mí.

—Ah, vale. Pues tiene razón sobre el vestido.

Se detuvieron a unos metros, pero Dameon estaba demasiado cerca de ella.

—Deja de mirarme así —le susurró en voz baja.

—¿Así cómo? —dijo, abriendo los ojos de par en par y tomando un sorbo de su bebida.

A Grace le sorprendía que el hielo de su copa no se hubiera derretido con todo el calor que desprendía el cuerpo de aquel hombre.

O tal vez era ella.

—Como si fuera tu almuerzo. —Tuvo que esforzarse para no sonreír.

Dameon aspiró profundamente y cerró los ojos antes de mirar hacia otro lado.

—Así está mejor. —Grace se volvió—. Ese es el alcalde. Su mujer es muy cotilla, así que a ver si practicas esa discreción de la que haces gala.

—Sí, señora —le dijo al oído.

Grace lanzó un gemido. Dios, aquella iba a ser una noche muy larga…

Presentó a Dameon a tres miembros del ayuntamiento, al alcalde y a un conocido contratista de la zona. Había propietarios de empresas más pequeñas, desde negocios de fontanería industrial hasta empresas de suministro de hormigón. También asistían a la fiesta miembros del consejo escolar y, por supuesto, el resto del equipo de ingenieros de su oficina.

Las sonrisas y las miradas en su dirección fueron espaciándose, y Dameon entabló conversaciones como si ya conociera a las personas con las que charlaba.

Llevaban una hora allí cuando Grace vio llegar a la fiesta a su hermano y a Parker.

Se apartó de Dameon mientras este hablaba con un concejal para saludar a su hermano.

—Empezaba a preguntarme si ibais a venir —dijo mientras abrazaba a Parker.

—Estábamos un poco… ocupados —murmuró Parker, con las mejillas encendidas.

—¿Así es como se dice ahora? ¿Estar «ocupados»? —se burló Grace. Parker se encogió de hombros.

Grace abrazó a su hermano.

—Tienes que dar a tu mujer un poco de descanso.

Colin señaló a Parker.

—Fue ella la que empezó.

—De eso ni hablar. Fuiste tú el que entró en el vestidor cuando me estaba cambiando.

—Llevabas unas braguitas de encaje.

Grace levantó la mano libre.

—¡No quiero saber nada de vuestra vida sexual, de verdad!

Colin le guiñó un ojo y miró por encima de su hombro.

—Veo que Dameon ha venido.

Parker miró con atención.

—¿Es él?

Grace asintió.

Dameon debió de sentir que alguien lo observaba, porque se dio la vuelta. Después de excusarse con sus interlocutores, se dirigió hacia ellas.

—Dameon, me gustaría que conocieras a Parker. La nueva miembro de la familia Hudson.

Se dieron la mano.

—Un placer.

—Y por supuesto, ya has conocido a Colin.

Grace observó cómo se daban la mano. Esta vez no parecía tratarse de una lucha para ver a quién le corría más testosterona por las venas.

—Me alegro de volver a verte —dijo Dameon.

—Eso ya lo veremos —repuso Colin.

Grace lo miró fijamente.

—Pórtate bien.

—¿Y si les traemos una copa a las señoras? —le sugirió Dameon a Colin.

Su hermano besó a Parker en la mejilla.

—¿Tinto? —le preguntó.

Ella asintió y los hombres se marcharon.

En cuanto se hubieron alejado lo bastante para que no las oyeran, Parker se acercó a su cuñada.

—Está mucho más bueno en persona.

—Dímelo a mí.

Grace se llevó la copa a los labios, se dio cuenta de que estaba vacía y la soltó.

***

Dameon esperó a estar suficientemente lejos para que no los oyeran.

—¿Qué sabes de Stefan Sokolov? —le preguntó a Colin.

Por un segundo este parecía perdido.

—¿Te refieres al dueño del parque de autocaravanas?

—Exacto.

—Sé que se le da de pena mantener su propiedad en condiciones... ¿por qué?

Dameon miró a su alrededor y se acercó un poco más a él.

—Cierta persona que ambos conocemos tuvo un encontronazo con él a principios de esta semana. La asustó lo suficiente como para llamarme.

A Colin le cambió la cara.

—¿Qué quieres decir con «la asustó»?

—Justo lo que he dicho. Tú la conoces mejor que yo. Tengo la sensación de que no se asusta fácilmente.

Colin miró hacia su hermana.

—No, no se asusta así como así.

—¿Sabes qué aspecto tiene ese tipo?

—No.

—Si encuentras alguna foto suya, ¿me la pasarás?

Colin se volvió.

—¿Te llamó?

—Le agobiaba que tú o tu hermano llevarais el asunto demasiado lejos si os llamaba a vosotros.

—En eso tiene razón.

Avanzaron en la cola.

—No lo has sabido por mí, ¿vale?

Colin lo miró de reojo.

—¿Por qué me cuentas esto?

La respuesta era fácil.

—Porque la sede de mi oficina está en Los Ángeles y no puedo estar siempre aquí. Independientemente de lo que puedas pensar de mí, lo único que quiero es ver a esa mujer sonreír, y no temblando de miedo.

Colin le dio una palmadita en el hombro cuando se acercaron al camarero.

***

A Grace le pareció que Colin y Dameon habían hecho las paces. Su hermano no estaba hablando con él de forma brusca o cortante, ni intentaba incomodarlo.

Los cuatro encontraron una mesa y cogieron algo de comida del buffet.

—Tengo entendido que estáis construyendo una urbanización bastante grande en la ciudad —dijo Parker a Dameon.

—Pues sí. Grace me ha señalado muchos aspectos importantes sobre la construcción; algunas cosas ya las habíamos tenido en cuenta y otras no.

—Mi hermana sabe lo que hace —dijo Colin con orgullo.

—¿Te importa decirle eso a mi jefe? —exclamó Grace.

—¿Richard sigue poniéndote las cosas difíciles?

Grace miró a su hermano y asintió.

—Lo lógico sería que se aburriera, pasado un tiempo.

Colin miró a su alrededor.

—¿Está aquí?

—Lo he visto antes —dijo ella—. Aunque estos saraos no son lo suyo. Lo más probable es que se haya ido ya.

Parker cambió de tema.

—Y dinos, Dameon, ¿dónde vas a pasar la Navidad?

—Mi madre vive en Glendale.

—¿Tienes hermanos? —le preguntó.

—Un hermano. A veces viene. Mi tío y su familia vienen cada dos años. ¿Y vosotros? —preguntó, dirigiendo la mirada a Grace.

—La celebramos en casa de nuestros padres. A mamá le encanta cocinar y a todos se nos da bien ayudar.

—No hay nada más importante que la familia —dijo Colin, con los ojos clavados en Grace.

Esta apartó su plato de comida y, al levantar la vista, se encontró a Richard mirándolos fijamente.

—Vaya, parece que mi jefe no se ha ido, después de todo.

—Creo que debería levantarme y socializar un poco otra vez —dijo Dameon.

—No es mala idea.

Colin se levantó cuando lo hizo Dameon.

—Te presentaré a algunos de los chicos con los que trabajo; no es que tengan tiempo para participar en tu proyecto, pero conocen a la mayoría de la gente de la ciudad que sí podría hacerlo.

Dameon se inclinó hacia Grace.

—No te vayas sin despedirte.

Se fue antes de que ella pudiera responder.

Parker se sentó en el asiento que Colin acababa de dejar libre.

—Es encantador.

—Lo sé. Resulta desconcertante.

—No me da la sensación de ser el acosador del que hablaba Erin.

—Ya. A mí tampoco.

Antes de que alguna de las dos pudiera decir algo más, Richard pasó por delante de su mesa. Sus miradas se cruzaron y él apartó la vista sin decir nada.

—Feliz Navidad a ti también —dijo Grace en un tono de voz tan bajo que solo Parker podía oírla.

—Pasa de él. Seguro que su mujer no se ha acostado con él desde los años noventa —bromeó Parker.

—En los noventa tenía otra mujer.

A medida que avanzaba la noche, los asistentes a la fiesta se iban soltando y las voces se hacían más fuertes. Grace examinó el grupo para ver si alguien iba a ser la comidilla de la fiesta después de las vacaciones. Pete estaba descartado porque ya se había ido.

—No hacemos una noche de chicas desde antes de la boda —dijo Parker.

—Has estado un poco ocupada.

—Hay que planear una. Antes de la boda todo giraba en torno a la boda. Antes de eso, todo giraba sobre cómo hacer que Erin recuperara su vida. Siento que no me entero de nada, y aparte de los cotilleos de Dameon, no tengo ni idea de cómo te va la vida...

Grace se encogió de hombros.

—Trabajo, me voy a mi casa... me levanto, desayuno y vuelta a empezar.

—Eso no es sano.

—Es mejor que conocer a desconocidos en los bares y enterarte después de que han intentado matar a una de tus mejores amigas.

Grace no se dio cuenta del peso de sus palabras hasta que salieron de su boca.

Se hizo un silencio entre ambas.

—Ya, supongo que eso tampoco es sano —comentó Parker. Un ceño fruncido vino a reemplazar su sonrisa anterior.

—He dejado de confiar en mi intuición. —Grace miró a su alrededor para comprobar que nadie la oía—. Por eso me alegro de que quien tú ya sabes esté aquí, para que así puedas conocerlo. Erin me ha metido la duda en la cabeza y no me la he quitado del todo.

—Podría esperar eso de Erin, pero no de ti. Pero no es justo del todo, ¿no te parece?

Grace negó con la cabeza.

—Es totalmente justo. A mí nadie intentó matarme.

—Eso no lo sabemos. Y supongo que has llegado a esa conclusión tú misma.

«Más de una vez».

—¿Tú me lo dirías...? Si notaras algo raro en quien tú ya sabes, ¿verdad? —le preguntó Grace.

Parker le puso una mano en el hombro.

170

—Si viera algo raro, sería la primera en decírtelo.

Grace se sorprendió mirando la nuca de Dameon desde el otro lado de la sala.

—Espero de corazón que no esté jugando conmigo.

Al cabo de una hora, Grace pilló a Parker bostezando y consultando su móvil. La verdad es que ella también estaba bastante cansada.

—Deberíamos buscar a Colin y llevarte a casa —le dijo Grace a Parker.

—¿Tanto se me nota?

—Sí.

Colin y Dameon estaban hablando con un grupo de hombres, la mitad de ellos riéndose de lo que alguien acababa de decir. Cuando se acercaron, la conversación se interrumpió bruscamente.

—No os calléis por nosotras —dijo Grace.

Colin negó con la cabeza.

—Historias de pesca, hermana. De esas en las que los peces se hacen más grandes con cada trago que uno se toma.

Grace le pellizcó el brazo a su hermano.

—Solo que tú nunca has ido a pescar.

—No era una anécdota mía.

—Joder, Hudson. Estás muy guapa cuando te arreglas —comentó Lionel a su lado.

Grace se volvió hacia su compañero de trabajo.

—Supongo que eso es un cumplido, ¿no? —exclamó.

—No te pongas tierna conmigo. No eres mi tipo —se rio él.

Ella sonrió.

—Tienes razón. Espero algo más de mis fines de semana que ir a los bares de deportes y beber cerveza de barril.

Lionel se llevó una mano al corazón.

—Eso me dolería si no fuera tan cierto.

Todos se rieron.

—Hablando de fines de semana… —dijo Colin, volviéndose hacia Parker—. Creo que tengo que llevar a mi mujer a casa, porque solo tenemos los próximos dos días para hacer las compras navideñas.

—Seguro que es por eso por lo que quieres llevarla a casa… —dijo uno de los otros chicos del grupo.

Grace les hizo un gesto para que se fueran.

—Dejad en paz a los recién casados. Tienen derecho a sacar una bandera blanca por la puerta del dormitorio cuando necesitan comida y agua.

Parker era la que más se reía.

—Voy a buscar nuestros abrigos —dijo Colin antes de alejarse.

—¿No has venido en Uber? —le preguntó Parker.

—Sí.

—¿Podemos llevarte?

—No, id vosotros. —Grace trató de no mirar a Dameon—. No me apetece irme a casa todavía.

Cuando Colin regresó, se despidió del grupo y Grace los acompañó a la puerta.

—Nos vemos en Navidad —dijo Parker mientras se despedían con un abrazo.

Colin fue el siguiente.

—Hace frío aquí fuera, vuelve a entrar.

—Yo también te quiero —bromeó ella.

Él le dio un beso en la coronilla.

—Te quiero, Gracie.

Cuando volvió a entrar, se encontró a Dameon en la puerta de la sala donde se celebraba la fiesta.

—¿Te vas? —le preguntó.

—No, a menos que pueda convencerte para que nos tomemos una copa lejos de todo este ruido.

Ella sonrió.

—Puede que me convenzas.

Parecía a punto de tocarla.

—¿Por favor?

—Que conste que me has obligado. —Señaló la sala—. Cogeré mi abrigo y me reuniré contigo en tu camioneta. Será mejor que no nos vayamos juntos de la fiesta.

—Dame cinco minutos de ventaja.

Ella entró en la sala mientras él se dirigía a los baños.

Quería despedirse de algunas personas, así que hizo la ronda de saludos y miró la hora en su nuevo teléfono móvil. A los cuatro minutos se puso el abrigo y pasó junto a Evan.

—Feliz Navidad —le dijo dándole un abrazo.

—Igualmente.

Salió de la sala y atravesó el vestíbulo. Siguió con el teléfono en la mano como si estuviera pendiente de un trayecto en Uber. En el aparcamiento vio las luces rojas de una camioneta iluminando su camino.

Dameon alargó el brazo y le abrió la portezuela.

—¿Necesitas que alguien te lleve a casa? —le preguntó, bromeando.

Ella se subió y se puso el cinturón de seguridad.

—Me siento como si nos estuviéramos fugando.

Se rio.

—Eso es porque es justo lo que estamos haciendo. Pero después de pasar la noche con tus colegas y escuchar algunas de las historias sobre tu jefe, lo entiendo.

—Si fuera uno de los chicos, seguramente le importaría menos, pero es que no hay muchas mujeres ingenieras que se atrevan con un proyecto tan grande como el tuyo.

En realidad, había trabajado con muy pocas mujeres en la situación de Dameon.

—¿Adónde vamos? —le preguntó.

—¿Te gusta el vodka martini?

—¿A quién no?

Le sonrió bajo la escaza luz del aparcamiento.

—Cuando salgas, gira a la derecha.

—Sí, señora.

—¿Señora?

Puso marcha atrás, colocó la mano sobre el respaldo del asiento y le acarició el hombro mientras lo hacía.

—Llevo toda la noche sin poder quitarme de la cabeza el comentario de la profesora traviesa.

Capítulo 17

Una vez más, Grace le sorprendió. Entraron en un bar de luz tenue donde una mujer tocaba el piano en una esquina. Dedujo que se trataba de uno de los mejores lugares para cenar en Santa Clarita. La gente vestía con ropa elegante y en el bar no había pantallas de televisión. Encontraron una mesa en el fondo y Dameon la ayudó a quitarse el abrigo.

Cuando se sentaron, él apoyó su mano en el brazo de ella.

—Llevo toda la noche queriendo tocarte.

—Yo no debería querer lo mismo —le dijo ella.

Le sostuvo la mirada.

—¿Te preocupa que alguien nos vea aquí?

—Toda la gente que conozco y la que me preocuparía que nos viese sigue aún en la fiesta, por no hablar de que la mayoría no puede permitirse cenar aquí con la nómina que cobra del ayuntamiento.

—Pero tú sí conoces este sitio.

—Pues claro que sí. Estoy soltera y no tengo hijos. Seguro que tú también conoces los sitios elegantes de Los Ángeles.

—Y unos cuantos bares cutres.

—No hay nada mejor que un buen bar cutre.

El camarero se acercó, pidieron sus bebidas y se marchó.

—Así que aquí no conoces al personal.

—Te estás metiendo conmigo, ¿no? —dijo ella.

—Es muy estimulante. Nunca había salido con una mujer como tú.

—¿Ah, no? Normalmente, ¿cuál es tu tipo?

No estaba seguro de querer responder a eso.

—Yo te digo cuál es mi tipo si tú me dices cuál es el tuyo —le dijo ella.

—¿De verdad quieres que te hable de mis ex?

Ella se inclinó hacia delante.

—¿Tienes miedo?

«Vale, de acuerdo».

—Se llamaba Lena…

—¿Lena? —Grace parecía sorprendida.

—Era griega.

Se quedó callado.

—¿Y…?

—Ahora, dime tú el tuyo.

Grace resopló.

—Se llamaba Robert y era gilipollas.

—Define «gilipollas».

—Jugaba a los videojuegos en el móvil durante las cenas familiares.

Dameon no se esperaba eso.

—¿Eso fue en el instituto?

Grace puso los ojos en blanco.

—El año pasado.

—Tenía que ser algo serio si lo invitabas a las cenas familiares.

Dameon no se imaginaba a Grace soportando que un hombre adulto ignorara a su familia por culpa del móvil.

—No con mi familia. Somos muy abiertos, y traernos a los novios y las novias a cenar a casa con mis padres siempre ha sido algo normal.

—¿Incluso ya de adultos?

176

—Mi padre es expoli —dijo, como si eso lo explicara todo—. Háblame de Lena.

Dameon visualizó su imagen.

—Nunca le presenté a Lena a mi madre. No jugaba a videojuegos, pero pasaba mucho tiempo con el móvil haciéndose selfis.

Grace sonrió.

—Conozco ese perfil de chica. Supongo que era un bellezón.

¿Debía mentir?

—No era fea, no.

—Y siempre necesitaba que le dijeran lo guapa que era.

Él asintió con la cabeza.

—Era muy insegura.

—¿Y qué pasó? —preguntó Grace.

—La historia no me deja en muy buen lugar.

—Cuéntamela de todos modos.

Dameon respiró profundamente.

— Me aburría con ella. Al principio nos llevábamos bastante bien. Siempre y cuando fuésemos a sitios elegantes con gente elegante, ella estaba contenta. Si la llevaba a O'Doul's, me ponía mala cara y se comportaba como si aquello fuese demasiado poco para ella.

—¿Qué es O'Doul's?

—Un bar cutre que hay cerca de mi casa. Un whisky de primera y el mejor *fish and chips* de la ciudad. —Se encogió de hombros—. Nunca se me pasó por la cabeza llevarla a conocer a mi madre.

—Bueno, ya has conocido a Colin. Y no me extrañaría nada que Matt encontrara cualquier excusa para presentarse en tu casa tarde o temprano.

—¿Matt me va a tocar las pelotas tanto como Colin?

—Pues claro —dijo ella con una sonrisa.

Llegaron los martinis con vodka y Dameon levantó su copa.

—Por las nuevas amistades.

Grace chocó su copa con la de él y dio un sorbo.

—Creo que podríamos ser algo más que amigos.

Él soltó su copa.

—Dios, eso espero.

Ella volvió a tomar un sorbo y él alargó la mano y le tocó el brazo.

—¿Tienes planes para Nochevieja?

Grace negó con la cabeza.

—Ni siquiera lo he pensado. A veces Matt nos lleva al desierto, pero este año tiene que trabajar.

—¿Ir al desierto es algo bueno?

—Huy, sí. Hacemos unas fogatas impresionantes rodeados de frío. Cantidad de arena y un montón de motos y de *quads*. ¿Sabes montar en moto?

—Miedo me da decirte que no. ¿Y tú?

Ella asintió.

—Nos criamos rodeados de motos, pero yo ya no tengo ninguna.

—¿Tenías tu propia moto?

Aquella mujer no dejaba de sorprenderlo con todas sus facetas.

—Sí. Todos crecimos así. Cuando mi padre sufrió una mala caída, mi madre nos prohibió las salidas al desierto. Matt y Colin salen más que yo.

Dameon se encogió de hombros.

—No puede ser tan difícil, ¿no?

—Que no te oigan mis hermanos: te pondrán a hacer acrobacias a lo Evel Knievel.

—Sobre todo si no les caigo bien.

—Sí, creo que tendríamos que dejar lo de las motos para más adelante.

Dameon no estaba seguro de querer que sus hermanos le enseñaran a montar en moto.

—Bueno, y volviendo a Nochevieja… Te recogeré a las siete.

Ella lo miró fijamente, formando una línea recta con los labios.

—¿Es una pregunta o una afirmación?

Aunque no le gustaba nada tener que reconocerlo, dijo las palabras de todos modos.

—Te lo pregunto.

Los labios de ella dibujaron una sonrisa.

—¿Sabes una cosa, Locke? Te desenvuelves bastante bien.

—¿Eso es un sí?

Miró al techo como si la respuesta estuviera allí.

—¿Tengo que arreglarme y ponerme elegante o iremos a un bar cutre?

—Te dejaré elegir el sitio el año que viene. Este año será una noche cinco estrellas.

Grace arqueó las cejas con aire de interrogación.

—Alguien es muy optimista.

Se tomaron las copas con tranquilidad antes de que Dameon pagara la cuenta y la llevara a su casa. Mientras aparcaba, notó que ella empezaba a inquietarse.

Antes de que ella abriera la puerta del coche, Dameon le cogió la mano. La miró a los ojos y se inclinó hacia delante.

En cuanto sus labios se tocaron, ella lanzó un suspiro. Con el compartimento central separándolos, él no podía tocarla como de verdad quería, pero sí podía inclinar la cabeza hacia atrás y saborear sus labios con la punta de la lengua.

Ella respondió apretándole el brazo con la mano con fuerza y reaccionando a su beso con la misma intensidad.

Era atrevida en muchos aspectos, pero en aquel, un simple beso en el asiento delantero de una camioneta, parecía ligeramente contenida. Dameon acabó con el beso antes de que su cuerpo pusiera de manifiesto todo el efecto que estaba provocando sobre él.

Cuando Grace abrió los ojos, vio su expresión aturdida bajo la luz del aparcamiento.

—Necesitaba hacer esto aquí —le dijo—, porque si lo hago en la puerta de tu casa, tendría la tentación de entrar y quedarme.

Ella abrió aún más los ojos.

—Y no creo que estés preparada para eso.

—Dameon… —Pronunció su nombre con un suspiro.

—Si te parece bien, me gustaría esperar un poco más.

En ese momento sonrió.

—A mí también me gustaría.

Y con eso resuelto, volvió a abalanzarse sobre ella. Esta vez, ella lo besó con un poco más de decisión, prolongando el beso un poco más, y dijo su nombre en un susurro gutural. Dameon podría acostumbrarse perfectamente a oír una y otra vez aquel susurro en sus labios.

Capítulo 18

La mañana de Navidad, Grace aprovechó el día frío y seco para dar un paseo e intentar eliminar las calorías que sin duda iba a sumar durante la jornada. Se puso los auriculares y escuchó su lista de canciones enérgicas que la hacían moverse más rápido de lo normal.

Cuando volvió a entrar por la puerta, su teléfono vibró con un mensaje de Dameon. Sonrió al instante.

Feliz Navidad y buenos días.

Sacó una botella de agua del frigorífico y se sentó en la encimera de la cocina mientras le enviaba un mensaje.

Buenos días y feliz Navidad a ti también.

¿Cuándo vas a ir a casa de tus padres?

Voy a ayudar a mi madre a cocinar, así que saldré de aquí en una hora. La gente empezará a llegar a partir de las once. ¿Y tú?

Me voy al mediodía y llevo el vino. Mi contribución en la cocina consiste en trinchar el pavo.

Grace sonrió.

Una tarea muy noble.

Detecto un tonillo sarcástico.

Grace tecleó enseguida su respuesta:

¿Sarcástica yo?

Los puntos suspensivos de su pantalla estuvieron parpadeando un buen rato.

Sí.

Una aguda observación por tu parte. No me extraña que seas el director general de tu empresa.

Dameon respondió con un emoji de risa.

Me voy a la ducha. Que lo pases muy bien con tu familia.

Grace sostuvo su teléfono y esperó su respuesta.

Tú también.

***

Lo lógico sería pensar que para cubrir la corta distancia entre el centro de Los Ángeles y Glendale se tardarían como mucho treinta minutos. Sin embargo, aquí la clave era Los Ángeles, y la ciudad era mundialmente conocida por sus problemas de tráfico. Si a esto le añadimos un día festivo sin modelo de referencia para calcular el tiempo de los desplazamientos, la hora de llegada prevista a cualquier sitio era tan azarosa como la lotería.

Dameon llegó media hora más tarde de lo acordado con su madre. Como esperaba que lo regañase por el retraso, se sorprendió al entrar por la puerta y oírla reír.

—¿Hola? —saludó.

—¡En la cocina! —respondió su madre. Fue entonces cuando oyó una voz masculina.

No era una voz cualquiera.

«Tristan».

Dameon no estaba mentalizado para pasar el día de Navidad con su hermano, ni ese ni cualquier otro. En la última conversación que había tenido con su madre, ella le había dicho que Tristan no podría ir. Dameon inspiró hondo y asomó por la esquina con una sonrisa en los labios.

— Feliz Navidad.

—¡Dameon! —exclamó su madre, como sorprendida de verlo.

Él dejó las bolsas con las que iba cargado en el extremo de la encimera de la cocina y abrazó a su madre.

—Siento llegar tarde.

Su madre lo estrechó con fuerza en sus brazos.

—¿Llegas tarde?

—Un atasco.

Ella quitó importancia a su retraso dándole un segundo abrazo. Cuando se apartó, Dameon se volvió hacia su hermano.

—¡Mira quién está aquí!

Dio un paso adelante y extendió la mano.

Tristan se la estrechó dándole el apretón de manos que su padre les había enseñado a ambos.

—Me alegro de verte —le dijo Tristan.

—Yo también de verte a ti. —Las palabras eran pura fórmula de cortesía y, sinceramente, no las sentía—. Pensaba que no podías venir.

Tristan lo soltó y se encogió de hombros.

—Cambio de planes.

Su madre les puso una mano en el brazo a ambos.

—El regalo de Navidad perfecto para mí es ver a mis dos hijos juntos y contentos en la misma habitación.

Dameon les daba como mucho una hora hasta que alguno hiciese enfadar al otro.

***

Grace empezó con el ponche de huevo, la bebida casera que debía reposar un día entero en la nevera después de la preparación. El pavo estaba en el horno, y ella y su madre trajinaban en la cocina en completa sincronía mientras preparaban todas las guarniciones que solo cocinaban una o dos veces al año.

—Me ha dicho Colin que tienes problemas en el trabajo —dijo Nora mientras lloraba por culpa de la cebolla.

Grace tenía las manos llenas de pan rallado y carne de salchicha que estaba mezclando para hacer el relleno.

—Yo no lo llamaría «problemas», lo llamaría «lo de siempre».

—Richard siempre ha sido un gilipollas —dijo su padre desde el sofá donde estaba sentado viendo un partido de fútbol—. Se creía mejor que los demás porque se fue a la costa este a la universidad.

Su padre y Richard habían ido juntos al instituto.

—Pues tú estás jubilado plácidamente y él sigue fichando en la oficina. Parece que elegiste la mejor opción —le dijo Grace a su padre.

—Eso es porque me casé con la mujer perfecta para mí. ¿Por qué número va ya Richard? ¿Por la tercera o la cuarta?

—Por la cuarta. Pero no vi a su última mujer en la fiesta de Navidad, así que quizá la luna de miel ya se ha terminado.

Nora negó con la cabeza.

—Pues es una lástima, la verdad.

Grace cogió un puñado de cebollas picadas de su madre y lo añadió a su plato.

—Es un imbécil. No me cabe en la cabeza que alguien quiera casarse con él. Seguro que en asuntos de cama tiene un calendario para saber cuándo hacerlo y decidir quién se pone encima.

Nora se puso a reír a carcajadas.

—Sabes que es verdad —dijo Grace, riéndose con su madre.

—Tal vez deberías empezar a buscar un trabajo en la empresa privada —le sugirió su padre.

—He estado dándole vueltas, pero es difícil dar el salto. Me gano la vida bastante bien.

—Ya, pero no vale la pena si te sientes frustrada en el trabajo.

Para entonces su padre se había girado para mirarla desde el sofá. En el televisor salían anuncios publicitarios.

—No me siento frustrada —protestó.

—Pero tampoco estás contenta, precisamente —dijo Nora.

—Tal vez si encontraras al hombre adecuado…

Grace miró a su padre.

—Vamos a cambiar de tema antes de que aparezca la tía Beth. No quiero estar todo el día escuchando que se me va a secar el útero.

Su madre se dirigió al fregadero para lavarse las manos.

—Estamos preocupados por ti. No sales con nadie desde el desgraciado incidente con el ex de Erin.

—Ir a ver a un psiquiatra no tiene nada de malo —dijo su padre. Emmitt era muy partidario de que acudiera a psicólogos, psiquiatras o cualquier persona que pudiera ayudarle a superar el trauma.

—Estoy segura de que no lo necesito.

—¿Así que estás saliendo con alguien de nuevo? —preguntó Nora.

Una imagen de Dameon la hizo sonreír.

—He conocido a alguien, sí.

Fue decir eso y su padre puso la televisión en pausa y la sala se sumió en un silencio absoluto.

Sus padres la miraron expectantes.

—Dios mío, actuáis como si hubiera estado en un convento un año.

—¿Sabes cuántos nombres de chico hemos oído tu padre y yo en esta casa desde que ibas al instituto?

Grace había tenido novios en serie hasta el verano anterior.

—Tal vez me he cansado de ser tan popular.

—Espera, ¿es ese promotor inmobiliario que va con traje? —Su padre frunció el ceño como si acabara de comerse algo podrido.

Grace sabía que aquella conversación no iba a terminar bien.

—Se llama Dameon Locke, y no es el típico promotor inmobiliario trajeado. Sinceramente, no debería interesarme por él: teniendo a Richard todo el día encima, no es muy inteligente por mi parte, la verdad. —Su padre frunció el ceño con la desaprobación escrita en su rostro—. No todos los hombres que llevan traje son malos, papá.

—¿Cuándo lo vas a traer a casa? —preguntó Nora.

Grace dejó de hacer lo que estaba haciendo.

—Lo conozco desde hace menos de un mes y no sé cuándo lo traeré a casa. Ahora basta, ¿vale? Ya sabéis que no me paso el día compadeciéndome de mí misma después de lo de Desmond, así que dejadlo.

Su madre se inclinó y le besó la mejilla.

—Solo nos preocupamos por ti, Gracie.

—Lo sé, pero estoy bien.

***

Tristan estaba haciendo troncharse de risa a su madre.

Su hermano lucía el *look* de playa completo: pantalones cortos, chanclas y pelo largo con mechas rubias por el sol. Lo único que le faltaba era una de esas camisetas teñidas estilo *tie-dye* a juego con sus ojos rojos.

—El perro surfea mejor que Seth.

Tristan estaba hablando de uno de sus amigos y de su border collie, aficionado al surf.

Dameon escuchaba mientras pelaba patatas. Con su madre distraída con las anécdotas de su hermano, corrió a arremangarse y ponerse a ayudar en la cocina porque, de lo contrario, no comerían hasta muy tarde.

—¿Has visto esto?

Lois le enseñó una foto a Dameon en el móvil de Tristan. Efectivamente, era un perro empapado, con un chaleco salvavidas, encima de una tabla de surf.

—Es impresionante.

«Para un adolescente».

Una vez hubo pelado las patatas, Dameon fue a buscar una olla.

—¿Cómo se llama el perro?

—Barnacle, pero le llamamos Barney.

Eso hizo que su madre volviera a reírse.

—Qué ingenioso. ¿No te parece ingenioso, Dameon?

—Muy gracioso, sí. —El armario en el que recordaba que estaban las ollas de su madre estaba lleno de bandejas para galletas y moldes para tartas—. ¿Dónde están las cazuelas para esto? —preguntó.

—Oh, déjame eso a mí. —Lois se puso a su lado y cogió un cuchillo—. ¿Por qué no sirves un poco de vino y te sientas a charlar con tu hermano?

«Prefiero cocinar y que se me queme la cena».

—Sí, *bro*. Cuéntame qué hay de nuevo en tu vida. —Tristan se recostó en la silla que había colocado junto a la isla de la cocina.

Dameon se secó las manos en un paño y buscó un sacacorchos en un cajón.

—El trabajo va muy bien. Tengo un proyecto muy importante que voy a poner en marcha a principios de este año.

—No, no me refiero a eso, colega… Siempre estás trabajando. Qué hay de nuevo en plan: ¿tienes algún ligue?

Dameon abrió la boca, pero su madre lo interrumpió antes de que pudiera decir algo.

—Dameon tiene novia.

—¿Ah sí? ¿Y cómo se llama? —preguntó Tristan.

No era una conversación que quisiera tener con su hermano, que no dejaba de llamarle «*bro*» y «colega».

—Se llama Grace —dijo su madre.

—Ah, qué guay. ¿Es serio?

—Acabamos de empezar —fue lo único que Dameon quiso decir.

Tristan siguió asintiendo con la cabeza.

—¿Y tú, cariño? ¿Hay alguien especial en tu vida? —le preguntó Lois.

—No estoy preparado para eso. Que sea el hermano mayor el que siente la cabeza primero, ¿verdad, *bro*?

Dameon sacó el corcho con un chasquido.

—¿Quién quiere vino?

***

Ya habían sacado el pavo del horno y las distintas guarniciones estaban en varias etapas de cocción o listas para acompañar el plato principal.

Grace había pasado del ponche de huevo al vino.

La casa estaba abarrotada de gente.

Mientras veían el partido, sus hermanos y su tío le gritaban a la televisión.

Erin se paseaba por la cocina como si hubiera estado allí toda su vida. Aquella mujer sabía cómo preparar una cena familiar, y parecía haber horneado comida suficiente para alimentar a todo el vecindario.

—¿Qué es esto? —La tía Beth dio un mordisco algo que parecía un macarrón dulce.

—Aprendí la receta en el canal Divinity —le dijo Erin.

La tía Beth emitió un murmullo de placer.

—Está divino, lo reconozco.

Se oyó un rugido procedente del salón.

—¡Eso es falta!

—¿Es que creen que los jugadores pueden oírlos? —preguntó Erin.

Grace se rio.

—Sí.

La tía Beth regó los dulces con vino.

—Y dime, Parker, ¿cuándo vais a darle tú y Colin un nieto a mi hermana?

Grace se colocó detrás de su tía y señaló a Parker con una sonrisa.

«Te ha tocado», articuló con los labios.

—Dale tiempo a los chicos, Bethany —le regañó Nora.

—Bueno, si Colin hubiera salido a ti, ya estaría embarazada.

La tía Bethany sabía cómo lanzar una buena pulla. Era sabido de todos que Colin se había «adelantado» al nacer.

La abuela Rose, que estaba sentada picoteando los dulces, levantó la vista.

—Eso fue una boda de penalti —añadió.

Nora se hizo la inocente.

—Colin fue un niño prematuro —le dijo a Parker.

—No es que a nadie le importe, sinceramente —dijo Grace, sonriendo a su madre.

Sonó el timbre del temporizador y se acercó al horno para cambiar el relleno por los boniatos. Detrás de ella, la tía Beth pasó a centrarse en Erin.

—¿Por qué tarda tanto Matt contigo?

Grace danzaba alegremente por la cocina ahora que había otras dos mujeres en la casa sobre las que la tía Beth podía proyectar su indiscreta atención.

***

Dameon estaba en el jardín trasero de la casa de su madre con el teléfono pegado a la oreja. Al cuarto timbre, ya empezaba a perder la esperanza de que Grace contestara.

Cuando oyó su voz al otro lado de la línea, suspiró como si alguien acabara de lanzarle un salvavidas tras caerse del *Titanic*.

—La voz de la cordura —dijo después de que ella contestara.

—Un poco borracha, pero cuerda al fin y al cabo.

—Me gusta lo de borracha. Hola.

Se rio.

—Hola, Dameon. Pareces muy serio.

Se volvió para mirar la puerta trasera, asegurándose de que seguía cerrada.

—Ha venido mi hermano.

—Lo dices como si fuera algo malo.

—Me ataca los nervios. Y estoy casi seguro de que le ha metido marihuana a algo y ahora mi madre va un poco colocada.

Cuando Grace empezó a reírse, se sorprendió más animado.

—No tiene gracia.

Ella se rio con más ganas.

—Lo siento.

—El pavo estaba medio crudo y nos hemos cepillado todo el vino que había en casa.

Grace se reía tanto que le entró hipo. Eso le hizo sonreír.

—Tu pavo lo tiene crudo y tu madre se ha puesto ciega —logró decir entre risas.

—Me alegro de que te resulte tan divertido. —Dameon se pasó la mano libre por el pelo—. Dime que tu día está siendo mejor.

—Mi Navidad está siendo increíble: la comida ha salido perfecta y la tía Bethany está atosigando a Parker y a Erin en lugar de meterse conmigo. Estoy encantada de la vida.

—Me alegro por ti. Ah, y aquí, la noticia del día es que mi hermano ha encontrado trabajo.

—Eso es bueno, ¿verdad?

—En un local de venta de marihuana.

Grace empezó a reírse de nuevo.

Dameon rio él también.

—¡En serio! Que tiene treinta años…

—Cuando te gusta mucho lo que haces, es como si no trabajaras —dijo Grace como si estuviera citando a alguien.

—Esto te hace mucha gracia, ¿verdad?

—Muchísima. ¿Crees que te haría descuento por ser familia? Me gustaría aderezar con eso los *brownies* de Erin para mi tía.

—Veré qué puedo hacer.

—Eso sí que es gracioso.

Dejó de reírse al fin.

Él se llevó una mano al estómago.

—Tengo hambre.

Por lo que fuese, Grace volvió a troncharse de risa y la línea se llenó de carcajadas.

Capítulo 19

Cuando Grace llegó a la oficina el día después de Navidad, se encontraba prácticamente vacía. La mitad del personal estaba fuera por vacaciones, y la otra mitad llegó hacia mediodía.

Miró fijamente la bandeja de papeles y asuntos pendientes de su escritorio, llena hasta los topes, y decidió darse una vuelta por la oficina. La puerta del despacho de Lionel estaba abierta de par en par y su escritorio completamente limpio. Grace se enorgullecía de sus dotes organizativas, pero al lado del escritorio de Lionel, parecía una vaga de narices.

Adrian estaba en el despacho, así que llamó a su puerta y le preguntó cómo le había ido la Navidad. Miró su bandeja y le preguntó en qué estaba trabajando. Para cuando fue al despacho de Evan, ya estaba convencida de que le habían asignado una cantidad muy desigual del pastel. Evan iba a salir cuando ella lo empujó y cerró la puerta tras de sí.

—Tengo una pregunta —le dijo, dirigiéndose a su escritorio—. ¿Esta es tu pila de encargos actuales? —le preguntó, tocando las carpetas de su bandeja.

—Sí, ¿por qué?

—Porque la mía es el doble de alta. Richard sigue cargándome de trabajo y yo continúo aceptando y diciendo que no pasa nada.

—¿Estás segura?

Grace empezó a hablarle de los proyectos en los que participaba o dirigía. Evan la interrumpió a la mitad.

—¿Has pensado alguna vez que la razón por la que Richard te da todo ese trabajo es porque no te quejas?

—No me quejo precisamente porque quiero conservar mi empleo.

—Vamos, Grace. No te va a despedir por decirle que tienes demasiado trabajo…

—¿Me lo prometes? —le preguntó.

Evan se encogió de hombros y apoyó una cadera en su escritorio.

—Entiendo por qué piensas así, pero si se ha de romper algún día ese patrón que habéis establecido entre los dos, eres tú quien debe hacerlo.

No le gustaba el hecho de que Evan tuviera razón. Grace nunca había tenido ningún problema con las confrontaciones cuando se trataba de su vida personal, pero con Richard, no se veía con fuerzas.

—Vale… la próxima vez que intente darme más trabajo, protestaré.

—Muy bien. Dile que se lo dé a Lionel. Siempre se está cogiendo días libres.

Abrió la puerta de la oficina.

—Gracias, Evan.

—No creas que me he olvidado de la fiesta de Navidad y de cierta persona…

—No sé de qué me hablas.

—Sí, claro.

Grace salió sin darle más detalles.

Al cabo de una hora estaba entrando en su despacho cuando oyó sonar el teléfono. Se apresuró a cogerlo.

—Grace Hudson.

—¿Hoy trabajas?

Dameon. ¿Por qué se sentía como si fuera una quinceañera del instituto hablando con el capitán del equipo de fútbol?

—Supongo que eso significa que tú no trabajas.

—No. Le he dado toda la semana de fiesta al personal de mi empresa. Si hay que hacer algo, pueden hacerlo desde casa.

Grace dejó la taza de café y se sentó.

—Pues qué suerte tienen.

—He intentado llamarte al móvil primero. Quería pasarme por tu casa y darte tu regalo de Navidad.

Grace hizo una pausa.

—¿Mi qué?

—Es tarde, pero…

—Dameon, no es necesario.

—Ya, pero eso no significa que no pueda regalarte algo.

Ahora se sentía mal.

—Yo no… Quiero decir…

—No espero que tú me regales nada, si eso es lo que ibas a decir.

Ella suspiró.

—Supongo que eso significa que estás aquí.

—Sí. Vengo de la tienda de bricolaje y estoy a punto de ponerme manos a la obra.

—¿Haciendo qué?

—Quitando el gotelé del techo.

—¿Hablas en serio?

—Sí —dijo—. Está muy sucio y asqueroso. Creo que el dueño anterior fumaba.

Ella no se había dado cuenta.

—Parece demasiado esfuerzo para adecentar una casa que, al final, vas a demoler.

—Es un buen trabajo y me vendría bien hacer ejercicio.

—No me ha parecido que no estés en forma.

—Así que me has dado un buen repaso, ¿eh?

Grace sonrió.

—Puede ser.

—Me gusta. Entonces ¿qué dices? ¿Puedo pasarme más tarde?

—¿Sabes qué? Mejor voy yo a verte a ti. ¿A las cinco y media?

—Aquí estaré.

Se despidieron y Grace sonrió al colgar el teléfono.

Un ruido en la puerta de su despacho le hizo levantar la vista.

Richard pasaba por allí y se la quedó mirando.

Se quedó sin respiración. ¿Qué parte de la conversación habría escuchado?

Hizo caso omiso de las palpitaciones en su pecho y volvió a sumergirse en la tonelada de trabajo que tenía delante.

La última tarea del día consistía en terminar su informe de gastos del mes. Envió el archivo a través del sistema de correo electrónico de la oficina al escritorio de Richard. Siempre había que entregarlos la víspera del día 1, y él los prefería lo antes posible.

Grace apagó su ordenador y guardó todas las carpetas, dejando encima de la pila las que aún contenían trabajo pendiente.

La mayoría de los empleados que habían acudido al trabajo ya se habían ido o estaban saliendo cuando Grace cerró la puerta de su despacho.

Tres pasos después oyó su nombre.

—Hudson.

Hizo una pausa, apretó los dientes y se volvió hacia su jefe.

—¿Sí?

—¿Puedo hablar contigo un momento? —Se paró en la puerta de su oficina y le hizo una seña para que entrara.

«¿Qué querrá ahora?».

—Cierra la puerta —le dijo cuando entró.

—¿Hay algún problema? —le preguntó ella.

Se sentó detrás de su escritorio y señaló la silla.

—¿No puede esperar a mañana? Tengo que ir a un sitio.

En su opinión, Richard había tenido todo el día para pedirle una reunión en lugar de esperar a las cinco de la tarde y un minuto.

—No tardaremos mucho.

Grace se sentó y dejó su bolso en el regazo.

—He recibido tu informe de gastos de diciembre. —La miró como si tuviera algún problema.

—Vale.

—Es un poco exagerado, ¿no crees?

—¿Exagerado? ¿Qué quieres decir?

—Tu kilometraje ha aumentado un quince por ciento respecto al mes pasado. Has registrado horas extras que no estaban aprobadas.

¿De verdad le estaba pidiendo explicaciones por los kilómetros que hacía con el coche?

—Cada kilómetro está justificado. Este mes me has duplicado la carga de trabajo, y las visitas de obra eran necesarias. Y si te refieres a la última reunión, fuera del horario laboral, que tuve con el señor Sokolov...

—Estás en nómina. Las horas extras tienen ser aprobadas.

—Me enviaste allí al final del día.

—Entonces deberías haber llegado más tarde a la oficina al día siguiente, y no pedir una compensación por exceso de horas.

Grace se mordió el labio para contener los exabruptos que le entraban ganas de soltar allí mismo. Miró el reloj de la habitación.

—¿Así que quieres que mañana venga diez minutos más tarde para compensar esta reunión de ahora?

Richard le dio el informe de gastos.

—Espero una versión revisada de esto para mañana.

Tuvo que hacer uso de toda su fuerza de voluntad para coger el informe con tranquilidad y ponerse de pie sin inmutarse.

Una vez en el coche, Grace agarró el volante con fuerza y puso a Richard de vuelta y media. Tardó cinco minutos en calmarse para poder salir del aparcamiento con la serenidad necesaria para conducir.

A mitad de camino, recordó que tenía una cita improvisada con Dameon. Volvió a maldecir a Richard y dio media vuelta.

Se detuvo en una tienda de artículos para el hogar y compró una alfombra de bienvenida como regalo de última hora antes de enviar un mensaje de texto a Dameon para decirle que llegaría un poco tarde.

Para cuando enfiló el oscuro camino de entrada y aparcó detrás de su camioneta, ya eran casi las seis.

La luz del porche estaba encendida y Dameon estaba de pie en la puerta entreabierta, luciendo unos vaqueros, un jersey y una sonrisa.

El solo hecho de mirarlo disipó toda la ira que le había hecho hervir la sangre hasta apenas minutos antes.

—Siento llegar tarde.

—No hace falta que te disculpes —dijo cuando ella se acercó. La miró a los ojos y su sonrisa se esfumó—. Vaya, alguien está estresada.

No se molestó en negarlo.

—Mi jefe es un idiota.

—Tengo vodka.

Le dieron ganas de llorar.

—Dios, cómo te quiero. Sí, por favor. —Las palabras salieron de su boca antes de que se diera cuenta de lo que acababa de decir.

Dameon, por su parte, las aceptó sin problemas.

—Podría acostumbrarme a que digas eso…

Grace les restó importancia.

—No dejes que se te suba a la cabeza, Locke: me refería al vodka.

Se rio y Grace suspiró aliviada por que se hubiera tragado su excusa barata.

Lo primero que notó al entrar en la casa fue el calor.

La chimenea crepitaba y un árbol de Navidad de un metro de altura ocupaba una esquina de la habitación. Unas luces diminutas iluminaban las ramas y unas bombillas de cristal colgaban de los extremos.

—¿Cuándo has tenido tiempo de hacer esto?

—La semana pasada. —Dameon cerró la puerta tras ella—. Pensé en lo que dijiste sobre las chimeneas y los árboles de Navidad y me vino la inspiración.

Había movido el sofá de la abuela al centro de la habitación y, al parecer, también lo había limpiado. Un mantel cubría algo que hacía las veces de mesa de centro frente a él. Los anticuados focos iluminaban los rincones de la habitación a los que no llegaban ni el fuego de la chimenea ni el árbol.

—No sé cómo te las has ingeniado para hacer una habitación acogedora con un solo sofá, pero lo has conseguido.

Grace dejó la bolsa que llevaba en la mano junto al árbol y al volverse se encontró a Dameon mirándola.

—Me alegro de que te guste.

Soltó el bolso sobre el sofá y zarandeó los hombros para quitarse el abrigo.

Dameon se plantó a su lado para ayudarla.

—Sobre ese… —Grace se tragó la palabra «vodka» cuando Dameon la hizo volverse y bajó los labios hasta los de ella.

Su cuerpo desprendía tanto calor como el propio fuego y sus labios tenían un ligero sabor a whisky. Quizá fuera el olor a pino y a leña, pero Dameon emanaba una sensación cien por cien viril. Grace había besado a suficientes chicos para discernirla.

Cerró los ojos y saboreó el momento.

Él la estrechó entre sus brazos y ella se aferró a su jersey, disfrutando del tacto de su pecho bajo sus manos. La lengua de él le recorrió los labios un instante antes de retozar con los suyos.

Estaba casi segura de que había lanzado un gemido.

Como ya había ocurrido en el pasado, él rompió el hechizo justo antes de que ella perdiera la noción de dónde estaba.

Pero cuanto más hacía eso Dameon, más ganas tenía ella de perder la noción de todo.

—Hola a ti también —le dijo ella.

Dameon le pasó el pulgar por el labio inferior.

—Espero que tengas hambre.

Oh, sí que tenía hambre. Fue entonces cuando percibió el olor.

—Estoy entrenándome. Yo no lo llamaría cocinar.

El olor le resultaba familiar.

—¿Asado?

La condujo a la cocina. Había llevado a la casa dos taburetes y un juego de platos y cubiertos.

—Siéntate. Háblame de tu día.

Grace siguió sus indicaciones y lo observó moverse por la anticuada cocina.

—Mi jefe es un idiota.

Él se rio.

—Sí, eso ya lo has dicho.

Le explicó su encuentro antes de salir de la oficina mientras Dameon mezclaba vodka, hielo y un chorrito de algo más en una coctelera. Sirvió la bebida en una copa de martini adecuada y echó una aceituna.

Grace aceptó la bebida y le hizo una pregunta.

—¿Cuánto tiempo has pasado aquí?

—Más de lo que esperaba. —Levantó su copa hacia la de ella—. Por los vodka martinis en casa.

No pudo evitar sonreír.

—Salud.

Ambos bebieron y soltaron las copas.

—Así que tu jefe ha jugado la carta del permiso.

—¿Eso existe? —preguntó.

Dameon se encogió de hombros.

—Es una maniobra estúpida, pero sí. Supongo que en algún lugar está escrito que él tiene que aprobar las horas extras de todos los empleados asalariados. Yo tengo la misma cláusula, pero no puedo decir que haya tenido que usarla.

—Es una gilipollez.

—Estoy de acuerdo. Se supone que cuando tienes que salir corriendo a ocuparte de un encargo de última hora por parte de tu jefe, las horas están aprobadas.

—Exactamente.

—¿Y le dijiste eso antes de salir de la oficina?

—No.

—Ahí está el problema. La próxima vez acláraselo. Si dice que no, no hagas lo que te ha pedido.

Grace suspiró.

—Y entonces le doy una razón para despedirme.

Dameon se apoyó en la encimera, frente a ella.

—¿De verdad te preocupa que te despida?

En lugar de responder a su pregunta, ella le formuló otra:

—¿Te parezco una persona insegura?

Él se rio.

—No.

—Ya. No lo soy. Pero por alguna razón, con Richard, me siento como si tuviera que ir con pies de plomo. Este último año ha sido horrible.

—¿Ha habido algún desencadenante?

—No. —Tomó otro trago—. Al principio, yo era nueva. Pensaba que todo era normal porque acababa de empezar. A los seis meses me di cuenta de que era la única mujer y que eso significaba

200

que tenía que demostrar que era tan capaz como un hombre. —Hizo una pausa y miró a Dameon a los ojos—. Han pasado cinco años y estoy cansada de tener que demostrar mi valía.

—¿Y cuándo cambió tu actitud?

—No sé… hace seis meses, un año tal vez.

Dameon agitó dos dedos en el aire.

—Y ahí tienes el cambio, cielo. Te has hartado y Richard se ha dado cuenta. Ahora está haciendo una demostración de fuerza para mostrar su poder.

—¿Comportándose como un gilipollas?

—Tal vez. Tu jefe ha sentido que su control sobre ti empieza a debilitarse, así que se está defendiendo.

Grace sabía que Dameon tenía razón.

—Entonces ¿qué hago?

—¿Eres buena en tu trabajo?

Grace lo miró como si estuviera loco.

—¡Soy un hacha en mi trabajo! Cuando el mejor empleado bajo las órdenes de Richard va, yo ya he vuelto dos veces.

Dameon se cruzó de brazos sobre el pecho y esbozó una sonrisa.

—Entonces, no des tu brazo a torcer. Mantente firme y sigue sus reglas. Si te despide, búscate otro trabajo y contrata a un abogado. Conozco a unos cuantos.

—Haces que parezca fácil.

—Sé consciente de lo que vales. Es lo que separa a los empleados de los jefes. Por lo que he visto de ti, eres una líder. Richard probablemente se ha dado cuenta y se siente intimidado o te está empujando a que te des cuenta tú también.

Siguió dándole vueltas a las palabras de Dameon.

—A Richard no le caigo bien. Dudo que esto que pasa sea porque quiere lo mejor para mí.

—Entonces es él quien se siente inseguro.

Grace dejó de hablar y lo miró a los ojos. De repente, todo el tema de Richard le pareció mucho menos: menos preocupante, menos importante, menos digno de ocupar su tiempo y su espacio mental.

Sonrió.

—Y dime, ¿qué vamos a cenar?

Capítulo 20

Había pedido la cena en Backwoods y la había calentado en el horno.

Grace estaba sentada junto a Dameon comiendo costillas y escuchando cómo había ido el día de Navidad con su hermano y su madre.

No podía dejar de reírse.

—¿Así que la comida de Navidad consistió en palomitas y puré de patatas?

—Y pastel de carne. No te olvides del pastel de carne.

Al parecer, su madre había preparado el pastel de carne el día anterior, así que estaba ya hecho y en la nevera.

—Con razón aquí hay comida para una semana.

Dameon había pedido el asado de costilla entero y no solo una porción.

—Seguramente no es una buena idea ir a comprar con hambre —dijo.

Grace miró la cantidad que aún quedaba de carne.

—¿Tú crees?

—Mi madre tenía que saber que iba colocada. Yo no paraba de preguntarle si estaba bien y lo único que hacía era reírse.

—¿Le preguntaste a tu hermano qué le había dado?

—No. No había visto a mi madre tan feliz desde antes de que mi padre muriera. No iba a hacerle un interrogatorio a mi hermano.

—Ay… qué tierno.

—Se queda hasta mañana. Luego volverá con Seth y Barney.

Grace se empezó a reír de nuevo.

—No tiene gracia.

Intentó ponerse seria, pero no lo consiguió.

—Un poco de gracia sí tiene.

Al final Dameon esbozó una tímida sonrisa y ella le ayudó a encontrar el lado cómico del asunto.

—Tendríamos que presentarle a mi tía Beth a tu madre.

Grace apartó su plato.

—Gracias —le dijo él.

—¿Por qué?

—Por venir. Por hacerme reír de algo que normalmente me pone de mal humor.

—Yo me he desahogado contigo con lo de mi jefe. Lo menos que puedo hacer es escuchar tus problemas con Tristan.

Fuera, el aullido de un coyote interrumpió su conversación.

—No sé si llegaré a acostumbrarme a eso algún día.

Dameon se puso de pie y miró por la ventana trasera.

—Prefiero oír un coyote que la sirena de un coche de policía o una ambulancia.

Grace recogió los platos de ambos y fue a la cocina.

—Yo me encargo de eso —dijo él.

Ella buscó un cubo de basura y lo encontró debajo del fregadero.

—En mi mundo, el que cocina no recoge.

Dameon se puso a su lado junto al fregadero.

—Pero como yo no he cocinado, eso no cuenta.

—Yo lavo, tú secas y guardas los platos.

Dameon se dio la vuelta.

—No tengo paños de cocina.

—Ah, vaya. ¿Y funciona el lavavajillas?

Se le iluminó la cara.

—Sí, pero no tengo el detergente adecuado.

—Necesitas ayuda —se burló Grace.

Los dos llenaron el lavavajillas y guardaron el resto de la comida en la nevera.

Una vez que hubieron recogido la cocina, Dameon echó otro leño en el fuego y la animó a sentarse.

Cuando lo hizo, Grace no tardó en darse cuenta de que el sofá estaba tan desgastado como viejo. Daba lo mismo el lugar donde se sentase: los muelles que faltaban en el centro la obligaban a deslizarse hacia el medio.

—Está muy hecho polvo —señaló Dameon—. Encargué a la empresa que limpió la alfombra que limpiara también el sofá antes de utilizarlo.

Dameon intentó sentarse a un metro de distancia de ella, pero ambos acabaron en el centro.

—Pues ha sido desperdiciar el dinero.

Ella se adelantó y empezó a levantar el paño que cubría la mesa de café, pero Dameon extendió la mano para detenerla.

—Son cajas de la tienda de bricolaje.

Se rio.

—Esto me recuerda a mi época de justo después de acabar la universidad, cuando era más pobre que una rata.

Él se recostó hacia atrás, le pasó el brazo por detrás de los hombros y la atrajo hacia sí. No tuvo que esforzarse demasiado, ya que el sofá había hecho imposible que se sentaran lejos.

—Sigo dudando entre contratar a alguien para que compre lo que falta por mí o hacerlo yo mismo.

—¿Contratas a alguien para que se encargue de tus compras? ¿Cómo puedo conseguir yo ese trabajo? —A Grace el confort de su brazo y el crepitar del fuego le parecían hipnóticos.

—Estás demasiado cualificada para ese trabajo.

—Encuéntrame una mujer a la que no le guste comprar con el dinero de otros.

—Dudo que exista —contestó Dameon.

Desde luego, ella no conocía a ninguna.

—Así que a la casa le falta lo esencial, pero imagino que el garaje ya está bien surtido.

—Por supuesto. Sé desenvolverme perfectamente en las tiendas de bricolaje. Los paños de cocina y las mesitas de centro, en cambio… eso ya es otra cosa.

—A eso lo llamo yo un hombre de verdad: compra un martillo que tal vez puedas llegar a necesitar algún día antes que un paño de cocina, que se necesita todos los días.

Dameon tomó su mano entre las suyas y siguió el trazo de sus dedos. El simple contacto hizo que Grace sintiera una descarga en el vientre.

Levantó la vista y lo sorprendió observando las manos juntas de ambos. Él se detuvo y la miró.

—Tal vez debería animarte a que te fueras.

—Tal vez. —Grace levantó la barbilla apenas un centímetro y Dameon aceptó su invitación.

La forma de besar de aquel hombre… despacio y sensual. El brazo con el que le rodeaba los hombros la atrajo con más fuerza mientras ella entreabría los labios en señal de aceptación. Cerró los ojos y también lo hizo el espacio entre ambos. Aquel no era un beso de buenas noches en el asiento delantero de una camioneta, ni tampoco en la puerta de su casa. No, aquel beso era una bienvenida, un despertar de sensaciones provocado por algo más que el simple hecho de besarse, algo más que la presión de los brazos de Dameon recorriéndole la espalda y encaramándose a su pelo para inclinarle la cabeza hacia atrás. Aquello era algo más…

Grace no quería pararse a pesar en las mariposas en su estómago y la excitación que le hacía sentir el tacto de sus manos.

Solo quería sentir.

Lo buscó a él también con las manos, dirigiéndolas a su pecho, a sus brazos.

El leve roce de su pulgar en sus pechos le cortó la respiración.

Dameon apartó la mano y siguió besándola.

Grace buscó la mano de él cuando la retiraba, y se la llevó con firmeza de nuevo al pecho.

Él suspiró y tomó lo que ella le ofrecía.

Ella empezó a retorcerse. El deseo de estar más y más cerca y sin ropa fue convirtiéndose poco a poco en pura necesidad. Tiró con las puntas de los dedos de los bordes del jersey de Dameon hasta que sintió su piel.

Sus labios se separaron y buscó su rostro con la mano.

Grace abrió los ojos y lo sorprendió mirándola fijamente.

—No te había invitado para esto —le susurró.

—Lo sé —y ella lo sabía—, pero es lo que queremos los dos.

La llama del fuego de la chimenea se reflejó en sus ojos y él volvió a bajar los labios.

Sintiéndose libre para tocarlo, Grace deslizó las manos por su cuerpo, por los fuertes músculos pectorales y por la cintura entallada hasta el cinturón que le sujetaba los vaqueros… todo la excitaba aún más.

Dameon aproximó los labios a su mandíbula, rozándola con los dientes con aire juguetón.

Grace se puso encima de él, sentándose a horcajadas. Percibió todo el calor de su cuerpo a través de la ropa y disfrutó del contacto de sus manos mientras estas se desplazaban por su espalda y le apretaban el culo. Le tiró del jersey.

—Esto hay que quitarlo.

La ayudó a pasárselo por encima de la cabeza y se recostó contra el sofá mientras ella exploraba su pecho desnudo con las manos.

Lo miró a los ojos mientras le recorría las tetillas con las uñas. Cuando las manos de él le apretaron las caderas y levantó la pelvis hacia la de ella, Grace supo que había dado con uno de sus puntos clave. Desde luego, él le estaba estimulando todos los suyos.

Esta vez lo besó, uniendo su lengua a la suya en una danza rítmica que se iba haciendo cada vez más urgente de pura necesidad. Hacía mucho tiempo desde la última vez que había tenido una relación íntima con alguien, y aún más que no sentía aquella clase de urgencia en su interior.

Su camisa fue a parar al suelo, junto con la de él, y Dameon se llenó las manos con sus pechos a través del sujetador.

—¿Hay alguna parte de ti que no sea increíblemente preciosa? —le preguntó antes de inclinarse hacia delante para presionarle la piel con los labios y apartarle el sujetador. Sus pezones ya eran pequeñas rocas de deseo, y Dameon los hizo prisioneros con sus dientes.

Grace se meció contra él, disfrutando de la fricción entre sus piernas.

—Por favor, dime que tienes una cama como dios manda en esta casa —dijo con un suspiro.

El pecho le reverberó de risa.

—Espera.

Antes de que pudiera moverse, Dameon se puso de pie, sujetándola con las manos contra él para que no pudiera escapar.

Con las piernas de ella rodeándole la cintura y los brazos agarrándole el cuello, Dameon avanzó por el pasillo hasta su dormitorio.

—Puedo andar —le aseguró ella.

Él negó la cabeza.

—Me gusta más así.

***

Dameon la depositó en el colchón y la ayudó a desplazarse hacia arriba en la cama. Por un momento se limitó a observarla, a contemplar el movimiento ascendente y descendente de su pecho, a mirar sus labios hinchados tras la sesión de besos en el sofá. Él detestaba aquel sofá, pero tenía que estarle agradecido por la cercanía entre ambos mientras estaban sentados. Grace era preciosa y sexy, y lo miraba fijamente con el pelo alborotado sobre la almohada. Había tantas cosas que quería decirle en ese momento... pero tenía más ganas de hacérselas.

Se colocó encima de ella, con la rodilla apoyada entre sus piernas, y apretó su piel contra la de ella. Sus labios se fundieron en un beso. Él la siguió mordisco a mordisco, suspiro a suspiro. Podría pasarse el resto de su vida besando a aquella mujer, disfrutando del calor de su cuerpo.

Ella le hincó las uñas en la espalda y luego le acarició con ellas el borde de los vaqueros. Dameon notó cómo su miembro se agitaba en el interior de la ajustada prenda. Apartándose, se desplazó con sus besos por el cuello de ella.

—Sabes a miel y hueles a flores.

Sus palabras hicieron que ella levantara las caderas alrededor de su pierna.

Dameon sonrió y le procuró la fricción que le pedía su cuerpo.

—Quiero algo más que tu rodilla —le dijo ella.

—Paciencia...

Pero Grace no tenía ninguna. Aquella preciosa hermosa mano con la que tanto le gustaba juguetear mientras estaban sentados uno al lado del otro comiendo, o hablando —o haciendo cualquier otra cosa— se deslizó por su cintura y cubrió su erección a través de la ropa.

Para no ser menos, Dameon le bajó despacio la cremallera de los pantalones y le pasó un dedo por el borde de las bragas.

Se miraron a los ojos de nuevo.

Grace sonreía y lo acariciaba mientras dejaba que los dedos de él se hundieran en los pliegues de su sexo.

Se mordió el labio inferior con un gemido.

—Yo te enseño lo mío si tú me enseñas lo tuyo.

Dameon sonrió y siguió hundiendo sus dedos en los rincones más recónditos de su cuerpo. Quería que aquello durara toda la noche.

—Necesito…

No la dejó terminar. Sus provocaciones necesitaban más espacio.

Ella levantó las caderas para ayudarle a que le quitara los pantalones. Él tiró de ellos y ella se movió frenéticamente para desnudarlo también. Y siguieron besándose, con besos ávidos y ardientes, enfebrecidos de deseo.

Con la ropa tirada por todas partes, Dameon volvió a tocarla y a provocarla. Esta vez ella empujó su sexo contra él y se abrió de piernas para que tuviera mejor acceso a ella.

—Qué maravilla —susurró él por encima de sus pechos antes de tomarse su tiempo para llevárselos a la boca.

—Dameon, por favor… —gimió ella mientras le rodeaba con la mano la totalidad de su erección.

Todos sus propósitos de hacer que aquello se prolongara para siempre se desvanecieron. Dameon apoyó la cabeza en su pecho y saboreó las caricias de ella sobre su miembro.

Grace volvió a decir su nombre y él se apartó un momento para sacar un condón de la mesita de noche, junto a la cama.

Grace le tocó la mano mientras se ponía el condón.

—Me tomo la píldora —le dijo.

Sus palabras eran una especie de permiso para dejar que continuara sin protección. Su confianza en él no le pasó desapercibida, pero en ese momento, con ambos encendidos de deseo, no era el momento de pedir aclaraciones.

—Lo recordaré para el futuro.

—De acuerdo.

Grace lo envolvió con las piernas mientras él le cubría el cuerpo. Dameon puso sus manos en las de ella y le estiró los brazos por encima de la cabeza. No dejó de mirarla a los ojos ni un solo instante mientras la penetraba por primera vez.

La mirada de fascinación en su rostro era algo que nunca olvidaría.

Se le cortó la respiración y todo su cuerpo se contrajo alrededor de su miembro.

—Dios, Grace… si sigues haciendo eso no aguantaré mucho.

Su cuerpo lo hizo de nuevo.

—No puedo evitarlo —suspiró Grace. Sus caderas lo reclamaban con ansia.

Iba a correrse. Dameon cerró los ojos y ahuyentó muy muy lejos el deseo de liberarse, hasta el lejano reino del frío donde los inuit practicaban sexo con la ropa puesta.

—Por favor…

«Vamos, Dameon», se reprendió para sus adentros.

Recuperando el control, se movió lentamente, arremetiendo cada vez un poco más e hincándose en ella casi por completo.

Grace atrajo su cabeza hacia la suya y apresó sus labios.

—Sí —susurró, marcando el ritmo con las caderas. Entonces, sin previo aviso, su sexo se tensó y se quedó sin respiración. El nombre de él en sus labios al encontrar la liberación fue como música para su alma.

La vio apartarse y dejó de moverse mientras el cuerpo de ella aún reverberaba con movimientos espasmódicos.

—Maldita sea, Grace.

Ella cerró los ojos y lanzó un jadeo.

—La culpa es tuya —dijo, acusadora, riéndose.

Una vez la vio relajada y con los ojos abiertos, él le acarició el pelo con los dedos.

Aquello había sido increíble… todo.

—Pareces satisfecho contigo mismo —le dijo ella.

—Todavía no.

—¿Ah, no?

Volvió a arremeter dentro de ella.

—Quiero más de ti —le dijo.

Empezó a reírse y Dameon empezó a moverse.

***

Grace se había quedado dormida.

Su cuerpo estaba tan pegado a él que era como una manta humana. Dameon no había dudado ni un segundo de que el sexo con Grace sería increíble, pero no esperaba que fuera mágico. Encajaban como las piezas de un rompecabezas, lo cual, aunque sonara a cliché, era exactamente lo que sentía. Ella estaba a la altura de su energía, su ritmo y su apetito.

Dameon permaneció tumbado acariciándole el pelo mientras dormía. Sabía que se estaba enamorando de ella. Lo sintió desde el momento en que se conocieron. ¿No era por eso por lo que estaba convirtiendo en un hogar acogedor una casa que pensaba derribar? Para estar más cerca de ella. Para tener una excusa para pedirle que viniera al salir del trabajo y así poder escuchar cómo le había ido el día y contarle cómo le había ido el suyo. También le gustaba esa parte.

Vivía solo desde que se graduó en la universidad. Nunca había invitado a ninguna novia a que se fuera a vivir con él, pues no quería molestias ni compromiso. Sin embargo, tendido allí junto a Grace, sintiendo su aliento en el pecho, no quería que se fuera.

Dameon cerró los ojos y obligó a su cerebro a apaciguarse.

Capítulo 21

Grace no pretendía quedarse a dormir y, desde luego, no tenía intención de despertarse con el sol asomando por la ventana del dormitorio de Dameon.

Pero fue exactamente así como se despertó.

Dameon le había ofrecido el desayuno y disfrutar de una mañana relajada, pero eso tendría que esperar a un fin de semana. No le gustaba nada tener que salir a toda prisa de allí, pero habría llegado tarde al trabajo si no se hubiera ido corriendo por la puerta… aunque no antes de que Dameon la besara apasionadamente y le susurrara palabras prometedoras de lo que quería hacer con ella la próxima vez que estuvieran juntos.

La niebla matinal la acompañó todo el camino hasta casa, y las calles estaban relativamente vacías con tanta gente fuera por la semana de vacaciones.

Hizo un balance de cómo se sentía tras pasar la noche con Dameon: agradablemente dolorida en puntos de su cuerpo que llevaban bastante tiempo sin movilizarse de ese modo, y con mucha energía emocional. Él era un amante paciente y generoso, y ella había respondido como nunca antes. La mayoría de sus amantes necesitaban pasar más de una noche con ella para descubrir lo que le gustaba y lo que no.

No era el caso de Dameon.

Justo antes de salir de su casa para dirigirse al trabajo, Grace miró la hora.

Recordando su reunión con Richard el día anterior y su negativa a pagarle las horas extras, en lugar de darse prisa fue primero a la cafetería y se tomó su tiempo.

La oficina bullía de actividad cuando llegó, con cuarenta minutos de retraso. Dejó el bolso sobre la mesa y se fue directa al despacho de Richard con un informe de gastos revisado en las manos.

No llamó a la puerta. No dijo hola.

—De ahora en adelante me aseguraré de seguir estrictamente el protocolo para las horas extras, pero el kilometraje es exacto. Si quieres que alguien audite mi tiempo, por mí no hay ningún problema, no tengo nada que ocultar.

Dejó el papel sobre su escritorio y se dio la vuelta para marcharse.

Richard no pronunció ni una palabra mientras ella se iba.

Era lo más parecido a plantar cara y defenderse que había hecho ante su jefe, y la adrenalina le inundaba todas las venas del cuerpo cuando volvió a su despacho.

Se sentó y esperó a calmar sus nervios. Cuando se apaciguaron, sonrió.

Así era ella: una mujer fuerte, centrada y con todo bajo control.

Por algún motivo, había dejado de ser así desde el verano pasado.

Abordó las tareas pendientes de su bandeja con determinación. Era hora de repartir la carga de trabajo, y para cuando celebraran su primera reunión mensual de enero, estaría preparada.

***

Grace convocó una noche de chicas de emergencia.

Si había algo consistente cada vez que aparecía un nuevo hombre en su vida, era la necesidad de hablar de él con sus amigas.

Parker llevó un plato de queso, Erin llevó vino y Grace sirvió un surtido de fruta y salmón ahumado. Quedaron en el apartamento de Grace, ya que sus dos hermanos estaban en casa y lo último que quería era que estuvieran al corriente de su vida amorosa.

Erin y Parker llegaron juntas.

En cuanto Grace abrió la puerta, las otras dos mujeres se detuvieron. Parker habló primero.

—Alguien acaba de echar un polvo.

Grace sabía que se estaba sonrojando.

—¿Tanto se nota?

Parker lanzó un chillido y entró por la puerta. Erin le dio no una sino dos botellas de vino.

—¡Lo sabía! —exclamó Erin—. Parecías demasiado entusiasmada en tu mensaje para que lo de esta noche fueran malas noticias.

—Ay, Dios, chicas… No os imagináis lo increíble que fue.

Se metieron en el reducido espacio de su cocina mientras Grace buscaba un sacacorchos.

—Pensaba que ibas a esperar. Al menos eso dijiste la última vez que hablamos, en Navidad.

Erin sacó tres copas del armario y las colocó sobre la encimera.

—Es que iba a esperar. Íbamos a esperar —se corrigió Grace—. Pero luego no lo hicimos.

Parker hizo un gesto impaciente con las manos.

—Queremos detalles.

Grace descorchó la botella y llenó las copas.

—Tuve un día de mierda en el trabajo. Richard se puso en plan gilipollas conmigo, como de costumbre, o más incluso de lo normal, y Dameon me invitó a cenar a su casa.

—¿A Los Ángeles?

—No, a la casa del cañón. —Dio un sorbo de vino—. Llegué allí y tenía la chimenea encendida y había puesto un árbol de

Navidad pequeñito y muy mono. Encargó la cena en Backwoods y la calentó en el horno.

—Parece que se lo está trabajando.

—Charlamos y nos reímos. Me dio consejos sobre cómo tratar con Richard. Acabamos los dos sentados en un sofá horroroso que han dejado allí los anteriores propietarios. ¿Os he dicho ya que había encendido la chimenea?

Parker sonreía de oreja a oreja.

—Y entonces, de pronto, nos estábamos besando en el sofá como un par de adolescentes en celo. —Se detuvo y cerró los ojos mientras rememoraba la escena—. Fue tan increíble… Pero increíble al nivel que creo que ha sido el mejor amante que he tenido en mi vida. ¿Sabéis lo que quiero decir?

Grace abrió los ojos y vio a las dos mujeres mirándola fijamente y asintiendo con la cabeza.

—Yo creía que sabía lo que era el sexo del bueno… pero entonces conocí a Colin y me di cuenta de que no sabía una mierda —dijo Parker.

Erin negó con la cabeza.

—Pues a mí se me había olvidado cómo era tener un orgasmo sin un juguete a pilas antes de Matt.

Aunque Grace no le hacía ni pizca de gracia oír hablar de la vida sexual de sus hermanos, no podía negarles a Parker y Erin su derecho a hablar ellas también de lo suyo.

—Pero es que es algo más que el sexo. Es todo. Tengo ganas de hablar con él al final del día, para contarle cómo me ha ido el trabajo. Quiero que me hable de su madre y saber si ha ido a la tienda a comprar paños de cocina y detergente para el lavavajillas.

Cada una cogió un plato de comida y se dirigió al salón.

—Parece que te gusta mucho —dijo Parker.

—Así es.

Erin se quitó los zapatos y metió las piernas bajo el sofá.

—¿Y tu trabajo? ¿No te preocupa que Richard diga que hay conflicto de intereses en esa relación?

—Estoy tan cabreada con mi jefe que no sé si me importa lo que piense. Lo peor que puede hacer es quitarme el proyecto. Y no pasaría nada.

—¿No te preocupa que te despidan?

—Tendría que encontrar alguna conducta improcedente por mi parte, y eso no va a pasar. Yo soy una empleada honrada y hago bien mi trabajo. El proyecto de Dameon acaba de ponerse en marcha, y desde luego, no he dedicado ni tiempo ni dinero municipal para ir a verlo en privado.

Parker se llevó un trozo de queso a la boca.

—Podrías plantearte decírselo a tu jefe antes de que se entere. Dile que si no lo aprueba, tiene que retirarte del proyecto ahora.

Grace encontró sensatas las palabras de Parker.

—Tal vez.

—Bueno, ¿y cuándo lo vas a traer a casa? Matt se muere por conocerlo.

—No lo sé.

—¿Has conocido a alguno de sus amigos? —preguntó Parker.

—No. Vamos a salir en Nochevieja, a algún sitio elegante en el centro de Los Ángeles. Supongo que querrá que conozca a alguien.

—Los amigos logran sacar facetas de la personalidad de un hombre que no siempre quiere compartir al principio de una relación —señaló Erin—. Al menos eso es lo que dice mi psicóloga. Todo el mundo quiere a Matt, y la mayoría de la gente que conocía a Desmond solo lo toleraba.

Grace suspiró.

—¿Cómo va la terapia?

La sonrisa de Erin se desvaneció por un instante.

—Unos días bien y otros mal. Aún lo veo cuando cierro los ojos. Sufro pesadillas. Matt es muy paciente conmigo. Atento.

Grace apoyó una mano en la rodilla de Erin.

—Matt te quiere.

—Lo sé.

—¿Habéis hablado de matrimonio? —le preguntó Parker.

Ella asintió.

—Un poco. Es lo que queremos los dos, pero no nos apetece que las nubes de este último año empañen nuestros planes de boda.

—Tómate tu tiempo para casarte, pero eso no debería impedir que te regale un anillo… —dijo Grace.

Erin sonrió.

—No necesito un anillo para estar comprometida con tu hermano. Mi corazón es suyo y lo sabe.

Sí, pero Grace no veía a Matt esperando mucho tiempo para reclamarla como esposa. Sus hermanos eran así de territoriales.

—Yo ya te considero mi cuñada. Matt solo tiene que hacerlo oficial.

—Sí, por favor. Y sacar a tu tía de mi útero vacío —dijo Parker.

—¿No os parece de locos cómo cambia la vida constantemente? —exclamó Grace—. Hace dos años ni siquiera os conocía y ahora somos familia.

—Todo cambia —dijo Erin—. Y entonces conoces al hombre adecuado que lo cambia todo.

Grace sonrió al pensarlo. Dameon estaba haciendo exactamente eso en su vida.

Se levantó del sofá.

—Es hora de hacer un desfile de moda. Necesito ayuda para elegir qué ponerme en Nochevieja.

***

Dameon entró en su apartamento por primera vez en cinco días.

El piso le parecía frío, en parte porque había dejado la calefacción apagada, pero más porque estaba empezando a perder su atractivo.

¿Cuándo había ocurrido eso? Le gustaba vivir en Los Ángeles. Disfrutaba de tener cerca tantos bares y restaurantes, de la vida nocturna y de la energía que le proporcionaba la ciudad.

Pero no había tantas estrellas en el cielo y, desde luego, no había aullidos de coyotes ni conejos que esquivaran su camioneta cuando conducía.

Siempre había considerado su piso en la ciudad como algo temporal. Habiendo crecido en las afueras, en una casa tradicional con jardín trasero y unos vecinos que compartían una valla en lugar de una pared y un pasillo, sabía que algún día volvería a un estilo de vida más rural.

Por supuesto, la casa en la que estaba ahora no se parecía ni remotamente a la suya: el vecino más cercano estaba a casi un kilómetro de distancia, y podría montar un concierto con la música a todo trapo y no molestaría a nadie. Sin embargo, eso también cambiaría una vez que construyera la urbanización y empezaran a erigirse las casas.

Había pasado bastante tiempo pensando sobre aquel vecindario, tal y como pretendía, pero se sorprendió pensando en él desde el punto de vista de un hombre con familia, no como un promotor cualquiera que convierte un terreno sin edificar en una máquina de hacer dinero.

Y eso era absolutamente culpa de Grace, o al menos lo había causado su aparición en la vida de Dameon. Él le decía a su cabeza que fuera más despacio, pero su corazón no le hacía caso.

Aquella mujer le gustaba… y mucho.

Puso la calefacción y encendió el equipo de sonido, las sencillas comodidades de su hogar de las que prescindía cuando estaba en Santa Clarita. Abrió la nevera y sacó una cerveza. Tiró a la basura algunas cosas que se habían estropeado o que nadie se iba a comer y metió una botella de champán del bueno para tenerla a mano cuando trajera a Grace después de la fiesta de Nochevieja. Allí no podría reírse del sofá anticuado ni de que faltara una mesa de centro. Él había diseñado su casa teniendo en cuenta solo sus gustos. No le gustaba el desorden, así que tanto en las mesas como en las paredes primaba el minimalismo: muebles contemporáneos en colores oscuros. Su televisor y el sistema de sonido eran tecnología punta y no les faltaba nada. Pagaba a una asistenta para que fuera dos veces al mes y mantuviera el polvo bajo control.

Contempló la ciudad a sus pies a través del gigantesco ventanal. Era tarde y las luces relucían en las pequeñas gotas de lluvia que caían del cielo.

Puede que viviese allí, pero ya no le parecía su hogar, y ese hecho le resultaba un tanto inquietante.

Se puso a lavar la ropa y a recoger varios objetos que quería llevarse la próxima vez que fuera a la casa del cañón.

Cuando le sonó el teléfono, vio el nombre de Grace en la pantalla. Bajó el volumen de la música y contestó.

—Buenas noches.

—Hola.

—¿Cómo va la noche de chicas?

—Ya hemos terminado —dijo ella—, pero lo hemos pasado muy bien. ¿No te pitaban los oídos?

Dameon sonrió.

—Supongo que eso significa que estabais hablando de mí.

—No te importa, ¿no?

Se alejó de la ventana y se sentó en su sofá de cuero.

—Me preocuparía más si no lo hubierais hecho.

—¿De verdad?

—Sí, de verdad.

Grace se quedó en silencio un segundo.

—Dameon, necesito pedirte algo. Un favor.

—Considéralo hecho.

Se rio.

—Lo digo en serio.

En su cerebro zumbaban las preguntas.

—Te escucho.

—He estado saliendo con chicos desde que tenía quince años. Bueno, mis padres creían que tenía dieciséis, pero en realidad tenía quince.

Dameon se rio.

—El caso es que me he dado cuenta de que cuanto más me interesaba alguien, menos interesado estaba él en mí. Me han dejado plantada, me han hecho el vacío e incluso me han dejado a mitad de una comida en un restaurante. Me han intentado engañar con perfiles falsos montones de veces en las webs de citas, y el último tipo con el que salí... —Se interrumpió.

—¿El último tipo qué? —Él ya sabía lo que iba a decir porque Colin le había puesto al corriente, pero como ella no le había confiado esa información, trató de sonsacársela.

—No importa.

—No, Grace... el último tipo, ¿qué?

—No quiero que pienses que me estoy poniendo melodramática ni que busco comprensión. Ni tampoco que sientas tanta lástima por mí como para fingir que los dos estamos en la misma situación.

—La única lástima que siento es por los hombres que no te valoraron como la persona increíble que eres. Pero en el fondo me alegro porque así yo he tenido una oportunidad contigo.

—¿Siempre dices lo que una quiere oír? —le preguntó con una risa nerviosa.

—Háblame, Grace.

—El último tipo… era el difunto marido de Erin. Se hizo pasar por alguien que no era en internet y me pidió que quedara con él en un bar. Cuando llegué allí, el tipo —o el tipo de la foto con el que pensaba que había estado hablando— nunca apareció. Pero el ex de Erin sí. No sabía nada de él. Nunca había visto una foto suya, no tenía forma de saber quién era. Me pareció de lo más natural haber conocido a alguien sin que fuese el amigo de algún amigo ni a través de una estúpida aplicación para ligar.

Dameon se sorprendió agarrando el teléfono demasiado fuerte mientras esperaba que ella le narrara toda la historia.

—Me contó que su mujer había muerto, y que no había salido con nadie desde entonces. Me tragué todas las mentiras que me dijo. Casi volví al hotel con él, Dameon. Recuerdo que me puso las manos en el cuello y que me apretó un pelín demasiado al besarme…

Se le quebró la voz y cerró los ojos.

—Dios, Grace.

—No sé qué planeaba hacer esa noche. Estábamos en el centro comercial y uno de los amigos de mi padre, del departamento del sheriff, nos vio. Desmond se puso muy nervioso.

—¿Se llamaba Desmond?

«Oh, mierda… eso no me gusta».

—Sí, pero no fue ese el nombre que me dio a mí. El caso es que… se echó atrás. Me dijo que seguía casado y que su mujer quería dejarle. Me enfadé. No fue hasta más tarde cuando deduje quién era. Estaba completamente loco. Trató de matar a Erin por intentar abandonarlo. Tuve suerte. Oyes cosas en las noticias, hablan de gente que desaparece, y me di cuenta de que había estado a punto de ser esa mujer. Me libré por los pelos.

—No puedo ni imaginarme qué sentirías entonces.

—No hace falta, ya te lo digo yo: me sentí completamente estúpida. ¿Cómo pude creerme lo que me decía cuando había tantas señales de alerta, joder? Dejé de confiar en mi intuición. Dejé de confiar en mí misma.

—Lo siento.

Y lo sentía de verdad.

—No quiero tu compasión, Dameon. Quiero que me des tu palabra.

—¿Con respecto a qué?

—Tu palabra de que si esto no funciona para ti, o te aburres, o cualquier otra cosa… me prometas que serás sincero conmigo. No dejarás de hablarme de un día para otro, ni fingirás que eres feliz cuando en realidad no lo eres.

Recordó las palabras que había utilizado para describir su relación con Lena. Deseó poder retirarlas.

—Tienes mi palabra.

—Aunque duela.

—Aunque duela, Grace. Te respeto demasiado como para dejar que ocurra cualquiera de esas cosas.

Se quedaron en silencio.

—Gracias —dijo al fin.

—No… gracias a ti. Por confiar en mí para contarme esa historia.

—Es un alivio poder decir todo eso en voz alta.

—¿Es la primera vez que lo haces?

—Mi familia sabe lo que pasó, pero sí. No hablo de eso con ellos. Erin podría haber muerto. Estuvo varios días en la UCI. En aquel momento mi encontronazo con su ex no era nada en comparación con lo suyo.

Dameon se masajeó los hombros para aliviarse la tensión que se había instalado en ellos. Le dieron ganas de estar allí, a su lado, abrazando a Grace mientras relataba su historia.

—No soy psicólogo, pero imagino que un especialista diría que ver cómo disparan a alguien y ser quien recibe el disparo puede tener efectos a largo plazo sobre ambas personas.

—Nunca me lo había planteado así.

—Yo sí. —Y como Dameon quería desesperadamente levantarle el ánimo, le dijo algo que pensó que querría oír—. Le hablé a mi madre de ti.

—¿Que hiciste qué?

—Sí, justo después de conocernos. Todavía no habías accedido a salir conmigo, pero le dije a mi madre que ya estábamos saliendo.

—¿Tan seguro estabas de que acabaría por ceder?

—Estaba completamente seguro de que no iba a dejarte escapar sin hacer todo lo posible para que me dieras una oportunidad.

—¿De verdad?

—De verdad. Y ahora que nos hemos quitado eso de en medio… ¿Se puede saber qué cojones es un perfil falso?

Capítulo 22

La Nochevieja está hecha para lucir *brillibrilli*, lentejuelas, vestidos que resalten las curvas y tacones que hagan a los hombres volverse a mirarte de arriba abajo, desde la punta de la cabeza hasta la planta de los pies. Así que cuando Dameon se presentó en su apartamento para recogerla, abrió la puerta y se encontró un ramo de rosas blancas y a un hombre al que se le había comido la lengua el gato.

Lanzó un lento silbido de admiración.

—¡Fiu, fiu…!

—¿Eso es de aprobación? —Ella sabía que así era, pero lo preguntó de todos modos.

Dameon apartó las flores a un lado y cruzó la puerta.

—Podemos hacer como que hemos salido y quedarnos en casa —dijo, deslizando una mano alrededor de su cintura y agitando las cejas.

—He tardado un siglo en arreglarme.

—Pues yo tardaré menos de diez minutos en destrozarlo todo —bromeó él.

Ella le recorrió el traje con las manos y jugueteó con su corbata impecable.

—Hola —susurró antes de acercarse para darle un beso.

Él la beso intensamente y gimió cuando se apartó. Grace le limpió el carmín rojo de la boca.

—Este color no te pega.

Él se relamió los labios y sonrió.

Grace examinó las flores mientras él la miraba fijamente.

—¿Son para mí?

Dameon levantó las rosas hacia ella.

—Haces que me olvide hasta de mi propio nombre.

—Son preciosas.

—Y tú impresionante.

Sí, no estaba nada mal oír algo así.

Dameon echó a andar detrás de ella mientras buscaba un jarrón para poner las flores. La agarró de la cintura con sus manos firmes y le besó el costado del cuello.

—Lo estás poniendo muy difícil —le dijo.

—Ya paro. —Pero le besó el cuello por segunda vez antes de acercarle los labios a la oreja—. Quiero presumir de ti.

Como Dameon le había dicho que iban a ir a Los Ángeles, Grace había preparado una bolsa de viaje para quedarse en su casa, así que con eso en la mano y un abrigo sobre los hombros, salieron en su primera cita oficial.

La condujo hasta un Cadillac sedán y le abrió la puerta.

—¿Cuándo te has comprado esto? —le preguntó ella. Creía que iba a tener que escalar para subirse al interior de su camioneta en lugar de deslizarse en aquel lujoso vehículo.

—Tengo más de un coche —le dijo.

—Cómo no.

Dameon cerró la puerta, rodeó el coche y se subió en el lado del conductor.

—¿Me vas a decir ahora adónde vamos? —le preguntó ella.

Salieron del complejo y enfiló la carretera principal.

—Desde que murió mi padre, colaboro patrocinando un evento de Nochevieja de una asociación de enfermos del corazón.

—Suena a cosa importante.

—No te hagas demasiadas ilusiones, solo soy uno de los muchos patrocinadores. Compro una mesa e invito a algunos de los altos cargos de mi empresa. Sirve para estimular las obras benéficas y la moral de los empleados.

Lo que significaba que iba a conocer a gente con la que él trabajaba. Eso la puso nerviosa.

—Me alegro de haberme arreglado.

Se acercó y le cogió la mano.

—Son gente muy normal, muy campechana.

—No voy a bailar subida a la mesa, no te preocupes.

La miró a los ojos.

—Eso sí que me gustaría verlo.

***

Dameon había visto a Grace en su vida, en su mundo. Ahora era el momento de ver cómo se desenvolvía ella en el suyo.

Condujo hasta el hotel donde se celebraba el evento y se puso en la cola del servicio de aparcacoches.

—Hay muchas limusinas. —Grace miró por el parabrisas.

—Es más llamativo que el Prius que usan los conductores de Uber.

Cuando doblaron la esquina, Grace descubrió algo más.

—¿Esos son periodistas?

Se rio.

—Creo que se llaman así, pero supongo que «paparazzi» es un término más preciso. Pero no te preocupes, no nos harán fotos. Al menos no a propósito.

—¿Van a venir famosos a esta fiesta?

Se encogió de hombros.

—Creo que sí. Esas cosas me traen sin cuidado, sinceramente.

—No he conocido a ningún famoso. No dejes que haga el ridículo.

—Te avisaré si veo que se te cae la baba.

Cuando llegó su turno, el aparcacoches les abrió la puerta. Los flashes y los chasquidos de las cámaras se volvieron locos. Para cuando Dameon rodeó el coche y cogió la mano de Grace, los paparazzi ya apuntaban con sus cámaras a otro sitio. En su experiencia, solo los fotógrafos novatos se molestaban en fotografiarle, sin saber muy bien quién era, y a él ya le iba bien así.

Pero Grace estaba sonriendo, y para él valía la pena ver la expresión de su cara.

En la puerta les recibió primero el personal del hotel y luego una mujer con un vestido de noche negro y un pequeño micrófono colgado de un auricular.

Se acercó a ella y le dio su nombre y el de Grace.

Grace apretó los dedos en el hueco interior del codo de él mientras caminaban hacia los ascensores que los llevarían a la fiesta.

—Es la primera vez que voy a un sitio así —dijo mientras caminaban por el hotel.

—Si te cansas y quieres irte…

—Te lo diré.

Una vez que estuvieron en el salón principal de la última planta del hotel, Dameon dejó sus abrigos en el guardarropa y la guio a través de la multitud. Los hombres llevaban traje, algunos sin corbata, otros con esmoquin completo. Las mujeres eran una combinación de estilo llamativo y elegante, pero era Grace quien lograba equilibrar ambos. La sala estaba decorada en plata, blanco y oro con toneladas de luces centelleantes. Habían montado una pista de baile y una orquesta inundaba el espacio con su música. Cada mesa estaba numerada para la cena.

—¿Champán o vodka martini? —le preguntó Dameon.

Grace miró las luces sobre sus cabezas.

—Esto pide champán a gritos.

Cuando un camarero pasó con una bandeja de copas de champán, Dameon cogió dos. Antes de que Grace tomara un sorbo, quiso hacer un brindis.

—Por los nuevos comienzos —dijo.

Ella sonrió y acercó la copa a la suya.

—Ese brindis me gusta.

Le brillaban los ojos al mirarle.

—¿Has estado alguna vez en Nueva York? —le preguntó él.

—No.

—Quiero ver las luces de esa ciudad brillando en tus ojos. —Quería ver las luces de todas las ciudades en sus ojos. O tal vez incluso las estrellas parpadeantes en un cielo sin luna en el desierto.

—O estoy muy desentrenada, o esa frase para ligar es nueva —bromeó.

Dameon se inclinó y le susurró al oído:

—Yo ya he ligado contigo, así que no es ninguna frase para ligar. —Le besó el lado de la cara antes de erguirse de nuevo.

Vio el calor en su rostro y aflorar en él una sonrisa.

—Disculpe, ¿este hombre la está molestando?

Dameon oyó la voz de Omar antes de volverse para saludar a su amigo. Se dieron la mano y se abrazaron a medias.

—Feliz Año Nuevo —le deseó Dameon.

—Feliz Año Nuevo para ti también. Esta debe de ser Grace.

Dameon dejó su copa y los presentó.

—Omar es mi director financiero y amigo desde hace mucho tiempo.

—Amigos desde mucho antes de que fuera mi jefe —explicó Omar mientras estrechaba la mano de Grace—. He oído hablar mucho de ti.

—¿Es eso cierto? —Grace miró a Dameon—. Pues yo no he oído hablar de ti.

Omar se llevó la mano al pecho y puso cara de compungido.

—Estoy muy dolido.

Dameon se rio.

—Si le hubiera hablado de ti, no habría venido esta noche.

El pecho que Omar fingía que le dolía se hinchó en ese instante como el de un pavo real.

—Soy un imán para las mujeres, Grace. Solo tiene miedo de que me encuentres más atractivo.

Grace se relajó de inmediato.

—Dime de qué presumes y te diré de lo que careces —le dijo.

Dameon señaló a su amigo.

—Ahí le has dado.

Omar entrecerró los ojos.

—Esta me gusta.

—¿De entre cuántas estamos hablando? —preguntó Grace, mirando fijamente a Dameon.

—Vamos a ver, están Ally, Brandy, Connie, Darlene…

Dameon dio un codazo a Omar.

—No le hagas caso. Está recitando los nombres de su agenda, no de la mía.

—Me gustaba Darlene… Era la que hacía aquella cosa con la leng…

—Basta de detalles —le cortó Dameon.

Grace se reía, gracias a Dios.

—¿Has conocido al resto del personal? —le preguntó Omar a Grace.

—Todavía no.

Dameon miró a su alrededor y vio algunas caras conocidas en la mesa de la subasta silenciosa.

—Vamos a ver en qué podemos gastar algo de dinero.

Deslizó la mano sobre la cintura de Grace y se la llevó.

—He visto a alguien a quien quiero saludar —dijo Omar antes de echar a andar en dirección contraria.

—Omar no tiene botón de apagado —le dijo Dameon a Grace.

—Es evidente que sois buenos amigos o no habría hablado con tanta naturalidad —comentó ella.

—Me alegro de que te hayas dado cuenta. Porque no hay ninguna Brandy ni ninguna Darla.

—Darlene —le corrigió Grace.

—Darlene tampoco. No soy de los que salen con dos mujeres a la vez.

Grace lo miró.

—¿En serio?

—Tengo que hacer malabares con el trabajo. Me niego a hacer lo mismo con las mujeres.

Por un momento no estuvo seguro de si Grace le creía o no, pero la lenta sonrisa que se desplegó en su rostro le dijo que sus palabras habían dado en el clavo.

—Ah, vale.

Se acercaron a la mesa de subastas y Dameon colocó ambas manos en la cintura de Grace mientras miraba por encima de su hombro los objetos expuestos.

—¿Una estancia en la casa de veraneo de alguien en Italia? ¿Quién hace eso? —preguntó Grace.

—Alguien que no visita su segunda residencia y necesita dinero.

—Es una locura.

Fueron desplazándose junto a la mesa llena de viajes y joyas caras. Había entradas para acudir de público a programas de entrevistas con sede en Los Ángeles, paquetes de spa para ella y dieciocho hoyos en campos de golf exclusivos para él. Grace examinaba cada artículo y pasaba de largo.

—¿Ves algo que te guste? —le preguntó él.

Ella soltó una risita y susurró:

—Todo está fuera de mi alcance, pero es divertido mirarlo.

—No está fuera de mi alcance —repuso él, aunque estaba seguro de que eso Grace ya lo sabía.

—¿Qué quieres tú? ¿Juegas al golf? —Señaló el paquete de golf.

—Solo cuando tengo que hacerlo.

—¿El spa? Sé que te gusta que te mimen los pies —bromeó ella.

Bajó la voz y le susurró al oído:

—Pensé que habíamos acordado no volver a hablar de eso.

—¿Ah, sí? No recuerdo esa conversación.

Dameon desvió la mirada inmediatamente hacia un collar de zafiros expuesto sobre un cojín negro.

—¿Y esto?

—No sabía que te gustaban las joyas de mujer —dijo ella—. Nunca te veo llevar ninguna.

Él le dio un pellizco en la cintura y ella se retorció.

—Alguien tiene cosquillas.

Ella le llevó la mano a la cadera.

—Para. —Soltó una risita.

Dameon reservó su humor para otro momento más íntimo.

—En serio, el collar te quedaría fabuloso.

—Estás loco —dijo ella.

Le besó la oreja antes de susurrarle:

—Pero si llevaras puesto solo el collar.

A Dameon le encantaba hacer que se sonrojara.

Y para demostrarlo, cogió un bolígrafo y escribió su nombre, su número de mesa y el precio que estaba dispuesto a pagar para hacer realidad su fantasía.

Grace puso su mano sobre la de él.

—¿Qué estás haciendo?

Él siguió escribiendo.

—Es para una obra benéfica.

—Estás loco.

Le guiñó un ojo y tiró de ella.

Omar volvió desde el otro extremo de la sala. Parte de la jocosidad de antes había desaparecido.

—Max está aquí —anunció mientras señalaba con la cabeza el lado opuesto de la estancia.

Dameon sintió que la felicidad de la noche empezaba a agriarse. Resistiendo el impulso de volverse para mirar a su antiguo amigo, siguió la cola de gente que avanzaba junto a la mesa de la subasta silenciosa.

—La entrada es libre.

—Está sentado a tu mesa.

Eso sí que no se lo esperaba, aunque probablemente debería haberlo hecho. En años anteriores, Max había sido bienvenido y, de hecho, a menudo se peleaba por pagar la mesa.

—¿Y eso cómo ha podido pasar?

Omar se encogió de hombros.

—¿Pasa algo? —preguntó Grace.

Aquel no era el lugar para entrar en detalles.

—El exsocio de Dameon ha conseguido un hueco en nuestra mesa —dijo Omar por él.

Grace abrió los ojos como platos y se quedó boquiabierta.

—¿Banks... Maxwell Banks? —preguntó.

Dameon la miró fijamente.

—¿Lo conoces?

Ella puso una cara extraña.

—Puede que te haya buscado en internet cuando nos conocimos.

Aquella mujer no dejaba de sorprenderle.

—¿Ah, sí?

—Solo encontré lo que decían los periódicos.

—Los detalles tendrán que esperar —le dijo Dameon.

—¿Quieres irte?

El hecho de que se lo preguntara le alegró la noche.

—¿Tengo pinta de ser de los que huyen de los sitios?

Omar se rio.

—Bien, entonces, que empiece el espectáculo.

Dameon le rodeó los hombros con el brazo y la atrajo hacia sí. Se estaba enamorando rápidamente de aquella mujer.

Capítulo 23

Decir que estaba alucinada por la experiencia de acudir a un acto benéfico de Nochevieja con alfombra roja y repleto de estrellas, por el hecho de que Dameon hubiese hecho una puja obscena por un collar con el que quería verla desnuda y, finalmente, por ser testigo de un culebrón en toda regla con un exsocio como protagonista era quedarse muy muy corta… Grace no daba crédito a lo que sucedía a su alrededor.

Dameon siguió paseándose con ella por toda la sala, presentándole a tal cantidad de gente que era imposible recordarlos a todos.

Algunos destacaban especialmente. Estaba Chelsea, que trabajaba con él; Omar, por supuesto; y Tyler, a quien había conocido antes.

Todos los demás eran una especie de nebulosa.

En un momento dado, alguien cogió un micrófono y anunció que las pujas para la subasta silenciosa estaban a punto de cerrarse y que la cena estaba lista. Grace percibió la tensión de Dameon, cada vez mayor, pero en lugar de señalarlo, le apretó la mano y le sonrió cada vez que él la miraba.

Se sentaron a cenar. La mitad de los comensales de su mesa se deshacían en sonrisas, mientras que la otra mitad se mostraban más reservados.

Y cuando el causante de aquellas caras serias apareció, Dameon buscó su rodilla con la mano por debajo de la mesa y se la apretó.

Vio a más de una persona contener la respiración.

Por primera vez, Grace vio cómo Dameon adoptaba una pose diplomática, la clase de expresión que es necesario adoptar para hacer frente a una situación adversa al tiempo que se mantienen las mínimas reglas de cortesía.

—¿Max? Esto sí que es una sorpresa. —Se puso de pie y le tendió una mano.

Maxwell Banks tenía un aire muy particular: el de un hombre privilegiado.

Estaba tostado por el sol, tenía el pelo rubio y llevaba un traje escandalosamente caro.

Estrechó la mano de Dameon antes de mirar a su alrededor en la mesa.

—Veo que ha venido el equipo al completo —comentó antes de desabrocharse la chaqueta y tomar asiento.

—¿Cómo estás? —le preguntó Dameon con la intención evidente de entablar una conversación civilizada.

—Mejor que nunca. —Maxwell dirigió la vista a Grace, quien sonrió instintivamente—. ¿Y esta quién es?

Dameon la miró.

—Grace Hudson, te presento a Max.

Max extendió la mano por encima de la mesa y ella no tuvo más remedio que estrechársela.

—Maxwell Banks —le corrigió. Y cuando lo hizo, apretó la mano de Grace… dos veces.

Ella se abstuvo de hacer cualquier comentario al respecto.

—Encantada —dijo.

Grace se arrimó un poco más a Dameon, dejando bien claro que no estaba disponible.

Un destello encendió los ojos de Max.

—¿Qué te trae por aquí esta noche? —preguntó Dameon.

—Lo mismo que a ti, un poco de entretenimiento, una buena causa, un feliz Año Nuevo…

Omar negó con la cabeza al tiempo que soltaba una carcajada.

Max volvió su mirada hacia él.

—¿Tienes algo que decir?

—Nada que no vaya a incomodar a todos los comensales de la mesa, así que lo guardaré para mí.

Omar levantó su copa llena de un líquido ambarino y tomó un trago.

—Veo que no ha cambiado nada.

Chelsea se inclinó hacia delante.

—¿Cómo está tu padre, Max? He oído que no estaba muy bien.

Por un breve instante, Grace vio resquebrajarse la coraza de Max.

—Está mejor de lo que la prensa quiere hacer creer.

—Me alegra oírlo.

El personal del hotel aprovechó ese momento para servir el primer plato, un bocado que parecía más una obra de arte que comida.

Los ocupantes de las mesas de alrededor charlaban animadamente, mientras que en la suya reinaba la tensión y el silencio.

—Es usted nueva, señorita Hudson. ¿Qué hace para Dameon? —quiso saber Max.

—No estoy segura de entender la pregunta.

Dameon miró fijamente a Max.

—Grace no trabaja para mí.

—¿De veras? —Max siguió mirándola fijamente.

—¿A qué se dedica usted, señor Banks? —le preguntó Grace, cambiando de tema.

Antes de que Max pudiera responder, fue Omar quien habló:

—Se gasta el dinero de su padre.

Max desplazó la mirada hacia él.

—Se llama gestionar el patrimonio familiar, Omar. Algo de lo que tú no tienes ni idea.

Dos de los invitados a la mesa miraron deliberadamente hacia otro lado.

—He visto de primera mano cómo manejas el dinero de tu papaíto…

—Vale, chicos. No hagamos esto aquí —interrumpió Dameon a Omar. Grace le puso una mano en la rodilla.

Omar se inclinó hacia atrás, sin hacer caso de la comida de su plato.

—¿Trabajas, Grace? —continuó Max.

—Soy ingeniera.

Max se echó a reír.

—¿Qué gracia le ves a eso? —le preguntó Dameon.

—Que no es tu tipo exactamente.

Antes de que Dameon pudiera decir algo, Grace se inclinó hacia delante.

—Cuando eras pequeño, ¿en el boletín de notas del colegio le decían a tus padres que no te llevabas bien con los demás niños?

La sonrisa de Max se esfumó de golpe.

Omar se rio abiertamente.

Dameon siguió hablando en voz baja.

—No estoy seguro de qué es lo que pretendes apareciendo aquí, Max. Es obvio que no es para enterrar el hacha de guerra y, desde luego, tampoco es para disfrutar del entretenimiento ni por motivos filantrópicos, pero te agradecería que dejaras a mi pareja al margen de lo que sea que tengas en mente.

En ese instante, los camareros acudieron a retirar los platos intactos del aperitivo.

—Debe de ser una relación seria —comentó Max.

—¿Acaso te importa? —se sorprendió preguntándole Grace.

—Dameon, Omar y yo nos conocemos desde hace tiempo. Solíamos pasarnos las novias, ¿verdad?

—Ya basta —le advirtió Dameon.

Pero Grace había escuchado lo suficiente como para darse cuenta de qué era lo que estaba haciendo Max.

—¿Te incomoda que diga la verdad, amigo mío?

Entonces le tocó el turno a Grace de reírse.

—Así que esto es una competición a ver quién la tiene más grande, ¿verdad?

Todas las miradas se volvieron hacia ella.

—Tengo dos hermanos mayores que siempre invitaban a casa a sus amigos y, cada vez que se peleaban con alguno de ellos, la discusión acababa con algo estilo: «Yo soy el más macho de todo el corral». —Miró a Chelsea—. El típico «Yo la tengo más grande que tú». —Miró a Max—. Pero mis hermanos dejaron de comportarse así cuando llegaron a la universidad.

Dameon le cogió la mano.

—Grace tiene razón, Max. Esto no es propio de ti. Si has venido a decir algo, hazlo, pero deja a Grace y a todos los demás fuera de esto.

Max empujó su silla hacia atrás.

—Es verdad, Dameon. Esto no es propio de mí. Sinceramente, pensé que la mitad de tus empleados se habrían dado cuenta de que estaban en un barco que se hundía y no estarían aquí esta noche, pero debes de estar manteniendo las apariencias, porque han venido todos. Ya volveré a comprobarlo dentro de seis meses, cuando te declares en bancarrota.

Se levantó para marcharse.

—Pues espera sentado —le soltó Omar.

Max jugó con el puño de su chaqueta, sin despegar los ojos de los de Dameon, y luego se fue.

Cuando hubo desaparecido, toda la mesa lanzó un suspiro colectivo.

—Ha sido muy entretenido —bromeó Grace.

—Menudo gilipollas —dijo Chelsea.

Dameon cogió la mano de Grace y le besó los dedos. Omar se aclaró la garganta.

—Bueno, ¿alguien ha probado el aperitivo?

***

Grace deslizó el pie por la pierna de Dameon mientras se estiraba junto a él en su cama. Jugueteó con el collar de zafiro que él le había puesto antes de salir del hotel.

—Las joyas son para llevarlas, no para guardarlas en una caja a la espera de una ocasión especial —le había dicho entonces.

Y cuando el reloj terminó su cuenta atrás, Dameon la besó prolongadamente y ella juró no quitarse su regalo para que no se hubiese gastado en vano aquella pequeña fortuna.

La noche había sido casi perfecta. Les desearon a todos feliz Año Nuevo y se fueron después de meter a Omar en un taxi.

Cuando Dameon la llevó a su apartamento, apenas si pudo echar un vistazo antes de que la metiera directamente en el dormitorio.

Pero en ese momento, entregada a un placentero descanso minutos después de hacer el amor, Grace se sentía extrañamente despierta mientras toqueteaba con los dedos el zafiro absurdamente caro que brillaba en su cuello.

Rememoró la noche anterior, cuando Max se había puesto en evidencia ante el personal y los amigos de Dameon.

—Estás muy callada para no estar dormida —señaló Dameon.

—No cuentes con que vaya a durar mucho. Estoy agotada.

Él lanzó un suspiro.

—Yo estoy contento de que Max no nos haya arruinado la noche.

—¿También estás pensando en eso?

Apoyó la cabeza en la almohada para poder mirar a Dameon mientras hablaban.

—Lamento que lo hayas conocido así. Hubo un tiempo en que era mi amigo íntimo.

—Es evidente que está rabioso. ¿Qué crees que intentaba conseguir presentándose allí esta noche?

—No estoy del todo seguro. ¿Socavar la moral de mi equipo? ¿Regodearse?

—¿Regodearse en qué?

Dameon se puso de lado y tomó su mano entre las suyas.

—Fue un socio capitalista desde el día en que fundé Empresas Locke. El año pasado nos peleamos. Cogió su capital y se marchó.

—Pero tu empresa sigue funcionando.

—Pues sí. Pero sin la ayuda de Max es más difícil, y él lo sabe. Por eso retiró su capital financiero del negocio. Quiere verme fracasar.

—¿Por qué?

Por un segundo, no estaba segura de que fuera a responderle.

—¿Recuerdas la mujer de la que te hablé… Lena?

—¿La novia griega?

—Sí. Cuando rompí con ella, Lena salió con Max.

—¿Salió o se lio?

—Las dos cosas. Sinceramente, a mí me daba igual, pero creo que ella pensó que así me haría daño. Cuando me enteré, le di mi bendición a Max. Pensé que hacían muy buena pareja. Ella no trabajaba y le gustaba el estilo de vida que podía darle él. Pasaron unos meses. Max no venía a la oficina muy a menudo. Nos reuníamos de vez en cuando y yo le informaba sobre cómo iban sus inversiones. Me dijo que iba a pedirle a Lena que se casara con él.

—Y deduzco que eso no ocurrió.

Dameon negó con la cabeza.

—Hizo una fiesta, me pidió que fuera. Lena estaba allí, con su anillo de compromiso...

Grace tenía la sensación de que ya sabía cómo iba a acabar aquella historia.

—¿Y entonces?

—Lena bebió demasiado y se me insinuó. La rechacé. Ella siguió intentándolo. Le dije que se estaba comportando como una niña, y que cómo podía decirle sí a Max cuando era obvio que no estaba lista para sentar la cabeza.

—¿Y Max os vio?

—No. Pero al día siguiente le conté lo que había pasado.

—Bien hecho.

Dameon negó con la cabeza.

—Max no me creyó. O más bien se puso de su parte. El caso es que nuestra amistad se rompió, y también nuestra relación de negocios.

—¿Qué pasó con Lena?

—Lo último que supe es que aún estaban comprometidos.

—Eso explica sus comentarios sobre compartir mujeres.

—Que eran mentira. Ni en la universidad. Lo dijo para ponerte nerviosa.

Grace bostezó.

—Hace falta algo más que eso. Sé reconocer perfectamente cuando alguien está fardando de algo que es mentira.

—La verdad, espero que despierte antes de casarse con ella, pero yo no puedo decirle nada más de lo que ya le he dicho. Además, ya no me escucha.

—Es un poco triste.

—Ya.

Grace sintió que le pesaban los párpados.

—¿Y qué hay de todo ese rollo sobre estar en bancarrota?

—Encontraré otro inversor antes de dejar que eso ocurra.

—Entonces tienes problemas.

—Igual que cualquier otra empresa en expansión.

Quería hacerle más preguntas, pero le costaba mantenerse despierta.

—No tienes que fingir conmigo.

—Chisss. Duérmete.

Se acurrucó un poco más.

—Lo digo en serio.

—Buenas noches, Grace.

—Feliz Año Nuevo.

Lo último que oyó antes de dormirse fue a él susurrándole «feliz Año Nuevo» al oído.

Capítulo 24

Un nuevo año y un nuevo comienzo.

Eso es lo que se decía Grace mientras se preparaba para la reunión bimensual con sus colegas. Estaba decidida a enfocar de otro modo su trabajo, empezando por darle un toque a Richard por su actitud pasivo-agresiva a la hora de cargarla con más tareas insinuando que no estaba cumpliendo su parte. Necesitaba que todos colaboraran en el proyecto de Dameon. Era demasiado para una sola persona. Y en el plano personal, sabía que era importante que las cosas avanzaran rápidamente para que Dameon pudiera cumplir sus objetivos. Además, era inteligente sumar a otros al proyecto. Si su relación se hacía pública, no quería que Richard la acusara de favoritismo, cosa que, sinceramente, le iba a resultar difícil de evitar.

Era casi el final de la primera semana del nuevo año, a primera hora de la tarde, cuando Grace se sentó en la sala de reuniones con Evan, Lionel y Adrian. Los becarios ya habían finalizado su contrato de prácticas y dos nuevos universitarios ocupaban sus puestos.

Richard llegó unos minutos tarde. Le siguió Vivian Jewel, la jefa de su departamento de recursos humanos.

Su presencia no era normal, y todos parecieron sorprendidos de verla allí.

—Le he pedido a Vivian que se uniera a nosotros —dijo Richard antes de tomar asiento. Evan miró a Grace y se encogió de hombros.

Los becarios se sentaron con nerviosismo, con sus libretas de notas abiertas.

Adrian empezó a pasar una carpeta por la mesa.

Richard lo detuvo.

—He pensado que será mejor que hoy empecemos con Grace.

Grace sintió que se le cortaba la respiración. ¿Desde cuándo hablaba ella la primera... y cuándo se había dado cuenta de que tenía un nombre de pila?

Adrian retiró sus carpetas, y Grace se obligó a sí misma a ralentizar su ritmo cardíaco.

Sorprendió a Vivian mirándola fijamente. La sonrisa de la mujer se desvaneció de golpe.

—Hummm... vale. —Grace sintió que se encogía. ¿Cuándo había empezado a tartamudear?—. Tengo mucho que revisar. —Comenzó con sus proyectos más urgentes antes de pasar al expediente de Dameon—. He dedicado bastante tiempo a la parte inicial del proyecto de Empresas Locke para ahorrar tiempo después. Richard, cuando me entregaste esto el mes pasado me dijiste que había toda una parte nueva que tenía que revisar, pero cuando lo miré con calma, vi que en realidad no hay nada nuevo, solo más trabajo en el mismo sentido. Así que voy a necesitar más ayuda si queremos acelerar este proyecto.

—¿Y a qué viene tanta prisa? —preguntó Richard.

—Dameon... El señor Locke —se corrigió—, nos dijo a los dos que quería empezar la construcción en primavera, dejar que pasara la temporada de lluvias y luego conseguir todos los permisos necesarios y las recalificaciones urbanísticas.

—No nos precipitaremos a hacer nada si las cosas no se hacen bien.

—No creo que haya dicho que debamos hacer eso. Digo que necesito más personal para satisfacer lo que nos ha solicitado el promotor inmobiliario. Parece razonable...

—Si no eres capaz de hacer…

—No he dicho que no sea capaz. —¿Por qué estaba poniendo otras palabras en su boca?—. Lo único que estoy sugiriendo es que si alguien se va a casa más pronto o tiene medio día para poder dedicárselo a esto, me vendría bien su ayuda.

Miró alrededor de la habitación.

Nadie dijo nada. Hasta Evan parecía demasiado asustado para salir en su defensa.

—Lo tendré en cuenta —dijo Richard.

Grace apartó el proyecto de Dameon.

—He llamado a un equipo para que empiecen a trabajar en el proyecto Sokolov la semana que viene.

Deslizó la documentación que necesitaba la firma de Richard. Este la ojeó, la miró a ella y volvió a deslizarla por la mesa.

—Hemos decidido colaborar con el propietario.

—¿Cómo dices?

—Yo mismo me reuní con el señor Sokolov. Deja su expediente en mi escritorio. Eso podrá liberarte de unas cuantas horas.

—¿Ha contratado a…?

—Lo tengo controlado, Grace. ¿Eso es todo?

¿Por qué se sentía como si tuviera que andar con pies de plomo?

—Sí.

Richard desvió su atención.

—Lionel… ¿en qué punto estamos con lo del barranco?

Y cambiaron de tema. Durante los siguientes cuarenta y cinco minutos, hablaron de los distintos expedientes e intercambiaron ideas. Grace pasó la mayor parte del tiempo en silencio.

Cuando terminó la reunión, Richard y Vivian se quedaron dentro de la sala mientras todos los demás salían y se dirigían directamente a la sala de descanso.

—¿Tú sabes lo que está pasando? —preguntó Adrian una vez que estuvieron lejos del jefe.

—Ha sido muy raro, ¿no? —exclamó Grace.

—¿Habrá presentado alguien una queja contra Richard? —preguntó Evan.

—¿Crees que por eso estaba Vivian ahí? —dijo Grace.

—¿Por qué si no iba a estar Recursos Humanos en nuestra reunión?

Adrian sirvió una taza de café.

Grace sabía que ella no había presentado ninguna queja, aunque no por falta de ganas. Y si Evan lo hubiera hecho, se lo habría dicho.

—Supongo que lo averiguaremos tarde o temprano.

Lionel salió de la habitación y Adrian lo siguió.

—¿Por qué ha empezado conmigo? —le preguntó Grace a Evan—. Si hasta me ha llamado por mi nombre de pila...

—Tal vez quería impresionar a Vivian.

Aquello olía a chamusquina. Buscó con la mano el collar que le había regalado Dameon y oyó su voz en su cabeza: «Sé consciente de lo que vales».

Media hora antes de que terminara la jornada laboral, su sentido del olfato se vio reafirmado.

Richard solicitó una reunión con ella en una sala.

Cuando llegó, Vivian estaba allí, sentada a la izquierda de Richard. Un hombre al que no conocía estaba a la derecha de su jefe, y había una silla en el lado opuesto de la mesa, lo que dejaba claro que ella debía sentarse allí delante, en el punto de mira.

—¿Qué pasa? —preguntó Grace antes de sentarse.

—Por favor, tome asiento, señorita Hudson —dijo el hombre al que no conocía. Las palmas de sus manos le empezaron a sudar. Aquello no tenía buena pinta.

Se sentó con toda la calma que pudo y cruzó las manos en el regazo.

—Grace —comenzó Vivian—. Este es el señor Simons. Es uno de los abogados del consejo municipal.

—Vale.

—¿Sabe por qué estoy aquí? —preguntó Simons.

—No tengo ni idea.

El abogado mantuvo una expresión solemne mientras Vivian sonreía.

La cara de Richard mostraba una expresión a medio camino de ambos.

—Hemos recibido una queja formal donde se la nombraba a usted.

—¿Qué clase de queja?

—El ayuntamiento ha sido acusado de pedir dinero para aprobar permisos de construcción.

—Todos los permisos cuestan dinero —dijo Grace.

—No hablamos de una tasa, señorita Hudson, sino de un soborno.

Grace cerró los ojos y suspiró. Sokolov.

—Es por el señor Sokolov, del proyecto de la autopista de Sierra, ¿verdad, Richard?

—Así que está usted al corriente —dijo Simons.

—Hubo un intento de soborno, pero no por mi parte. Informé a Richard el día después de que ocurriera.

Solo que Richard miraba a todas partes menos a ella.

—¿Por qué no inmediatamente? —preguntó Simons.

—Era tarde. Fuera de horas de trabajo.

Richard se sentó negando con la cabeza y sin decir nada.

—Les explicaste lo que pasó, ¿verdad, Richard?

Este la miró a la cara al fin.

—Les dije lo que me dijiste —empezó a explicar—. Y que no querías presentar cargos.

—No creí que fuera necesario.

Pero ahora se arrepentía de no haberlo hecho.

—Cuando el ayuntamiento se enfrenta a una acción legal de esta naturaleza, tenemos protocolos muy estrictos que deben activarse —dijo Vivian.

—Sokolov me hizo un gesto con su cartera. No al revés —explicó ella.

—No tienes que ponerte a la defensiva, Grace. Aquí nadie te está acusando de nada —dijo Richard.

—Excepto Sokolov. Y vosotros le estáis haciendo caso.

Se estaba poniendo cada vez más furiosa.

—Tenemos que hacerlo, señorita Hudson. Ha presentado una denuncia. Ahora, con su cooperación podremos aclarar esto rápidamente y con discreción.

Grace miró al abogado a los ojos.

—No tengo nada que ocultar.

—Bien.

Se recostó hacia atrás, sabiendo que no encontrarían nada.

—Mientras tanto, deberá dejar su puesto de trabajo y pedirse un permiso retribuido.

Grace se sintió como si alguien le hubiera dado un puñetazo en el estómago.

—¿Qué?

—Es el protocolo. No puede ponerse en contacto con ninguno de sus clientes mientras dure la investigación.

Pensó inmediatamente en Dameon.

—¿Por qué?

En lugar de responder a su pregunta directa, el abogado siguió hablando.

—No puede retirar nada de su despacho, a excepción de sus objetos personales. Hay que hacer una auditoría. Cuando tengamos preguntas, esperamos su colaboración.

—Esto es increíble. Sokolov no solo me ofreció un soborno, sino que me metió miedo para asustarme antes de irme.

—Pero no lo denunció.

—Ya había tratado con matones antes, señor Simons. Se crecen cuando saben que han conseguido que les tengas miedo. Ignorarlos es la única manera de hacer que paren.

Estaba temblando físicamente.

—Sé que esto es difícil, Grace. Pero te aseguro que estamos de tu lado. —La suave voz de Vivian intentaba razonar con ella.

—¿Y entonces qué? ¿No vengo a trabajar mañana?

—No. Tiene que rellenar un informe del incidente y decirnos con sus palabras qué pasó exactamente la noche en que supuestamente le pidió un soborno al señor Sokolov, así como cualquier encuentro posterior con él. Todo lo que se le ocurra. Tenemos investigadores en el departamento de gestión de riesgos que son expertos en descubrir al culpable. Si las acusaciones del señor Sokolov resultan ser falsas...

—Lo son —interrumpió Grace.

—Entonces podrá volver a su trabajo sin ninguna acción disciplinaria.

—¿Y cuánto tiempo llevará eso?

—Depende de muchos factores.

Esa era pura jerga leguleya.

—Te acompañaré a tu despacho para que puedas recoger tus cosas —le dijo Vivian.

—Porque no confías en mí.

—Es para protegerte, aunque no lo creas. El día en que se notifica una denuncia tan grave como esta no puede eliminarse ningún expediente. También entrevistaremos a tus colegas. Es mejor que no hables de este asunto con ninguno de ellos. O podrían estar implicados.

Aunque no le gustaba, la excusa parecía razonable.

Richard habló al fin.

—Es un collar muy bonito, Grace. ¿Es auténtico?

Se llevó la mano al regalo de Dameon.

—¿Cómo dices?

La mirada de suficiencia en su rostro hizo que le dieran ganas de gritar.

—Richard. —Vivian dijo su nombre como si fuera una advertencia.

—¿Qué estás insinuando, Richard? —A Grace le costaba respirar.

—Vete a casa y escríbelo todo —la interrumpió Vivian—. Los informes de los incidentes se llevan a los tribunales si es necesario llegar a ese extremo.

Todo aquello le estaba dando náuseas.

—¿Puedo irme ya? —Miró directamente a Vivian, ignorando a Richard y a Simons.

—Por supuesto.

Vivian se levantó y salió con ella de la sala de reuniones. A Grace se le empezaron a humedecer los ojos; lo último que quería era que la vieran salir de la oficina —«salir escoltada», concretamente— llorando.

Parte del personal ya se había ido a casa, y Grace lo agradeció.

Sin embargo, Evan estaba en la puerta de su despacho cuando ella y Vivian pasaron por delante.

—¿Ocurre algo? —preguntó.

Grace sacudió la cabeza e hizo un esfuerzo por no llorar.

—Habrá una reunión de personal por la mañana —oyó a Vivian decirle a Evan—. Le hemos pedido a Grace que no hable con nadie en este momento.

—Pero ¿qué narices…?

Grace se sentó detrás de su escritorio y miró a su alrededor. Sacó su bolso del último cajón y metió dentro las pocas fotos que tenía allí de su familia. Había más cosas, pero como sabía que no era culpable de nada, no se molestó en llevárselas. Además, si se dejaba algo, sus compañeros sabrían que iba a volver. Se levantó y cogió su abrigo de una percha de la pared.

Vivian sonrió.

—Tienes que dejar aquí el móvil del trabajo.

Grace dejó el bolso sobre la mesa, sacó el teléfono y se lo dio a Vivian. Sin mirar atrás siquiera, salió de su despacho, pasó por delante de los empleados que la miraban atónitos y cruzó la puerta.

Vivian la vio marcharse.

**

Dameon tenía la música a tope y todas las luces encendidas mientras pintaba el salón. Grace le había dicho que lo llamaría cuando saliera del trabajo, así que no se había molestado en mirar qué hora era. El color en las paredes era una magnífica forma de disimular los defectos de la casa, y cuantas más paredes pintaba, mejor era el resultado.

Su espalda protestó, quejándose de que hacía mucho tiempo que no levantaba tanto los brazos.

Frotándose la nuca, Dameon dejó el rodillo en el cubo y admiró el resultado de su trabajo.

La emisora de radio por satélite anunció que eran ya las seis y media.

Dameon cogió su teléfono para comprobar si tenía alguna llamada perdida.

Envió un mensaje a Grace.

¿Hoy trabajas hasta tarde?

Como no le respondió, supuso que así era.

A pesar de que, al ponerse el sol, fuera hacía frío, abrió algunas ventanas para ventilar la casa.

Oyó el ruido de la gravilla en la entrada de la casa y vio los faros de un coche.

Grace. Se moría de ganas de verla.

Soltó la brocha y se limpió las manos con un trapo.

Llegó a la puerta antes de que Grace tuviera tiempo de llamar. Solo que cuando abrió la puerta, no era ella. Un hombre al que no había visto nunca lo miraba fijamente, un tipo de anchas espaldas que parecía pasar gran cantidad de tiempo en un gimnasio o trabajando en el campo.

—Hola —lo saludó Dameon.

—¿Eres Dameon?

—Sí. ¿Tú eres un vecino?

Negó con la cabeza.

—Soy Matt, el hermano de Grace.

Lo primero que pensó Dameon fue que Grace tenía razón: le había dicho que Matt encontraría cualquier excusa para plantarse en su casa y allí estaba, sin previo aviso.

Pero la expresión de la cara de Matt era de preocupación y no de curiosidad. Dameon extendió la mano para que Matt se la estrechara.

—¿Está bien Grace?

—¿Puedo pasar?

Dameon se apartó.

—Entra.

—Me envía Grace.

Dameon se acercó al altavoz de música y lo apagó.

—¿Qué pasa?

Matt dejó de mirar alrededor y se volvió hacia él.

—Grace está bien. Bueno, físicamente. Alguien la ha acusado de aceptar un soborno, o de ofrecer un soborno, y le han dicho que deje su puesto de trabajo.

«¿Qué?».

—Eso es ridículo.

—Lo sabemos. No la han despedido, pero le han dicho que no puede contactar con ninguno de sus clientes. Y como tú eres un cliente...

«Pero ¿qué mierdas es eso?».

—¿Dónde está?

—En casa de nuestros padres. Grace me pidió que viniera a contarte lo que pasa para que no te preocupes ni pienses que pasa de ti.

Con razón no respondía a sus mensajes.

—¿Dónde viven tus padres?

Matt empezó a sonreír. Levantó una mano.

—Le preocupa que tu proyecto sea objeto de una investigación adicional si os ponéis en contacto.

—Grace se preocupa demasiado. —Dameon levantó tres dedos—. Dame tres minutos para cambiarme y te seguiré.

Matt asintió.

—Yo conduciré. Dos personas que trabajan en el ayuntamiento con ella viven en la calle de nuestros padres.

—Lo dices en serio.

—Grace está...

—Preocupada —terminó la frase Dameon.

Tres minutos más tarde, Dameon iba en el asiento del copiloto de la camioneta de Matt.

—Grace nunca aceptaría un soborno.

—Eso lo sabemos todos, pero parece que el ayuntamiento se está preparando para enfrentarse a una demanda, y por eso le han dado la baja. Dice que tú sabes lo del tipo que ha provocado todo esto, algo de un parque de autocaravanas.

Dameon sintió que le hervía la sangre.

—¿El tipo que la asustó la noche que perdió su teléfono?

Matt lo miró.

—Sí, ese tipo.

—Me dijo que le ofreció dinero.

—Eso es lo que ella dice una y otra vez. Se culpa por no haberle denunciado oficialmente.

—Parece que el tipo está intentando librarse de asfaltar la entrada a su recinto acusando a otras personas. Eso el ayuntamiento tiene que verlo.

Matt entró en uno de los barrios de la ciudad y siguió avanzando por sus calles.

—Estoy seguro de que llegarán a esa misma conclusión, pero mientras tanto, Grace tiene que jugar según las reglas.

Dameon negó con la cabeza.

—Sería mucho más rápido darle una buena paliza a ese tipo.

Matt se rio.

—Aunque estoy de acuerdo, sería peor el remedio que la enfermedad.

Poco después, Dameon siguió al hermano de Grace por el camino de entrada a la casa de sus padres.

Todas las luces estaban encendidas y había varios coches aparcados en la entrada y en la calle.

Matt entró sin llamar.

Dameon buscó la cara de Grace entre los rostros conocidos y los desconocidos.

No estaba allí.

Colin se acercó a él y le tendió la mano.

—Le dijo a Matt que no te trajera aquí.

Dameon le estrechó la mano.

—¿Dónde está?

—Acostada.

Parker se acercó y le dio un abrazo a Dameon.

—Está destrozada.

Colin se dio la vuelta.

—Te presento a nuestro padre, Emmitt, y esta es Nora, nuestra madre.

Dameon estrechó la mano de Emmitt.

—Es un placer conocerle. —Emmitt miró la mano de Dameon, manchada de pintura seca—. Lo siento —dijo él—. Estaba pintando.

Por alguna razón, eso hizo sonreír a Emmitt.

—Encantado de conocerte, hijo. Gracie se va a enfadar cuando sepa que estás aquí.

Sí, eso ya lo imaginaba.

Nora se deshacía en sonrisas.

—¿Quieres algo de beber?

—No, gracias.

Entonces Matt le presentó a la única otra persona de la sala que no conocía.

—Esta es Erin.

—Un placer.

—¿Dameon?

Se volvió al oír la voz de Grace llamándole por su nombre.

Estaba en un pasillo, con los ojos hinchados y enrojecidos. Una sudadera demasiado grande se la tragaba entera.

—¿Qué haces…?

No le dio tiempo a hacer su pregunta; él se dirigió a ella y la estrechó entre sus brazos.

Ella dejó caer la cabeza en su pecho y lo abrazó con fuerza.

—Le dije que no te trajera aquí.

—Lo sé, pero no se me da bien seguir a alguien con el coche.

Eso la hizo reír entre lágrimas.

Grace lo abrazó más fuerte.

—Chisss. Todo va a ir bien.

Capítulo 25

Grace se sentó en el sofá, con Dameon a su lado, mientras los demás preparaban algo de cena para todos. Explicó exactamente lo que había sucedido por tercera vez desde que había llegado a casa de sus padres. Había ido directamente allí después de que le dijeran que abandonara la oficina. Todos los miembros de la familia habían ido apareciendo, uno a uno.

—Richard se quedó ahí plantado, moviendo la cabeza. Como si diera crédito a la versión de Sokolov y no a mí.

Dameon le apretó la mano.

—Parece que aquí todo el mundo está protegiendo su propio pellejo.

—Así es como funcionan las cosas —dijo Erin desde la cocina.

—La investigación no sacará nada y al final, será su palabra contra la tuya —le dijo Dameon—. Estoy seguro de que si investigamos a ese tal Sokolov, encontraremos algún trapo sucio.

—Todo esto es alucinante —dijo Grace—. No me puedo creer que por una simple acusación yo tenga que quedarme sin trabajo.

—No es lo mismo un permiso remunerado que un despido —le dijo Matt.

—Pues como si lo fuera: mañana a estas horas, todo el mundo en la oficina ya estará al corriente de lo que pasa. ¿Quién sabe cuánta gente se lo va a creer? Salir de allí fue muy humillante.

—Pero es que no puedes dejar el trabajo. Eso te hace parecer culpable —dijo su padre.

—Él no puede demostrar algo que no sucedió —dijo Grace.

—Puede que no le haga falta hacerlo. En caso de duda, el ayuntamiento llegará a un acuerdo antes de ir a los tribunales, cosa que ese tipo probablemente ya sabe —dijo Colin—. Por eso dice que el ayuntamiento es el responsable, y no tú.

—Va a por las arcas más llenas —añadió Dameon.

—Si te atropella el autobús urbano, denuncias al ayuntamiento, no al conductor.

—Yo no he hecho nada malo. —Grace empezó a sentir que se le estaba pasando parte del dolor y fue la ira la que se apoderó de ella.

—Lo sabemos, Gracie —le dijo su padre.

—No sería mala idea consultar a tu propio abogado.

Grace se volvió hacia Dameon.

—¿Por qué?

—Dijiste que te sentías como si estuvieras en el estrado cuando te convocaron a esa reunión. Los abogados del ayuntamiento tienen que proteger a la ciudad. Tú formas parte de eso, pero eres prescindible.

Grace odiaba tener que oír sus propios temores verbalizados por otra persona.

—No le falta razón —dijo Erin—. Si tienes tu propio abogado defendiéndote a ti sola…

—Pero es que yo no tengo dinero para contratar a esa clase de abogado.

Erin y Dameon hablaron al mismo tiempo:

—Pero yo sí.

Grace alternó la mirada entre ambos.

—No puedo pediros eso a ninguno de los dos. Además, ¿qué imagen daría que mi cliente en el ayuntamiento pagase por mi defensa legal? Lo siguiente sería que te investigarían a ti.

—Al final alguien se va a dar cuenta de que vosotros dos tenéis algo —dijo Parker mientras ponía la mesa.

—Vas a tener que explicar lo del collar —intervino Erin.

—Y eso va a dar muy mala imagen —dijo Grace.

—Que yo sepa, los dos somos personas adultas que podemos salir con quien nos dé la gana. Y como nadie ha firmado ningún permiso ni se ha aprobado nada todavía, nadie puede alegar ningún trato de favor —dijo Dameon.

—Todo este asunto te va a retrasar.

Y después de pasar tiempo con él, ella sabía lo importante que era el proyecto para la buena marcha de su empresa.

—Lo último que te hace falta es preocúparte por mí. En las obras siempre hay retrasos, y en un proyecto de esta envergadura, son meses y años, no días y semanas.

Su madre sacó el último plato del horno.

—Está bien, chicos: a la mesa.

Grace no tenía hambre, pero se sentó de todos modos. Sirvieron la comida y poco a poco empezaron a cambiar de tema.

Su padre le preguntó a Dameon qué estaba pintando y él continuó hablando de la casa y del proyecto en el cañón.

Parker comentó que la zona parecía un fortín cuando pasaba por allí con el coche.

Mientras su familia charlaba de otras cosas, la cabeza de Grace logró ahuyentar por un rato el problema que tenía en esos momentos. El pollo a la cazuela y las galletas de mantequilla de su madre siempre la animaban. Se sorprendió comiendo, a pesar de su falta de apetito.

Quería muchísimo a su familia.

En cuanto había aparecido en la puerta de sus padres, su madre llamó a todos para que acudieran a brindarle apoyo. Era como si el hecho de que la hubieran apartado así del trabajo fuera una especie de tragedia. No lo era. En realidad, no. Pero era reconfortante tenerlos allí dándole consejos cuando ella no podía pensar con claridad.

Cuando terminaron de cenar y recogieron la mesa, Grace sintió que recuperaba las fuerzas. Encontró papel y bolígrafo y empezó a describir lo que había sucedido la noche en que Sokolov dijo que le había ofrecido un soborno.

—¿Para cuándo te han dicho que quieren esto? —Dameon se sentó a su lado a verla trabajar.

—Para mañana.

—Haré que mi abogado venga por la mañana para repasarlo contigo antes de que lo entregues.

—Dameon, eso no es necesario.

—¿Gracie? —la llamó su padre desde el salón, donde estaba sentado con sus hermanos—. Escúchalo. ¿Qué te dije que hicieras si alguna vez tenías problemas con la ley?

—Esto no es lo mismo, papá.

—Aceptar un soborno, ofrecer un soborno… las dos cosas son un delito.

—Nadie ha acusado a nadie de nada.

—Todavía —dijo su padre mirándola fijamente.

Dameon le puso una mano en la espalda y la acarició con delicadeza.

—Está bien —dijo ella.

Dameon sonrió y sacó su teléfono. Marcó un número y salió al jardín trasero, cerrando la puerta a su espalda.

Erin se acercó a la mesa y le tocó el brazo.

—Me gusta mucho —dijo en voz baja.

—¿De verdad tiene grabado el número de su abogado en marcación rápida? —exclamó Grace.

—No conozco a mucha gente en el mundo de la gran empresa que no lo tenga —le explicó Erin.

—Para llevar traje de ejecutivo, es más majo de lo que habías dicho —añadió su padre desde el sofá.

—Te va a oír, papá —dijo Grace.

—No he dicho nada que no pueda decirle a la cara.

—Parece un hombre muy agradable. —Su madre hizo su propia aportación.

***

Carson Phillips parecía completamente fuera de lugar allí, a primera hora de la mañana, en la puerta de la casa de Dameon. Era uno de los tres socios del bufete de abogados que había contratado Dameon desde el momento en que había fundado Empresas Locke. A sus cincuenta y tantos años, Carson seguía teniendo una cabeza llena de pelo con suficientes canas entreveradas para proyectar un fiel reflejo de su edad.

—Gracias por venir con tan poco tiempo de antelación —dijo Dameon mientras abría más la puerta para dejarlo pasar.

—Para eso me tienes en nómina.

—Luego me seguirás con tu coche a casa de los Hudson para hablar con Grace, pero quería hablar contigo primero —le explicó Dameon.

Carson entró en la casa y miró a su alrededor.

—Así que aquí tienes tu base para tu nuevo proyecto.

—Pues sí.

—Hacía mucho tiempo que no iba a un lugar tan dejado de la mano de Dios.

—Al cabo de un tiempo empiezas a cogerle cariño.

Dameon le ofreció un café, que el abogado rechazó, y ambos se sentaron a la mesa.

—Háblame de esta mujer a la que voy a representar —comenzó Carson.

—Grace Hudson es una amiga.

Carson se aclaró la garganta.

—Algo más que una amiga. Como te dije anoche, trabaja para el gobierno municipal. Así es como nos conocimos oficialmente. —Dameon recapituló lo que le había contado la noche anterior—. Me había mencionado en varias ocasiones su impresión de que su jefe le había cogido manía.

—¿Por qué?

—Ni idea. Tal vez Grace podría responderte a eso. Lo que sí sé es que estas acusaciones son falsas. Me llamó la noche que se reunió con ese hombre, y estaba casi con un ataque de nervios. Cuando conoces a Grace, sabes que eso no ocurre fácilmente. Es una mujer con las cosas bajo control, como todos los ingenieros que he conocido: fuerte, independiente... Pero ese tipo la sacó de sus casillas.

—¿Por qué crees que ese hombre hace estas afirmaciones?

—Por la forma en que me lo describió, es un machista que no acepta que las mujeres le den indicaciones. Cuando no consiguió lo que quería presionándola, tomó otro camino. Si a eso le sumas un jefe en su contra, Grace se siente muy sola en todo esto.

—Por eso me has llamado.

—Así es. Grace es el tipo de persona que cree que si dice la verdad, todo esto desaparecerá.

Carson se rio.

—Sí, es ingenuo por su parte, lo sé.

—Nadie ha presentado cargos, ¿verdad?

—No. No que sepamos.

Carson asintió.

—Ya he hablado con una detective a la que suelo recurrir en este tipo de casos. Va a investigar al sujeto, a Sokolov, y echará un buen vistazo a la vida de la señorita Hudson y a las acusaciones para que podamos defenderla mejor cuando llegue el momento, si es que llega.

Dameon suspiró.

—Te estaría muy agradecido.

Una vez terminada la conversación, Dameon cogió la chaqueta de su traje y las llaves de la camioneta.

Cuando llegaron a la calle donde vivían los Hudson, eran más de las nueve de la mañana.

El padre de Grace les abrió la puerta. Dudó un momento.

—Así que llevas traje de ejecutivo de verdad —le dijo a modo de saludo.

—Buenos días, señor Hudson. Le presento a Carson Phillips, el abogado que he contratado para ayudar a Grace.

Emmitt parecía un poco incómodo, pero los dejó pasar de todos modos.

Los hombres se dieron la mano y Nora salió del interior de la casa.

—Buenos días, Dameon. —A diferencia de Emmitt, Nora lo abrazó sonriendo.

Grace salió luciendo un elegante traje de vestir con falda de tubo y chaqueta a juego. Tenía mucho mejor aspecto que la noche anterior. O había dormido muy bien, o se sabía todos los trucos del maquillaje para disimular los estragos de una noche de llorera.

Cuando se acercó a él, sus tacones casi la pusieron a su misma altura. Levantó los labios y Dameon se tomó la libertad de darle un rápido beso a modo de saludo.

—Parece que has dormido bien —le dijo.

—Sí. Y cuando me desperté, estaba muy cabreada.

—Bien.

Se volvió y le presentó a Carson.

En cuestión de minutos estaban sentados alrededor de la mesa tomando café y escuchando a Grace repetir su historia de nuevo. Tardó una media hora en contarlo todo y terminó con la versión escrita para que Carson la leyera.

—Esto podemos mejorarlo —dijo Carson cuando terminó de leerla.

—¿Está mal redactada?

—No, pero puede estar mejor. No dices nada de que te enviaron a última hora del día a ver a un cliente difícil tú sola. No señalas que Richard te mandó allí después de haberle explicado repetidamente que este propietario en particular te había hecho perder el tiempo en ocasiones anteriores. ¿Sokolov es un hombre grande? —quiso saber Carson.

—Yo soy bastante bajita. La mayoría de los hombres son grandes comparados conmigo.

—Eso también hay que señalarlo.

Grace miró a Dameon con aire de inseguridad.

—De acuerdo.

—¿Ha tenido alguna vez un abogado, señorita Hudson?

—Puedes tutearme. Y no. Nunca había tenido necesidad de contratar uno.

—Normalmente no confiamos demasiado en los hombres que llevan traje —dijo Emmitt.

Nora hizo callar a su marido y Carson se rio.

—Estoy seguro de que esa es una sana costumbre, señor Hudson. Grace, tienes que entender que el equipo legal del ayuntamiento está ahí para minimizar los daños.

—Yo no he hecho nada.

—Eso no les interesa, no les interesa la verdad. Lo siento. Si me dijeras ahora mismo que sí aceptaste un soborno y que tienes costumbre de hacerlo, tendría que ir a cualquier reunión o al tribunal con esa información en mi cabeza y nunca se lo diría a nadie.

—Por el secreto profesional entre abogado y cliente —dijo Nora.

—Exactamente. Como yo lo veo, creo que no hiciste nada malo, pero alguien te ha acusado de hacerlo. Por qué razón, no lo sabemos. Podría ser que el tipo solo sea un cabrón con ganas de abusar de su autoridad. Podría ser que haya visto la oportunidad de quitarse de en medio a la persona que él considera que se interpone en su camino. Tal vez algún amigote en el bar le ha comido el coco y ahora cree que puede sacar dinero de un posible acuerdo en lugar de tener que costear las obras de la propiedad de su bolsillo. No sabemos cuál es su motivación, solo sabemos que ha sido quien ha puesto en marcha todo esto. Y ahí es donde entro yo. —Carson miró alrededor de la habitación y luego preguntó—: ¿Eres seguidora de los Dodgers?

—Mmm, sí. —Grace parecía confundida.

—Plantéate esto como si fuera un partido de béisbol. El equipo que batea no tiene garantizado ganar el partido a menos que no haya nadie en el campo que se lo impida. Ahora mismo, estás jugando a la defensiva, pero tarde o temprano te tocará batear. Eso puede ocurrir si te despiden sin pruebas o si sufres acoso laboral en el trabajo hasta el punto de obligarte a dejarlo. Sokolov puede hacer circular calumnias sobre ti, y podría decirse que ya lo ha hecho. Cualquiera que tenga un empleo sabe lo rápido que se difunden los chismes en el lugar de trabajo. El hecho de que yo esté sentado en el banquillo de tu equipo es lo que va a marcar la diferencia.

Dameon vio el momento en que Grace comprendió realmente lo que Carson le estaba diciendo.

—Así que cuando entre en la oficina con un abogado, no pareceré culpable, sino inteligente.

—Exactamente. Michelle Overland es una detective privada que se va a poner en contacto contigo hoy mismo. Te va a hacer muchas preguntas, querrá ver tus extractos bancarios, te preguntará sobre tus relaciones en el trabajo. Sé sincera con ella.

—¿Por qué necesito una detective?

—Buena pregunta —dijo Carson—. Si aceptaste un soborno, ¿dónde está el dinero? ¿Has comprado algún coche lujoso, has hecho algún viaje exótico últimamente?

—Dameon me regaló un collar —señaló.

Carson los miró a ambos.

—¿Se lo has dicho a alguien?

—No, pero Richard me preguntó por el collar.

Se encogió de hombros.

—Tu novio puede hacerte regalos.

Dameon la cogió de la mano y se la apretó.

—Nuestra relación no es pública. A Grace le preocupaba que en el trabajo pensaran que había conflicto de intereses.

—Algo irrelevante en este momento. Pero por ahora, es mejor mantener un perfil bajo.

Grace se volvió hacia Dameon.

—Sabía que no tendrías que haber venido aquí anoche.

—No, no es eso lo que estoy diciendo —dijo Carson.

—Me dijeron que me mantuviera alejada de mis clientes.

—Para no tener que investigar a esos clientes —le explicó Carson—. A menos que los dos estéis dispuestos a cortar vuestra relación…

—No, eso no va a pasar. —La voz de Dameon fue lo bastante categórica como para que todos se volvieran hacia él.

—Entonces será mejor que os preparéis para responder a toda clase de preguntas. Por ahora, seguid con vuestra rutina habitual, pero no entréis en el ayuntamiento cogidos de la mano hasta que tengamos el control sobre eso. Pero tampoco os escondáis como si estuvierais haciendo algo malo. —Carson esbozó una sonrisa amable.

Dameon la besó en la mejilla.

El abogado recogió su declaración.

—Vale, ahora nos pondremos con esto, pero antes de hacerlo, llama a la oficina y diles que solicitas que las mismas tres personas que estaban ayer en la sala estén hoy cuando vayas.

—¿Y si no pueden?

—No importa. Es una demostración de fuerza. Si todos se presentan, mejor que mejor. Te garantizo que en cuanto se sepa que has contratado a un abogado, estarán todos allí.

Grace sonrió.

—Esto tiene buena pinta.

***

Grace habría querido tener a Dameon a su lado, pero Carson le dejó claro que aquel primer encuentro no era el momento ni el lugar.

La otra cosa que quería hacer pero que no iba a poder era hablar con quien quisiera.

Llegaron juntos en el coche de Carson. Eran las once y media, la hora prevista para la reunión con Richard, Vivian y Simons.

—¿Estás lista? —le preguntó Carson.

—Más de lo que estaba ayer.

—Déjame hablar a mí. Debería ser una cosa breve.

Grace levantó la barbilla y le indicó el camino a la oficina. Entraron en el vestíbulo y sintió las miradas clavadas en ella.

Los chismes jugosos no tardaban mucho en propagarse.

Atravesaron el vestíbulo principal y entraron en la zona de las oficinas municipales. Como no había ninguna recepción para recibir a las visitas, Grace recorrió el vestíbulo para ver si había alguien.

Evan fue el primero en verla.

—Joder, Grace. ¿Qué está pasando?

Abrazó recíprocamente a Evan, pero no respondió a su pregunta.

—¿Dónde está Richard?

—Están todos en la sala de reuniones. ¿Estás bien? —le preguntó, mirando por encima de su hombro.

—Estoy bien. No puedo hablar ahora.

Grace rodeó a su amigo, pasó por delante de su despacho y entró en la sala de reuniones.

Como el día anterior, Richard y Vivian estaban sentados en el mismo lado de la mesa. Richard la miró desde su asiento.

Cuando Carson entró detrás de ella, Richard y Vivian se pusieron de pie.

—Hola, Grace —la saludó Vivian primero. Grace sonrió y no dijo nada.

Carson dio un paso al frente y se sacó dos tarjetas de visita del bolsillo.

—Soy Carson Phillips, de Franklin, Phillips y Bowers.

—Ah.

Vivian miró a Grace y volvió a mirar a Carson.

Ella tuvo que hacer un gran esfuerzo por no reír de pura satisfacción.

Vivian se presentó y Richard la imitó.

—Por favor, sentaos —dijo Vivian mientras lo hacía ella también.

—¿Estamos esperando al señor Simons? —preguntó Carson.

—No, tenía otro compromiso.

—Entiendo.

Carson se volvió a mirar a Grace y luego miró a los demás.

—No entiendo muy bien por qué está usted aquí —dijo Vivian.

Richard obvió a Carson y miró directamente a Grace.

—No hacía falta que contrataras a un abogado, Hudson.

Grace se mordió la lengua. No había ni rastro de todos los «Grace esto» y «Grace aquello» tan amigables del día anterior, y ya volvía a llamarla por su apellido.

—Han ofrecido a mi clienta un permiso retribuido, ¿no es así? —preguntó Carson.

—Sí, a la espera de que concluya la investigación.

—¿Y va acompañado de alguna documentación? Porque parece que se ha omitido…

—Por supuesto. Ayer es que hubo mucho ajetreo —dijo Vivian mientras hojeaba una carpeta que tenía delante.

—Tienes que firmar eso —le dijo Richard a Grace.

Carson cogió los papeles, los examinó y se los guardó en su maletín.

—Se los devolveremos cuando los hayamos revisado.

Richard abrió la boca, pero Vivian le interrumpió cogiéndolo del brazo.

—¿Tienes el informe del incidente que te pedimos ayer? —le preguntó a Grace.

Carson sacó tres copias y se las dio. Les dio muy poco tiempo para leerlas antes de retirar su silla hacia atrás.

—Si tienen alguna pregunta o petición que hacerle a mi clienta, tendrán que hablar primero conmigo hasta que se resuelva este asunto.

—¿De verdad, Hudson? —empezó a decir Richard.

Grace lo miró con una sonrisa cortés.

—Gracias por su tiempo —dijo Carson antes de abrir la puerta de la sala de reuniones.

Grace echó a andar delante de él, con el corazón desbocado. Evan, Adrian y Lionel estaban de pie en la puerta de la cocina, viéndola salir de allí.

Capítulo 26

Grace se arrojó a los brazos de Dameon en cuanto volvió a casa de sus padres. Había tardado menos de diez minutos en ir a la oficina y hacerse valer.

—Supongo que la cosa ha ido bien —dijo Dameon cuando dejó a Grace de nuevo en el suelo.

—Ha sido increíble.

Carson sonrió.

—Bueno, ahora que ya saben a qué atenerse, todo será muy profesional y muy sosegado.

Dameon estrechó la mano de Carson y le dio una palmada en el hombro.

—Gracias por encargarte de esto.

—No hay de qué. Estaremos en contacto. Grace, recuerda que si alguien de la oficina te llama o te pide algo, tiene que hacerlo a través de mí. Incluso lo que parecen preguntas inocentes de tus amigos pueden no serlo.

Evan era el único que Grace creía que la apreciaba lo suficiente como para preguntarle algo, pero no quería verlo atrapado en el fuego cruzado en todo aquel asunto.

—Gracias.

Carson se subió a su coche y se fue.

Su madre y su padre, que estaban fuera, volvieron a entrar en la casa.

—¿Te han dado mucho la tabarra mientras estábamos fuera? —le preguntó Grace.

Dameon miró por encima de su hombro.

—Creo que me he metido a tu madre en el bolsillo, pero tu padre me ha acribillado a preguntas. No le gustan nada los hombres con traje, eso está claro.

Se rio.

—Los odia, pero si tú no le cayeras bien, no se habría molestado en preguntarte nada.

—Por poco me pregunta hasta cómo se llamaba la chica con la que perdí la virginidad.

Ahora Grace se reía a carcajadas.

—Aaah, eso es señal de que te adora.

Dameon negó con la cabeza.

—Le dije a tu madre que me quedaría hasta la hora de comer, pero sabiendo que estás bien, lo cierto es que tengo que volver a la ciudad.

—Estoy bien, ahora sí. Gracias, Dameon. Ayer no pensaba con claridad.

—Es evidente que no estás sola. Me alegro de que Carson pueda ayudarte.

Grace suspiró.

—Es caro, ¿no?

—No quiero que pienses en eso.

—Te lo devolveré.

Dameon le puso un dedo en los labios.

—Calla.

Ya encontraría la manera de compensarlo.

—Me alegro de ver esa sonrisa de nuevo —dijo Dameon.

Grace levantó los labios, reclamándole un beso.

Dameon agachó la cabeza para complacerla.

La voz de su padre se oyó desde la puerta:

—¿Vas a acosar a mi hija en el jardín o vas a entrar a comer?

Grace se separó unos centímetros y se rio.

—Creo que me odia.

—Es un expolicía. Si te odiara, te estaría echando de aquí a punta de pistola.

***

Grace nunca había conocido a ningún detective, y desde luego nunca habría imaginado que podían parecerse a Michelle Overland.

A sus cincuenta años, Michelle se parecía más a una mamá de la asociación de padres y madres del colegio que a alguien que se ganaba la vida investigando a la gente o que pudiera tener idea de lo que pasaba en la vida de Grace.

Dejó entrar a Michelle en su apartamento y le ofreció algo de comer o de beber antes de que se sentaran a hablar a la mesa del comedor.

—Carson ya me ha contado todos los detalles. Me ha enviado por correo electrónico tu declaración y una copia de lo que te dio el ayuntamiento cuando te mandaron a casa. Te voy a hacer muchas preguntas personales, y lo siento. Necesito todos tus datos sobre tu situación económica: tus bancos, préstamos, deudas… Y saberlo absolutamente todo sobre la persona que te acusa. Necesito números de teléfono y todas tus cuentas en las redes sociales.

—Vaya. Parece como si de verdad la mala fuera yo.

Michelle sonrió.

—Estoy buscando cualquier cosa que demuestre que lo hiciste para poder demostrar que no lo hiciste.

—Suena como si tuviera que ser al revés.

—Tu empresa tiene toda tu documentación sobre el trabajo. Tienen que hacer una auditoría para obtener todo lo que no esté relacionado con el entorno laboral, así que primero nos encargaremos de eso. Si quieren tener acceso a tus asuntos personales, tendrán que hacer un movimiento en el tablero de ajedrez primero.

—Acusándome oficialmente de aceptar sobornos.

—Exactamente. Si eso ocurre, tienen que darle a tu abogado cualquier prueba que hayan encontrado en la oficina.

Grace puso los ojos en blanco.

—Lo único que van a encontrar es que trabajo demasiado y que he estado haciendo el trabajo de dos personas.

—Háblame de Richard. Tengo la impresión de que no eres santo de su devoción.

Grace negó con la cabeza.

—Puede que no le guste a Richard, pero no me parece la clase de persona capaz de colocar algo en mi despacho para demostrar que hice algo que no hice.

Michelle miró a Grace como si tuviera cinco años.

—Nunca se sabe de lo que es capaz la gente, de verdad. Podría contarte miles de casos.

—Solo llevo cinco años en este trabajo. Durante los dos primeros, para casi todo lo que hacía necesitaba una segunda firma en los planos. Hay mucha gente supervisando casi todo lo que hago. Trabajamos de forma independiente en algunas cosas, pero en muchas otras lo hacemos en equipo, así que si alguien pone mi firma en algo que yo no haya aprobado, lo más probable es que haya una segunda firma en alguna parte.

—¿Hay alguien en la oficina que pueda estar aceptando sobornos?

Grace negó con la cabeza.

—Somos cinco. Richard ocupó el cargo de director seis meses después de que me contrataran a mí. Antes de eso, él era como el resto de nosotros. Era quien llevaba más tiempo allí, pero tenía su propia carga de trabajo y tenía que informar al jefe. Adrian es el segundo más veterano después de Richard. Si es culpable de algo, es de revisar algo superficialmente y firmarlo por querer salir del trabajo a tiempo. Lionel se ha divorciado hace poco y pasa su tiempo libre viendo partidos en la *happy hour* de cerveza por dos dólares. Evan es el siguiente en cuanto a antigüedad. Lo considero mi amigo. Nos llevamos muy bien. Siempre me cubre las espaldas.

—¿En qué sentido?

—Siempre me ayuda. Trabajó en el expediente de Sokolov conmigo. Sabía que ese tipo era un desgraciado. Le dijo varias veces a Richard que el hombre nos estaba dando largas y haciéndonos perder el tiempo.

—¿Así que Evan es la persona con quien mejor te llevas en la oficina?

—Sí, no tenemos secretos el uno con el otro.

—¿Está al tanto de tu relación con Dameon Locke?

Grace hizo una pausa.

—Sabe que me interesa Dameon. Es posible que los dos hayamos comentado lo guapo que es.

—¿Ah, sí?

—Evan es gay, pero no lo dice abiertamente. Estoy segura de que los demás lo saben, pero él nunca ha hablado de eso en el trabajo. No quiere tener que lidiar con la reprobación de Richard.

Michelle anotó algo en su libreta. Grace ni siquiera se había dado cuenta de cuándo la había sacado.

—¿Se te ocurre algo más sobre el carácter de Richard?

—Yo lo que creo que le pasa es que... no es un hombre feliz. Está chapado a la antigua y no ve a las mujeres como iguales. Se ha casado cuatro veces y yo diría que hace años que no tiene relaciones sexuales.

Michelle se rio.

—Mis padres lo conocían porque fueron juntos al instituto. Dicen que ya entonces era tan estirado como ahora. Y seguramente también está amargado por no poder jubilarse cuando todos sus amigos se pasan el día en el campo de golf.

Michelle dejó de reírse.

—¿Tus padres lo conocieron en el instituto?

—No es tan raro. En esta comunidad vive mucha gente que ya va por la tercera generación.

—No tenía ni idea.

—Sé que ahora no es una ciudad pequeña, pero fue apenas un pueblo durante mucho tiempo.

—¿Tus padres y tu jefe se guardan alguna clase de rencor por algo?

Grace negó con la cabeza.

—¿Qué? No.

—¿Tu padre era policía local?

—Sí. Se jubiló más o menos cuando yo me gradué en la universidad

—¿Y nunca le puso a Richard una multa o algo así?

Grace tuvo que reírse.

—No lo sé, pero creo que mi padre me lo habría dicho si recordara haberle puesto alguna. Llevo años quejándome de Richard.

Michelle anotó algo en la libreta.

—¿No creerá de verdad que una multa de tráfico puede haber provocado todo esto?

—Hay gente capaz de atropellar a alguien por colarse en la cola del McAuto, así que sí, lo creo. Podrías preguntarle a tu padre si recuerda algo así.

A Grace le pareció una tontería, pero se lo preguntaría.

—¿Quién sabe lo tuyo con Dameon?

—Mi familia —dijo Grace—. Hemos salido juntos algunas veces por la ciudad, así que puede que nos haya visto alguien, pero nadie en el trabajo ha dicho nada. Y normalmente no se cortan con estas cosas.

—¿Nadie más?

—Salimos juntos en Nochevieja también. Había un acto benéfico con alguna de la gente con quien trabaja. Era obvio que estábamos juntos. Dameon pujó por este collar en una subasta y me lo regaló.

Grace sacó el collar de debajo de la camisa.

—Es precioso —dijo Michelle, examinándolo—. ¿Caro?

—Mucho.

Michelle bajó la cabeza hacia sus notas.

—¿Que salga con Dameon es un problema? A Carson no se lo parecía.

La mujer se encogió de hombros.

—Está la cuestión de la ética. ¿Has aprobado ya algún permiso?

—No. El proyecto es nuevo para la ciudad. Acabamos de empezar. Estaba pensando contarle a Richard lo de nuestra relación cuando pasó todo esto. Hasta ahora estaba insistiendo para tener más ayuda con el proyecto de Dameon.

—¿Por qué?

—Porque es demasiado trabajo para una sola persona. Hay muchas partes del proyecto que me llevaría meses hacerlas sola. Dameon quiere empezar a construir en primavera.

—Eso suena rápido.

—Lo es. Soy culpable de querer ayudarle a hacerlo. Pero sabía que en algún momento nuestra relación saldría a la luz y alguien, probablemente Richard, trataría de buscar culpables. Por eso pedí más ayuda del equipo.

—¿Y la conseguiste?

—No. Todavía no. Todo esto ocurrió ayer, antes de que me enviaran a casa.

Durante la siguiente media hora, Michelle le preguntó por su situación económica y anotó los nombres de los bancos y los números de las cuentas. Dijo que quería ver los extractos bancarios.

—Hablemos de Sokolov.

Grace se lo contó todo, desde las primeras reuniones, en las que la ignoraba, hasta la última, cuando le hizo perder el tiempo e intentó sobornarla.

—Así que iba andando para subirme a mi coche cuando dio una especie de salto y me asustó. Me sobresalté y supo que había conseguido acojonarme. Hasta dijo algo de que tenía los nervios de punta. Salí pitando de allí. Cuando volvía a casa me di cuenta de que había dejado el móvil en el capó de su coche.

—¿Y volviste a buscarlo?

—Más tarde. Con Dameon. No me sentía segura yendo sola.

—Pero ¿no encontraste tu teléfono?

—No.

—¿Crees que Sokolov se lo llevó?

—No sé para qué iba a hacerlo. Estaba protegido por contraseña y me lo cambié al día siguiente. El antiguo estaría apagado.

Al parecer, eso era todo lo que necesitaba Michelle. Guardó su bolígrafo y se levantó.

—Voy a tardar unos días en revisarlo todo.

Después de darle a Grace una lista de tareas, la mujer le dijo que seguirían en contacto y se fue.

Capítulo 27

—Han pasado tres días y me muero de aburrimiento.

Grace estaba sentada en el porche de Parker, ambas turnándose para lanzar la pelota a Scout para que la persiguiera. Al labrador le encantaban las pelotas de tenis casi tanto como correr tras ellas.

—Pensaba que estarías atareada con todas esas cosas que no puedes hacer normalmente cuando tienes que trabajar.

—Ya las he hecho. Ya estoy al día con mis facturas, tengo la casa limpia, hasta he organizado mis armarios y el cajón de los calcetines. ¿Quién hace eso?

—Alguien a quien le han dicho que no vaya a trabajar a la oficina —dijo Parker.

Grace puso los ojos en blanco.

—Todavía no me puedo creer que esté metida en este embolado.

Scout apoyó su hocico lleno de babas en el regazo de Grace, con la pelota en la boca. Golpeaba con la cola los tablones de madera del porche y movía los ojos de un lado a otro.

—¿No te cansas? —le preguntó Grace quitándole la pelota de la boca para lanzarla por encima de la barandilla del porche. Como la casa del rancho de Parker estaba en la cima de una colina, la pelota rodó por el camino de entrada y llegó a una extensa zona cubierta de hierba de la propiedad. Scout bajó corriendo los escalones de la casa en busca de la pelota, que ya había dejado de rodar.

—El año pasado, cuando me despidieron, me di cuenta de que me había equivocado de trabajo. No es que pensara que ser auxiliar en una escuela de primaria fuese mi objetivo en la vida, pero eso me ayudó a pasar a la siguiente fase.

La siguiente fase de Parker consistió en casarse y volver a la universidad, cosa que había decidido hacer siguiendo las clases *online*.

—Hace tiempo que no soy feliz en mi trabajo —le confesó Grace—. Me gusta lo que hago, pero el hecho de que sean tantas horas y la falta de recompensas hacen que se me haga cuesta arriba.

—Así que tal vez esto de ahora sea una señal para pasar página.

—Tal vez. Pero si me despiden bajo una nube de sospecha, ¿quién va a contratarme?

Pese a que empezaba a sentir que contaba con el equipo adecuado para ayudarla a superar las acusaciones contra ella, le preocupaba que aquello la persiguiera dondequiera que fuera.

—Yo que tú pensaría en lo que viene después: superar todo esto, recuperar tu trabajo y luego marcharte.

—Parece una pérdida de tiempo luchar por un trabajo que no quiero conservar.

—No estás luchando por el trabajo, sino por tu integridad.

—Desde luego.

Scout había regresado con la pelota y con el hocico lleno de tierra.

—¿Cómo lo está llevando Dameon?

Grace no pudo evitar sonreír al oír su nombre.

—Es como un soplo de aire fresco. Todos esos inútiles con los que he salido a lo largo de estos años… Ninguno le llega ni a la suela del zapato. Es que, ¿cómo pude perder el tiempo de esa manera?

—Porque estabas buscando al hombre perfecto, y el hombre perfecto no existe.

Grace repitió el proceso de lanzarle la pelota al perro.

—No estaba buscando para nada cuando Dameon apareció en mi vida. Si hasta me esforcé por no salir con él. Y es el hombre más perfecto que puede existir.

—Pero es complicado por el hecho de que trabajas con él… o trabajabas. Así que no es alguien con quien intentarías salir sin más. Tuviste que sopesar todo eso para empezar a salir con él.

—Ahora que no tengo ese trabajo, me parece una razón absurda para no salir con él. Los trabajos van y vienen, ¿sabes?

—Exactamente.

—¿Con qué frecuencia podéis veros? —le preguntó Parker.

—Cada semana es diferente. De momento, todos los fines de semana. Anoche voló a Nueva York para reunirse hoy con un posible inversor, pero cuando vuelva, me iré con él a Los Ángeles o él vendrá aquí.

—Podrías buscar trabajo allí.

Grace suspiró.

—Puede que no tenga elección. Pero no quiero cambiar de trabajo solo para contentar a mi novio. Si es que lo puedo llamar así.

—A mí me parece que sí.

Grace miró por encima de la barandilla y vio a Scout revolcándose en la hierba al pie del camino de entrada.

—La verdad es que no sé cómo me llama él a mí.

—¿Futura señora Locke?

—Es un poco pronto para hablar así.

—No me digas que no lo has pensado.

—Sinceramente, no.

Pero ahora que Parker había plantado aquella semilla…

—Señora Locke suena bien.

—Calla, que lo vas a gafar.

Cuando Scout subió los escalones resultó que iba cubierto completamente de barro. Corrió directo hacia Grace y parecía a punto de saltar en su regazo.

—De eso ni hablar, chucho.

Scout pensó que era un juego y empezó a ladrar para, acto seguido, plantarle una pata en la pierna.

—¡Puaj!

Ella y Parker se rieron.

—No he tenido un perro desde que era una niña —dijo Grace—. No sé si a Dameon le gustan las mascotas.

Parker se rio más.

—Sí, claro… y quieres que me crea que no has pensado en boda…

Grace encontró un rincón limpio en el lomo del perro y empezó a acariciarlo.

—Tal vez un poco.

***

—A mí me parece que ha ido bien.

Tyler se sentó frente a Dameon en una cafetería abarrotada del distrito financiero de Manhattan.

—Siempre es más fácil ganarse a los inversores cuando te reúnes con ellos en persona.

Dameon había llegado a la conclusión de que era una imprudencia por su parte seguir adelante durante los dos años siguientes sin el apoyo financiero con el que había empezado. Había demasiada gente en su empresa que dependía de su nómina para pagar las facturas, y aunque los beneficios le ayudarían a alcanzar todos sus objetivos financieros sin un inversor, los riesgos podían llevarle a la quiebra si todo se derrumbaba. Ser testigo de todo por lo que estaba pasando Grace le ayudó a dar el paso para empezar a buscar la mejor solución.

—Tengo la sensación de que lo único que los frena es su preocupación por los incendios forestales que asolan California.

—Las fotografías no ayudaron. Si dicen que no, podríamos intentar centrarnos en empresas de la costa oeste.

—Aquí es como otro mundo.

Había medio metro de nieve en las calles y la gente iba abrigada de la cabeza a los pies.

El teléfono de Dameon le sonó en el bolsillo. Vio una imagen de su madre en la pantalla. No solía llamarle en plena jornada laboral.

—Tengo que cogerlo.

Dameon se llevó el teléfono a la oreja.

—Hola, mamá.

—Hola, cariño. ¿Te molesto?

—Tú nunca me molestas, mamá. —Dameon miró a Tyler, que le sonreía—. ¿Qué pasa?

—No te entretendré mucho. Solo llamaba para preguntarte si has enviado tú el payaso.

—¿Que si he enviado qué?

—El payaso.

Sí, había dicho «payaso».

—¿Qué payaso?

Su madre empezó a reírse.

—Tendrían que devolverte el dinero, porque solo llegó ha llegado la mitad.

—Lo que dices no tiene ningún sentido.

—Tal vez lo haya enviado Tristan.

—Mamá, ¿puedes empezar otra vez? ¿Ese payaso del que hablas es una persona o un muñeco o qué?

Solo podía imaginarse algún tipo de animal de peluche.

—No, no está vivo. Pero parece que podría estarlo. Solo que está cortado por la mitad. Es una cosa muy rara.

Si no fuera porque su madre se reía todo el tiempo mientras hablaba, Dameon habría jurado que le estaba dando algún ataque.

—Mamá, ¿qué estabas haciendo antes de que apareciera ese payaso?

—Estaba durmiendo. Tristan me ha dado unas galletas que me ayudan a dormir. Sabes que he tenido problemas desde que tu padre murió. Esas galletitas me han ayudado mucho.

Dameon se frotó las sienes.

—¿Tristan te ha dado galletas?

—Sí.

Maldito Tristan…

—¿Es posible que esas galletas te den hambre?

Dameon sorprendió a Tyler escuchando atentamente una mitad de la conversación y riendo en silencio.

—Pues claro. Llevan un poco de «hierba».

Su madre susurró la palabra «hierba» y se echó a reír.

—Me cago en Dios…

—Ay, cielo, no hables así. Tú ven aquí y haz que el payaso se vaya.

—Estoy un poco lejos. —Era obvio que su madre estaba teniendo alucinaciones. De pronto pensó en Grace—. Veré si Grace puede ir a ayudarte.

—Espero que el payaso no la asuste.

Dameon negó con la cabeza.

—Estoy seguro de que podrá solucionarlo. Tú quédate en casa y por favor: no comas más galletas.

Tyler se rio.

—Está bien, cariño.

Dameon colgó el teléfono y sacudió la cabeza.

Tyler habló entonces:

—Tristan es el que trabaja en una tienda de cannabis, ¿verdad?

Dameon marcó el número de Grace.

—No se lo va a creer.

—¿Diga?

Hizo caso omiso de las risas de Tyler para hablar con Grace.

—Tengo que pedirte un favor enorme.

***

Grace entró en la casa de la madre de Dameon al cabo de media hora. La casa estaba situada en las colinas de Glendale, en una urbanización que parecía haber sido construida en la década de 1950.

La parte delantera estaba mínimamente ajardinada, con un solo arce y un seto de hoja perenne que separaba el jardín de la acera. Comprobó que el número de la casa se correspondía con el que llevaba anotado y llamó a la puerta. Esperó unos segundos y volvió a llamar.

Seguía sin obtener respuesta.

Grace buscó debajo de la maceta junto a la puerta principal y, tal como le había dicho Dameon, encontró la llave de la casa. Sintiéndose un poco incómoda por entrar en un lugar en el que nunca había estado, Grace llamó a Lois al abrir la puerta.

—¿Lois?

—¡Estoy aquí atrás!

Grace suspiró aliviada y se adentró en la casa.

—¿Traes la pizza?

Siguió la voz de la mujer hasta una habitación trasera, detrás de la cocina. Lois estaba sentada en un sofá con una pila de ropa sucia y una bolsa de patatas fritas. Levantó la vista y sonrió al ver a Grace.

—Oh, qué guapa eres.

Grace sonrió.

—Hola, señora Locke. Espero que no le importe que haya entrado así, sin que me abriera la puerta.

—No, no, por supuesto que no. Estoy segura de que Dameon te ha dicho que podías.

—Sí, eso dijo.

Lois dio una palmada en la pila de ropa a su lado.

—Siéntate aquí. Déjame verte bien.

Grace rodeó la mesa con la ropa parcialmente doblada y la apartó para no sentarse encima.

—Dameon estaba un poco preocupado. Dijo algo sobre un payaso.

Lois señaló hacia la parte delantera de la casa.

—Ah, está en la otra habitación. Lo he dejado allí porque no le estaba haciendo daño a nada.

Grace volvió a levantarse de golpe.

—¿Me lo enseña, por favor?

—Claro.

Al levantarse, Lois tiró la toalla que estaba doblando encima del regazo. Siguiendo el camino inverso que había llevado a Grace hasta Lois, se detuvieron en la sala de estar y la mujer señaló un sillón reclinable en la esquina de la habitación.

—Está justo ahí.

Grace miró el sillón vacío.

—¿Me enseña las galletas que se estaba comiendo?

Lois frunció el ceño.

—¿Te ha hablado Dameon de las galletas?

Grace asintió.

En la cocina, Lois sacó un tarro de galletas y una bolsa de plástico del interior. No había ninguna etiqueta, solo una nota escrita a mano: «Cómete ¼ de galleta para dormir». Grace olisqueó la bolsa. Oh, sí, había pasado un tiempo, pero reconocía ese olor perfectamente. Una pequeña pegatina en el fondo de la bolsa decía «120 mg cada una».

—Señora Locke, ¿cuántas galletas se ha comido?

—Me he comido una de las cuatro, tal como dice.

Grace le dio la vuelta a la nota.

—Aquí dice que solo tiene que comerse un cuarto.

—Bah, menuda tontería. ¿Quién se come solo un cuarto de galleta?

Grace tuvo que contener la risa.

Sonó el timbre de la puerta y Lois se frotó las manos.

—Ahora sí que debe de ser la pizza.

***

El taxi dejó a Dameon frente a la casa de su madre a las diez y media de la noche. La luz del porche estaba encendida, y el parpadeo de la luz en el interior del salón de delante sugería que alguien estaba viendo la televisión.

Entró y se asomó a la habitación.

Grace estaba acurrucada y dormida en el sofá bajo una colcha que su madre debía de haber tejido en algún momento de los años setenta.

Se quitó la chaqueta y dejó la maleta en el suelo.

Tras asomarse rápidamente al dormitorio de su madre para confirmar que estaba allí y durmiendo, Dameon volvió al salón y se sentó a los pies de Grace.

El movimiento en el sofá la despertó.

—Hola.

—Hola.

Se incorporó y miró a su alrededor.

—Debo de haberme quedado dormida.

Él se inclinó y la besó.

—¿Cómo está?

Grace empezó a reírse.

—Tu madre es la bomba.

Dameon se pasó la mano por el pelo, sorprendido de que le quedara algo.

—Iba muy colocada.

—No te lo puedes ni imaginar. Se tomó ciento veinte miligramos antes de que apareciera Bozo. —Grace señaló el sillón reclinable de su padre, tapado con una sábana—. Tuvo que esconder al payaso.

—Me tomas el pelo.

Grace se frotó los ojos y cruzó las piernas por debajo del cuerpo.

—Para ser una mujer tan menuda, come como una lima: pizza, patatas fritas, palomitas, helado… Era como la fiesta de pijamas de una cría de doce años. Se fue a la cama por fin hace un par de horas.

—Voy a matar a mi hermano.

Grace le cogió las manos.

—No pasa nada. No leyó bien las instrucciones.

—Lo mataré de todos modos.

—Aparte de un payaso cortado por la mitad durmiendo en un sillón, no ha pasado nada raro.

Dameon le besó los dedos.

—Gracias por venir corriendo.

—No tienes que agradecérmelo. Tu madre es adorable. Me ha enseñado todas tus fotos de cuando eras pequeño. Hasta las que sales desnudo.

Era demasiado mayor para avergonzarse de las fotos de cuando era un bebé desnudo.

—Te debo una.

Grace negó con la cabeza.

—¿Para qué están las novias si no es para rescatar a un padre o una madre empachada?

Dameon se rio por primera vez desde la llamada de su madre.

—Tengo un *déjà vu* de Navidad.

—Solo que sin pavo crudo.

Dameon se rio.

—¿Cómo ha ido la reunión?

Dameon se arrellanó en el sofá y se quitó los zapatos.

—Bien. No sé si será la empresa adecuada, pero parecían interesados.

—¿Por qué? ¿Qué les pasa?

—No les pasa nada, es por el lugar donde tienen la sede. No puedo evitar pensar que sería mejor una empresa de la costa oeste.

—Pues entonces tendrás que seguir buscando hasta encontrar al socio adecuado.

—Creo que estoy tentando a la suerte —dijo mientras la atraía hacia él.

—Ah, ¿y eso por qué?

—Encontrar el socio comercial perfecto y la mujer perfecta en el mismo año parece algo imposible.

—Aaah. —Grace lo miró con una sonrisa—. Nos conocimos el año pasado.

Dameon se rio de nuevo y luego bajó con los labios hasta detenerse encima de los de ella.

—Sí, eso es verdad.

Capítulo 28

Grace empezó a pasar gran cantidad de tiempo en la casa de Dameon en el cañón.

Le había dado una llave para que pudiera entrar incluso cuando él tuviese que quedarse en Los Ángeles. No es que fuera a pasar allí la noche si él no estaba, pero sí utilizaba la casa como lugar de trabajo. Aunque el ayuntamiento no diese su aprobación, no creía que fuera precipitado poner en marcha el proyecto, y si al final no tenía más remedio que dejar su puesto, la persona que la sustituyese siempre podría aprovechar todo el trabajo que ella llevase avanzado. Incluso aunque no lo hicieran, ella sabía lo que necesitaba el ayuntamiento. Además, era la única forma que tenía de devolver a Dameon todo lo que estaba haciendo por ella.

Se coordinó con Tyler, y supo que Dameon había asumido personalmente las riendas del proyecto con el único propósito de conocer mejor a Grace. Según Tyler, Dameon estaba decidido a conquistarla desde el instante en que la conoció.

Como coordinador del proyecto, Tyler era realmente la persona con la que había que hablar.

Una semana larga después del episodio de las galletas y el payaso, Carson le pidió que fuera a su despacho. El ayuntamiento había solicitado una reunión, pero Grace tenía que estar preparada.

El bufete de abogados estaba en Sherman Oaks, y Carson ya se había puesto de acuerdo con Dameon para organizar la reunión.

Grace se encontró con él en el vestíbulo y le saludó con un beso.

—No hacía falta que interrumpieras tu trabajo para venir.

—Carson me pidió que viniera. Además, si te afecta a ti, me afecta a mí.

Caminaron juntos hacia el ascensor.

—¿Y cuándo ocurrió eso?

—¿El qué? —preguntó.

—¿Cuándo nuestras vidas individuales se convirtieron en algo que nos afecta a *nosotros*?

Dameon se giró en el ascensor y la besó de nuevo.

—No lo sé, pero me gusta.

Teniendo en cuenta la calidad del traje que llevaba Carson en su primer y único encuentro con él, Grace esperaba encontrarse con un despacho opulento y de gran categoría, pero lo cierto es que aquello superaba todas sus expectativas: líneas esbeltas y elegantes y madera maciza, la clase de muebles que hacían las delicias de una amante de los detalles tan perfeccionista como ella. Quienquiera que hubiese diseñado el interior tenía un gusto espectacular.

Cuando entraron en el vestíbulo, Dameon le dijo a la recepcionista quiénes eran y esta no tardó en conducirlos al despacho de Carson.

—Gracias a los dos por venir —los saludó el abogado mientras rodeaba su gigantesco escritorio para recibirlos.

Los hombres se estrecharon la mano antes de que Carson se volviera hacia ella para hacer lo mismo.

—Tienes buen aspecto, más relajado.

—He tenido tiempo para asimilar lo que está pasando.

—Bien. Es mejor abordar estas cosas racionalmente.

Grace tomó el asiento que le ofreció Carson.

—Es fácil decirlo cuando estás en ese lado.

Él se rio.

—Muy cierto.

Cuando los tres se hubieron sentado, Carson abrió una carpeta en su escritorio.

—Ayer el ayuntamiento se puso en contacto conmigo. Me dijeron que el señor Sokolov ha presentado oficialmente una demanda contra la ciudad.

—¿Y qué abogado carroñero ha aceptado ayudarlo a presentar esa demanda? —preguntó Dameon mientras apretaba la mano de Grace.

—Nadie que conozcamos, así que lo más probable es que, efectivamente, sea un letrado sin escrúpulos. Pero el caso es que como ya se ha presentado la demanda y tú figuras como testigo y representante del ayuntamiento, ahora tienes la obligación de responder a la misma.

—¿Me lo traduces, por favor? —le pidió Grace.

Carson cogió unos papeles y se los dio a cada uno.

—En resumen: Sokolov ha tenido que explicar al tribunal por qué cree que su caso debe prosperar e ir a juicio. Ahora lo repasaremos línea por línea, pero está tratando de presentar un escenario en el que has aceptado sobornos en el pasado, y dice que tiene pruebas de ello.

Grace miró los papeles legales sin leerlos.

—¿Qué pruebas? —Levantó la vista y vio a Carson mirando fijamente a Dameon.

Dameon leía atentamente los documentos. Hizo una pausa y levantó la vista.

—Mi nombre aparece aquí.

Carson asintió una vez.

—Sí.

—¿Qué?

Grace volvió a hojear los papeles. En la segunda página encontró el nombre de Dameon: «Adjuntas conversaciones privadas de mensajes de texto entre el señor Dameon Locke y la señorita Grace Hudson». Grace leyó la siguiente parte para sí:

DL: ¿Qué puedo hacer para convencerte de que guardes lo de hoy en secreto?

GH: Mi precio es muy alto.

DL: ¡Pídeme lo que quieras!

GH: Da igual. Me reservo la información para poder decidir lo que quiero que hagas.

DL: Vaya, ya veo cómo funciona esto: chantaje.

GH: Cada cual tiene sus propios medios para conseguir las cosas.

Grace se volvió para mirar a Dameon.

—Ese cabrón me robó el teléfono.

—¿Así que esta conversación tuvo lugar realmente? —preguntó Carson.

—Por muy raro que suene, tiene una explicación muy sencilla.

—Te escucho.

Grace sonrió a Dameon.

—Esto fue antes de que Dameon y yo empezáramos a salir. Me siguió a un salón de manicura y yo me negué a hablar con él a menos que él también se hiciese una pedicura.

Dameon miró a Carson y levantó una mano.

—Te juro que no me gustó.

Grace se rio.

—Se hizo la pedicura y yo luego le torturé un poco y le estaba haciendo pasar un mal rato. —Miró el papel y empezó a leer el texto en voz alta—: «¿Qué puedo hacer para convencerte de que guardes lo de hoy en secreto?». Se refiere a la pedicura. «Mi precio es muy alto». Esa soy yo, bromeando con él. Todo esto es una broma.

Carson se mordía el labio.

—¿Pagaste en efectivo?

Grace negó con la cabeza.

—No, Dameon pagó con tarjeta de crédito.

Entonces Carson se rio.

—De acuerdo, bien. Necesito una copia de ese extracto.

Dameon sonrió.

—Nunca olvidaré ese día.

Carson apartó aquellos papeles y sacó otros.

—Mi primera reacción fue desestimar las pruebas: Sokolov no ha obtenido esa conversación legalmente y él no era el destinatario de los mensajes. Eso está bastante claro. Pero podría explicar esto.

Le entregó un extracto de su banco.

Ella y Dameon lo miraron juntos.

—¿Qué se supone que debería estar viendo?

—Mira tu cuenta de ahorros. Supongo que tienes banca *online* a la que accedes a través del teléfono.

—Así es.

—Pues entonces Sokolov tiene acceso a sus números de cuenta —explicó Carson.

Vio la cifra al primer vistazo.

—Eso no es correcto.

—¿El qué? —preguntó Dameon.

—La cantidad. No tengo veinte mil dólares en mi cuenta de ahorros, solo tengo cinco mil y pico.

Pasó la página y vio tres depósitos adicionales de cinco mil dólares cada uno.

—¿Qué es esto?

—Buena pregunta. Esperaba que tuvieras alguna explicación. Lo primero que llama la atención es la cantidad, siempre la misma.

Cinco mil. Lo otro es cuándo fueron depositados. Se trata de depósitos en efectivo directamente en las cajas de depósito el día de Navidad.

—¿El amigo invisible me dio quince mil dólares? —preguntó Grace.

—O alguien muy interesado en hacer que parezca que tuviste unos ingresos extra en tu cuenta que no puedes justificar. Y como tu extracto del mes de diciembre no se ha generado hasta ahora, no te has dado cuenta.

—Habría dicho algo si lo hubiera visto —dijo Grace.

Dameon volvió a dejar el papel en el escritorio de Carson.

—Así que este cabrón le roba el teléfono a Grace, hace una captura de pantalla de una conversación privada y se inventa que yo la he sobornado. Y luego hay un ingreso de dinero en su cuenta.

—Bingo.

—¿Y los bancos no tienen cámaras para ver quién hace los ingresos en las cajas de depósito?

Carson asintió.

—Solicitaremos la grabación por la vía judicial si es necesario.

—¿Quién sabe lo del dinero en la cuenta? —preguntó Grace.

—Ahora mismo, solo nosotros. Michelle lo encontró. Pero si esto acaba delante de un juez…

—Tenemos que hacer que Michelle averigüe quién lo ingresó —dijo Dameon.

—Exactamente.

—Mientras tanto, tenemos que responder a la demanda y, al mismo tiempo, presentar la nuestra propia.

—¿Contra el ayuntamiento?

—No, contra Sokolov. Por difamación, calumnia, robo y agresión.

—Pero él no me tocó —dijo Grace.

—Sería por agresión verbal, no física. Y teniendo en cuenta lo lejos que está llevando todo este asunto…

—Desde luego, adelante. No tienes que decirlo dos veces —dijo Grace.

Carson se sentó en su silla y cruzó las manos sobre el escritorio.

—Ahora sería un buen momento para que vuestra relación se hiciera pública.

—Tampoco es que la llevemos en secreto —dijo Dameon.

—Nada aparatoso, una simple nota de prensa en el periódico local. Santa Clarita es una ciudad lo bastante pequeña como para que el nuevo y rico promotor inmobiliario que se enamora de una chica local pueda aparecer en la cuarta página. Eso hace que las pedicuras y el coqueteo mediante mensajes de texto sean completamente verosímiles y podrían incluso llevar a Sokolov a retirar la demanda. No puede hacer daño.

***

Grace estaba en la cocina de su madre cortando los ingredientes para una ensalada. Era la tradicional cena familiar, algo que hacían dos veces al mes de media.

—Hace menos de dos meses que conozco a Dameon. ¿Cómo es posible que sienta como si lo conociera desde hace años?

En ese instante estaban solas las dos en la cocina. Dameon venía de camino después de recoger a su madre para que conociera a la familia de Grace.

—Eso fue lo que nos pasó a tu padre y a mí. Salimos tres meses antes de llegar al altar.

Nora lanzó un suspiro melancólico.

—Estabas embarazada —dijo Grace con tono neutro.

—Colin se adelantó —repuso Nora guiñándole un ojo—. Sabía que tu padre era el hombre de mi vida.

Grace echó las zanahorias cortadas en el bol y pasó a los tomates.

—¿Cómo lo sabes? ¿Es que hay alguna señal divina? ¿Una luz intermitente con flechas que señala al hombre en cuestión?

—Ves demasiadas películas.

Se rio.

—En serio, mamá.

Nora fue a la nevera y sacó una botella de vino.

—¿Qué es esto? —preguntó Grace cuando cogió la copa de su madre.

—Suero de la verdad.

Las dos tomaron un sorbo.

—¿Estás enamorada de él?

Eso hizo que Grace tomara otro sorbo.

—Nunca había sentido que conectaba tanto con nadie como con Dameon.

Su madre sonrió y siguió bebiendo tranquilamente su vino.

—Es inteligente y divertido. Me trata como a un igual y valora mi opinión.

—Es guapo —dijo su madre.

—¡Exacto! ¿Cómo he podido conseguir a un chico tan guapo?

—Tú eres guapa.

—No eres objetiva —le dijo a su madre.

—¿Qué tal en la cama? —le preguntó Nora.

Grace quería hacerse la escandalizada, pero en su familia eso no funcionaba.

—Es algo fuera de lo normal, mamá. Nunca tengo que fingir nada. Incluso si estoy cansada, él se ocupa de todo…

—Sabía que me caía bien ese chico.

Grace volvió a cortar tomates.

—¿Y a papá? ¿Le cae bien?

—A tu padre le cuesta. Siempre y cuando Dameon le pida tu mano primero, ignorará el hecho de que lleve traje.

Grace negó con la cabeza.

—Huy, no, no estamos ahí todavía. Nadie va a arrodillarse para pedirme matrimonio pronto.

—Yo no estaría tan segura. Reconozco a un hombre enamorado cuando lo veo, y tu Dameon está enamorado hasta las trancas.

—Mamá, no empieces a hablar de boda, que lo vas a asustar y saldrá por patas.

Nora se rio.

—No tienes que preocuparte por mí. Es tu padre el que va a ponerse muy pesado con eso.

—Pues debería centrarse en Matt. ¿Por qué tarda tanto? —preguntó Grace.

Nora se limitó a sonreír.

—¿Es que tú sabes algo?

—Sabes que Matt y Erin estuvieron en Chicago visitando a la hermana de ella, ¿verdad?

—¿Sí?

—Estoy casi segura de que fueron a pedir la aprobación del padre de Erin.

Grace dejó de cortar.

—Me tomas el pelo. Erin no tiene una buena relación con su padre.

Su madre negó con la cabeza.

—Pero eso no va a impedir que Matt haga lo correcto. Y desde todo lo que pasó con Erin, creo que su padre está poniendo mucho empeño en recuperar la relación con ella.

—Pues le va a costar lo suyo compensar haber sido un mal padre todos estos años.

El padre de Erin había criado a sus hijas rodeadas de dinero de sobra, pero no de amor. Sin embargo, a medida que el hombre fue haciéndose mayor, empezó a darse cuenta de lo que se había perdido.

—La gente comete errores, cariño.

—Supongo que sí.

Oyeron ruidos de la parte delantera de la casa cuando esta empezó a llenarse de gente.

—¡Ya estamos aquí! —anunció la voz de Colin.

***

Dameon no había visto a su madre reírse tanto desde antes de la muerte de su padre. Bueno, excepto cuando estaba colocada en Navidad.

Allí, en casa de los Hudson, se sentó junto a los padres de Grace y todos charlaron como si se conocieran desde hacía años.

De vez en cuando, Grace le miraba en silencio y sonreía.

En ese momento, él le devolvió la sonrisa y se acercó a ella.

Una mano en el muslo, un susurro al oído para compartir algún pensamiento íntimo… Dameon no estaba seguro de cómo había sucedido, pero Grace se había colado en su mundo y él no quería que se fuera de él jamás.

Después de la cena, Dameon fue al porche trasero con Matt y Colin. Matt los había arrastrado hasta allí diciendo que necesitaba ayuda con algo. Una vez fuera, se apartó hacia el costado de la casa y sacó un puro.

—El domingo le voy a pedir a Erin que se case conmigo.

Colin se acercó a su hermano para darle un abrazo.

—¡Eso es fantástico! Me alegro mucho por ti.

Dameon se sintió muy honrado de formar parte de la conversación.

—Enhorabuena —lo felicitó, dándole un apretón de manos.

Matt levantó el puro hacia su hermano con una carcajada.

—Es una nueva tradición —le explicó Matt a Dameon—. Colin se encendió un puro cuando me dijo que se lo iba a pedir a Parker.

Dameon no fumaba, pero no tenía ningún problema en dar una o dos caladas por solidaridad fraternal con ellos.

—¿Lo sabe ella? —preguntó Colin.

—No lo creo.

Ambos miraron a Dameon.

—Grace no ha dicho nada.

—Bien.

—Así que, ¿se lo preguntaste a su padre? —dijo Colin.

—Por supuesto. Papá se enfadaría si no lo hiciera.

Dameon aceptó el puro cuando se lo ofrecieron.

—¿Le preguntaste a su padre si podías casarte con ella?

Matt asintió.

—Nuestro padre se rige según el código del honor varonil. Si se queda embarazada…

—Te casas con ella —terminó Colin la frase por él.

—Si quieres casarte con ella…

—Le pides la mano a su padre primero.

Colin chocó el puño con su hermano.

Dameon se rio.

—A mi padre le habría caído bien el vuestro.

Colin le dio una palmada en el hombro a Dameon.

—Tiene que haber sido duro para ti.

—Gracias.

Colin se volvió rápidamente hacia Matt.

—Espera, ¿Erin está embarazada?

Matt se quedó sin palabras por un segundo.

¡Dios!

Colin levantó las manos en el aire y los atrajo a ambos para abrazarlos.

—Joder. ¡Qué fuerte!

—Chisss. Todavía no lo sabes.

Pero Matt era todo sonrisas.

Colin levantó las dos manos.

—Necesitamos whisky.

—Se va a enterar todo el mundo.

Matt se asomó a mirar por la esquina y luego se volvió de nuevo.

Sus sonrisas cómplices eran contagiosas. Dameon se rio con ellos.

—Hemos hablado mucho de niños. —Matt miró a Dameon—. A Erin le daba igual casarse o no. Está entusiasmada.

—¿Por qué no ha dicho nada?

—Le pedí que esperara. Le dije que tú y Parker teníais que ser el centro de atención durante un tiempo después de la boda.

Matt le tocó el hombro a Dameon.

—Y luego va y llegas tú y, de repente, Grace es el centro de atención.

—¿De nada? —dijo Dameon riendo.

—Gracias.

Matt dio una calada al puro.

—Entonces, el domingo…

Colin se limitó a negar con la cabeza.

—Maldita sea…

—Necesito tu ayuda …

Diez minutos más tarde, con la cara seria, los tres volvieron a entrar en la casa.

La madre de Dameon estaba hablando de algo y riendo mientras Nora y Emmitt se reían con ella. Grace estaba sentada junto a Erin.

Parker se deslizó junto a Colin.

Esta olisqueó el aire un par de veces y preguntó:

—¿Habéis estado fumando?

Dameon no pudo evitar reírse.

Colin parecía culpable y Matt se encogió de hombros.

—¿Fumando? —preguntó Emmitt entrecerrando los ojos para mirarlos a los tres.

—Huy, ya no hace falta fumarse esas cosas —dijo la madre de Dameon—. Ahora vienen en galletas.

Capítulo 29

Dameon encontró la manera de que Grace y él salieran en el periódico local.

Lo único que tenía que hacer era convencer a un periodista para que se presentara en determinada estación de bomberos un domingo determinado, cuando alguien le haría una proposición muy determinada a su novia. Y solo faltaban un par de semanas para el Día de San Valentín, ¿quién podría resistirse?

—¿Adónde me llevas? —Grace iba en el asiento del pasajero, vestida con un clásico vestidito negro y unos zapatos de tacón.

—Es una sorpresa.

Le había dicho que iban a ver la puesta de sol en algún lugar especial y que tenían que ponerse en marcha temprano.

A Dameon le correspondía la parte más fácil: llevar a Grace a la estación de bomberos a las cinco.

Colin tenía que encargarse de Parker y Erin.

—¿Te he dicho que no me gustan las sorpresas?

La miró con cara de extrañeza.

—A todo el mundo le gustan las sorpresas.

—¿Vamos a la playa? ¿A ver la puesta de sol en el mar?

Dameon conducía en dirección este por una carretera secundaria.

—No te lo voy a decir.

—Vale.

Él se rio y ella lanzó un gemido de protesta.

—Como quieras.

Se detuvo en un semáforo y miró la hora. Llegaban un poco justos.

—¿No es una monada? —Grace estaba mirando a un husky blanco y negro que sacaba la cabeza por la ventanilla del otro coche.

—Precioso.

—¿Has tenido perros?

¿Qué pasaba con el semáforo? Tenían cinco minutos.

—¿Dameon?

—¿Qué?

«Ah, el perro».

—Sí. Mi padre tenía debilidad por los pastores alemanes.

El semáforo se puso en verde al fin.

Dameon dio unos golpecitos al volante con los pulgares.

—Me encantan los perros, pero nunca me ha parecido bien tener a uno encerrado en un piso.

Se pasó un semáforo en ámbar. Solo quedaban unas manzanas más.

—... ¿no crees?

—¿Qué?

Algo sobre perros.

—No has escuchado nada de lo que acabo de decir.

La miró y le sonrió.

—Estábamos hablando de perros.

Grace negó con la cabeza.

Dameon suspiró de alivio al ver el parque de bomberos.

—¿No es esa la estación en la que trabaja tu hermano?

—Sí.

—¿Te importaría si hacemos una visita un momento? Nunca he estado en una estación de bomberos de verdad.

Se incorporó al carril para girar.

—No sé si Matt trabaja hoy.

—¿No es esa su camioneta?

Grace se inclinó hacia adelante.

—Anda, ¿qué pasa aquí? —Señaló por la ventanilla—. Ese es el coche de mis padres.

—Eh...

—¿Dameon?

Se detuvo y aparcó la camioneta. Apagó el motor y se desabrochó el cinturón.

—Vamos.

Ambos se bajaron y él rodeó la camioneta para coger a Grace de la mano. Nora y Emmitt estaban junto a la estación con tres de los bomberos y una mujer con una cámara.

—Oh, Dios mío... —Grace le apretó la mano—. Matt va a pedírselo hoy.

Dameon sonrió y se llevó un dedo a los labios.

—Chisss.

Grace siguió apretándole la mano.

—¡Ay!

Cuando se reunieron con los padres de Grace, Dameon estrechó enérgicamente la mano de Emmitt.

—Qué casualidad encontrarnos aquí —dijo Emmitt con una sonrisa.

Grace y su madre se abrazaron.

—Es maravilloso.

—¿Dónde está Matt?

—Está dentro sudando —dijo uno de los bomberos.

La mujer que Dameon supuso que era la reportera se acercó a ellos. Acababa de presentarse cuando el coche de Colin se detuvo en la entrada.

Uno de los bomberos habló por radio.

—Ya está aquí.

Colin, Parker y Erin salieron del coche justo cuando las puertas del garaje de la estación comenzaron a abrirse.

Dameon se colocó detrás de Grace y la rodeó con los brazos mientras observaban.

La reportera sacó fotos mientras Erin miraba a su alrededor, tratando de asimilar lo que veían sus ojos. Matt iba vestido con el uniforme completo y llevaba al menos dos docenas de rosas rojas en las manos.

Sobre los camiones de bomberos había docenas de globos en forma de corazón y una enorme pancarta en rojo y blanco con la pregunta: «Erin, ¿quieres casarte conmigo?».

Grace se estremeció en los brazos de Dameon. Él la miró y vio que una lágrima solitaria se le deslizaba por la mejilla. Le besó el lado de la cabeza.

Matt se acercó a Erin, que se tapaba la cara con las manos. Se arrodilló y abrió una cajita.

—Erin. Te he querido desde el día en que te vi. Quiero despertarme a tu lado cada día durante el resto de mi vida; quiero compartir contigo todos los buenos y los malos momentos; quiero bailar contigo en la cocina hasta que los dos usemos andador y recordemos cuando éramos jóvenes e inconscientes.

Dameon sintió que se le formaba un nudo en la garganta cuando Matt se atragantó con sus palabras.

—Erin, mi amor, mi vida, mi todo... ¿me harías el honor de convertirte en mi esposa?

Erin era un mar de lágrimas mientras asentía y se acercaba a él.

Matt dejó las rosas en el suelo, se puso en pie y la atrajo para darle un beso.

Dameon miró a su alrededor y vio a toda la familia de Grace sonriendo y llorando. Uno de los bomberos apuntaba con la cámara del móvil a la feliz pareja.

Cuando Matt dejó que Erin tomara aire, todos empezaron a aplaudir. Él le susurró algo al oído mientras le deslizaba un anillo en el dedo.

Dameon no se consideraba un hombre muy romántico, pero tenía que admitir que estaba muy impresionado por la puesta en escena de Matt.

Hubo abrazos y vítores. Cuando le tocó el turno a Dameon de felicitar a la feliz pareja, los abrazó a ambos.

—A eso lo llamo yo dejar el listón muy alto, Matt —comentó Dameon riendo.

—Sí, a ver cómo lo superas tú —lo desafió Matt.

Dameon miró a Grace y vio que se sonrojaba.

La periodista siguió sacando fotos y luego entrevistó a Matt y Erin. Anotó los nombres de todos los miembros de la familia, incluido el de Dameon, quien estaba seguro de que saldría alguna foto de él y Grace en el periódico.

La campana del parque de bomberos sonó y los compañeros de Matt entraron en acción.

Colin y Matt se apresuraron a quitar el cartel.

—¿Tienes que irte? —preguntó Erin casi gritando para que la oyera pese al barullo.

—No, hoy no me toca trabajar.

Se apartaron de en medio cuando el camión de bomberos salió del garaje.

Cuando, al alejarse de la estación, el ruido de la sirena se desvaneció, Dameon se dirigió a los presentes:

—Si os parece bien, he reservado el salón privado del Backwoods para celebrarlo.

Matt le estrechó la mano.

—Me cambio muy rápido, y Erin y yo nos reuniremos allí con vosotros.

Los dos entraron en la estación mientras todos los demás observaban sus movimientos.

—¿Alguien quiere apostar sobre lo tarde que llegarán? —preguntó Colin.

—Deja a los tortolitos en paz —lo regañó Grace.

Emmitt se acercó a Dameon y le dio una palmadita en la espalda.

—Espero que hayas tomado buena nota, hijo.

—¡Papá! —exclamó Grace.

Pero en lugar de sentir la presión, Dameon sonrió.

***

Aparecieron en la segunda página del periódico, no en la cuarta.

A la mañana siguiente, Grace se despertó en casa de Dameon y empezó a recibir mensajes de texto de sus familiares y amigos.

—Tu teléfono no para de sonar —dijo Dameon mientras le llevaba una taza de café a la cama.

Se sentó y aceptó el café con un beso.

—Buenos días.

Él ya estaba duchado y vestido.

—Buenos días.

Se sentó al borde de la cama y le puso una mano en la pierna, por encima de las sábanas.

—¿Qué hora es?

—Casi las siete. Tengo que salir ya si no quiero pillar un atasco.

—Vas a pillarlo igualmente si son ya las siete —le dijo ella.

Él la besó de nuevo.

—Pues entonces tal vez me quede.

—Alguien tiene que trabajar. —Grace dio un sorbo al café antes de dejarlo en la mesita—. Gracias.

Él le apartó el pelo de la cara.

—Me gusta tu *look*.

Grace sabía que tenía una pinta horrorosa. Habían vuelto a casa relativamente pronto, pero luego habían pasado la noche explorándose mutuamente el cuerpo de forma muy satisfactoria.

Su teléfono volvió a sonar.

—¿Qué pasa?

Dameon sacó su móvil del bolsillo de su traje.

—El periódico local.

Grace se frotó los ojos y cogió su teléfono. Amplió las fotos y le vinieron los recuerdos del día anterior.

Erin estaba emocionada, Matt tenía los ojos llorosos.

Luego había una foto de Dameon abrazándola por detrás y diciéndole algo al oído. El pie de foto rezaba así: «El amor está en el aire».

—Hoy no debe de haber muchas noticias —comentó Grace.

—Con esto debería bastar. —Dameon cogió su teléfono y se lo guardó—. Odio tener que irme corriendo.

Grace empezó a levantarse de la cama.

—Saldré justo detrás de ti.

—No. No te des prisa. Quédate todo el tiempo que quieras.

Grace se relajó.

—Me estoy volviendo perezosa.

Dameon negó con la cabeza.

—He visto los bocetos y los planos. No tienes ni un gramo de pereza en el cuerpo.

—Solo un par de puntos doloridos después de lo de anoche.

Dameon esbozó una sonrisa de complicidad.

—Tengo un par de reuniones mañana temprano en Long Beach. Mi objetivo es estar de vuelta aquí el miércoles por la noche.

—Lo recuerdo.

La besó de nuevo y se puso de pie. Llegó hasta la puerta antes de darse la vuelta.

—¿Quieres tener familia numerosa? —le preguntó de improviso.

—¿Qué?

—Ya sabes… niños. ¿Estás pensando en uno o dos? ¿O en media docena?

Grace se quedó boquiabierta ante lo inesperado de la pregunta.

—Pues la verdad… —¿Cómo responder a eso?—. Más de uno y menos de seis.

Dameon siguió asintiendo con la cabeza al tiempo que se alejaba.

Grace se recogió las rodillas doblándolas hacia el pecho y se las abrazó con fuerza. Dios, Dios… Dameon acababa de preguntarle cuántos hijos quería tener. En todas sus relaciones anteriores, nadie le había preguntado nunca si quería tener familia.

No podía dejar de sonreír.

Dameon volvió a asomar la cabeza por la esquina.

—¿Y qué te parecen cinco?

Estaba empezando a hiperventilar.

—Vas a llegar tarde al trabajo.

Volvió a entrar en la habitación, la besó de nuevo, esta vez con un poco más de ímpetu, y luego se fue corriendo.

No fue hasta que oyó que se cerraba la puerta de entrada cuando Grace soltó un chillido y volvió a meterse bajo las sábanas.

Capítulo 30

—¿Qué posibilidades hay de conseguir que Dameon juegue en nuestro equipo?

Grace estaba hablando por teléfono con Parker a través del altavoz del coche.

—Teniendo en cuenta que esta mañana me ha preguntado cuántos hijos quiero tener, yo diría que las probabilidades son bastante altas.

—¡No es verdad!

Grace todavía estaba mareada.

—Sí, sí que lo es.

—Dios mío… ¿y por qué no me llamaste?

Detuvo el coche en un semáforo.

—Mi teléfono se ha vuelto loco. Parece que lo del periódico ha surtido efecto.

—Las imágenes son bastante reveladoras.

El semáforo se puso en verde.

—Me cuesta creer todo lo que está pasando. Ya ni siquiera me importa lo del trabajo.

—¿Cómo puede importarte algo que estabas empezando a odiar?

—Me encanta el trabajo, pero no soporto la política de oficina. Ahora menos todavía.

—Me imagino. —Parker hizo una pausa—. Bueno, ¿y cómo salió el tema de los niños?

—No salió. Me lo preguntó a bocajarro, literalmente.

—¿Habéis hablado de casaros?

—Parker, no llevamos tanto tiempo saliendo.

—Y aun así, ya estáis hablando de tener hijos.

Ambas se quedaron en silencio.

Grace se incorporó al carril para girar y miró en el espejo retrovisor.

—Espera... ¿Erin bebió anoche?

—Nos bebimos dos botellas de champán.

—Sí, pero ¿cuánto bebió Erin?

—No estuve pendiente de cuántas copas tomaba cada uno, sinceramente —dijo Parker.

La cabeza de Grace empezó a hacer cálculos.

—Dijo que ella llevaría el coche en nuestra cena familiar.

—Ah...

—¿Estás pensando lo mismo que yo?

«Erin está embarazada».

—No. Nos lo habría dicho.

Grace cambió de carril cuando el semáforo se puso en verde.

—Voy para allá.

—¿A casa de Matt y Erin?

—Matt está en el trabajo —le recordó Grace—. Nos vemos allí.

Grace colgó y sorteó el tráfico para situarse en el carril correcto. Por suerte, no vio a ningún policía, porque iba conduciendo un poco a lo loco, incluso para ella. Aunque el sedán oscuro que había detrás de ella podría ser un coche de policía camuflado.

Redujo la velocidad y prestó un poco más de atención a la carretera. Con un ojo en el espejo retrovisor y el otro en la aguja del velocímetro, Grace empezaba a sospechar que tal vez el coche de detrás sí era la policía después de todo...

Los coches se abrieron paso en la carretera y Grace se desplazó al carril más lento.

El sedán iba muy pegado a ella.

—Vamos, párame de una vez si es lo que vas a hacer…

Pero eso no sucedió.

En el siguiente semáforo en rojo, Grace miró por el retrovisor. La expresión de la cara del hombre estaba oculta solo en parte por las gafas de sol; le resultaba vagamente familiar, pero no podía identificarlo. ¿Era alguien que conocía y la estaba poniendo nerviosa solo por gusto?

Cuando se adentró en el barrio de Erin, el coche siguió a la zaga.

—Vale, ya me he cansado.

De repente, Grace se hizo a un lado en la carretera y frenó de golpe.

El coche que iba detrás de ella salió zumbando en ese momento.

Cuando miró la matrícula descubrió que los números iban tapados por una cubierta oscura, la clase de cosas que la gente utilizaba para circular por las carreteras de peaje sin que le cobren.

—¿Qué narices…?

Tal vez eran imaginaciones suyas y aquel coche no la seguía.

Recobró la calma y se dirigió hasta la casa de Erin y Matt, pero siguiendo las lecciones que le había enseñado su padre, tuvo la precaución de aparcar una casa más allá de la de Erin.

Parker se detuvo en la entrada y vio a Grace cruzar la calle.

—¿Es que tienes miedo de que le dé a tu coche con el mío? —bromeó.

Grace negó con la cabeza.

—No, es solo que… —Eso, que tenía una imaginación desbordante—. Nada. Vamos a preguntarle a Erin qué secretito se trae entre manos.

Ella y Parker se detuvieron en la puerta y tocaron el timbre. Erin abrió la puerta.

—¡Hola!

Parker dio un golpecito a Grace con el codo y esta le devolvió el codazo a Parker.

—¿Qué? —preguntó Erin.

Grace miró a Parker.

—Cobarde.

Parker se hizo la escandalizada.

—Vale. —Grace miró a Erin a los ojos—. ¿Es niño o niña?

Erin se puso blanca como el papel.

—¿Quién os lo ha dicho?

Parker y Erin gritaron al mismo tiempo, y luego no hubo más que abrazos y lágrimas.

***

Dameon puso el teléfono en modo altavoz. Tenía ante sí una semana entera de papeleo.

—Acabo de hablar por teléfono con Carson —le dijo Grace—. Ayer le entregaron la citación a ese desgraciado y esta mañana han comunicado mi respuesta al ayuntamiento.

Dameon dejó de mirar las cifras de su hoja de cálculo.

—¿Y ahora qué?

—Carson cree que el ayuntamiento va a anular mi permiso y pedirme que vuelva a trabajar.

—Eso es todo un cambio en los acontecimientos.

—Sí, ha hablado con Simons, el abogado del ayuntamiento, y le ha dado algo de información sobre Sokolov. El historial del tipo no está muy limpio: pasó varias noches en la cárcel por conducir bajo los efectos del alcohol y la policía tuvo que ir en diversas ocasiones a su parque de autocaravanas cuando intentó obligar a la fuerza a un inquilino a que se fuera.

Dameon hizo una mueca de disgusto.

—Cada vez que pienso en cuando te quedaste sola con ese hombre…

—Ya. Carson le dijo lo mismo a Simons. Le indicó que Richard ya estaba al tanto de la hostilidad de ese hombre y que, aun así, me envió allí sola. Que había que tomar precauciones.

—Parece que el ayuntamiento va a dar marcha atrás.

—Odio jugar la carta de la mujer débil. Yo no soy así.

Dameon cerró los ojos.

—Cariño, ¿cuánto mides? ¿Metro sesenta? Y seguro que pesas, como mucho, cincuenta kilos.

—Qué mono eres… Cincuenta y cuatro.

Dios, le encantaba su naturalidad.

—No entiendes lo que quiero decir.

—Sí te entiendo.

—¿De verdad? Porque te he visto enfrentarte a tu hermano, pero él se cortaría la mano antes de devolverte el golpe. Esas maniobras no funcionan con un hombre del doble de tu tamaño y que tiene algo contra ti.

Grace tardó un segundo en responder.

—¿Cariño?

—Estoy aquí. Y sé que tienes razón. Tengo que ser inteligente y confiar en mi intuición. Sabía que Sokolov era un cabronazo desde el momento en que lo conocí, pero no hice caso a mi instinto.

Dameon sacó su ejemplar del periódico con su foto y sonrió.

—Bueno, pues a partir de ahora hazle caso, ¿de acuerdo? Acabo de encontrarte y no estoy dispuesto a perderte.

La oyó sorberse la nariz al otro lado de la línea.

—¿Grace?

—¿Sí?

Vale, tenía la voz tomada.

—¿Estás llorando?

—No. —La oyó sorber de nuevo—. Vale, sí.

—¿Qué pasa?

—Ay, Dios… Nada. Es solo que me dices las cosas más tiernas y no sé cómo reaccionar.

Eso transformó su preocupación en una sonrisa.

—Bueno, pues acostúmbrate.

Grace suspiró.

—¿Mejor? —le preguntó él.

—Sí.

—¿Estás en casa?

—Sí, pero si te parece bien, mañana por la noche me quedaré a dormir en la casa del cañón. Parece que va a caer una tormenta importante y quiero ver cómo se comporta la escorrentía. No queremos sorpresas cuando empieces la fase de construcción.

Dameon no podía dejar de sonreír.

—Eres de lo que no hay.

—Lo sé —bromeó ella—. Pero acuérdate de eso cuando te pida que te unas a nuestro equipo en la liga de bolos.

—¿Qué? ¿Bolos?

¿Acababa de decir «bolos»?

—Ya me has oído. Es una ciudad pequeña. Nos divertimos cuando y como podemos.

—¿Hablas en serio? No será una broma de las tuyas como con lo de la pedicura, ¿verdad?

—Llama a Colin o a Matt si crees que estoy de broma. Nuestra primera partida es el jueves por la noche.

—No estás de broma, no.

Grace siguió riéndose sin parar.

Capítulo 31

Grace se sentó junto a Carson y al otro lado de la mesa de donde estaban Richard, con el semblante muy serio; Vivian, con cara de querer pedir disculpas; y Simons, siempre pragmático.

Delante de ella estaban los papeles para su reincorporación al trabajo.

—Esperamos sinceramente que entiendan la posición en la que nos encontramos cuando se nos presentaron estas acusaciones —dijo Vivian, hablando en nombre del equipo.

Grace miró a Carson en busca de consejo y él levantó la mano como dándole a entender que se sintiera libre para decir lo que quisiera.

Colocó las manos cruzadas encima de la mesa y habló por primera vez desde que había estallado el asunto.

—Aunque entiendo que el ayuntamiento tiene que tomar precauciones para protegerse y que hay protocolos, no entiendo por qué ni una sola vez nadie en esta mesa me ha defendido a mí. —Miró directamente a su jefe—. He trabajado bajo tu dirección durante cinco años. ¿Alguna vez no he rendido en mi trabajo? ¿Alguna vez te he dado algún motivo para pensar que esas acusaciones tenían alguna base?

Richard se quedó mirándola con gesto inexpresivo.

—Tus evaluaciones de rendimiento siempre han sido satisfactorias.

—¿Eso es todo?

Estaba claro que Richard no pensaba ceder ni un milímetro.

—Te valoramos como empleada —dijo Vivian en un intento de aliviar la tensión.

Los silencios eran poderosos, y Grace hizo todo lo posible por canalizar ese poder. Carson aprovechó su silencio para hablar:

—Como todos los presentes saben, la señorita Hudson ha presentado una demanda civil contra el señor Sokolov. En los numerosos puntos que contiene esta demanda, el comportamiento agresivo del hombre es lo único que destaca como una seria preocupación de seguridad. Si la señorita Hudson decide continuar con su empleo en el ayuntamiento, hay que tener en cuenta esta demanda y su seguridad.

—Por supuesto. No hace falta decir que no se espera que Grace trabaje en nada relacionado con la propiedad del señor Sokolov. —Vivian fue la única que habló.

—Y teniendo en cuenta la relación sentimental entre la señorita Hudson y el señor Locke, Grace cree que lo mejor para ella sería ceder la gestión de ese proyecto a uno de sus compañeros de trabajo para evitar cualquier cuestionamiento sobre un posible conflicto de intereses.

Vivian y Richard intercambiaron miradas.

—Eso parece razonable.

—¿Qué dices, Grace? ¿Podremos superar esto? —le preguntó Simons.

Carson la miró y luego volvió a mirar a los demás.

—¿Nos dan unos minutos?

Richard parecía molesto, mientras que los otros dos trataron de sonreír.

—Por supuesto.

317

Una vez que Grace y Carson estuvieron solos, ella soltó al fin el aire que había estado conteniendo.

—Richard es un imbécil.

—No creo que eso vaya a cambiar.

Grace tenía sentimientos encontrados.

—Necesito algo de tiempo para pensármelo.

Carson asintió.

—Me parece razonable.

Unos minutos después, Carson pidió a los demás que volvieran. Cuando lo hicieron, les comunicó que Grace necesitaba el resto de la semana y el fin de semana para tomar una decisión.

—Gracias, Carson —le dijo ella cuando se dirigían al aparcamiento.

—Todavía no hemos terminado, a menos que hayas cambiado de opinión sobre la contrademanda.

—No, no. Odio a los matones, y eso es lo que es ese hombre.

—No podría estar más de acuerdo.

Grace se detuvo al llegar a su coche.

—Oye… hay algo me preocupa. Querría comentártelo.

—Dime. —Carson se volvió para mirarla.

—El otro día iba en coche a casa de mi hermano. Un sedán se detuvo detrás de mí. Al principio, pensé que tal vez era un coche de policía camuflado porque lo llevaba pegado justo detrás. Reduje la velocidad y él hizo lo mismo. Cuando doblé una esquina, él giró también.

—¿Te estaban siguiendo?

—Tuve esa sensación.

—¿Era Sokolov?

Ella negó con la cabeza.

—No lo sé. El conductor me resultaba familiar, pero no lo vi bien. Cuando entré en el vecindario de mi hermano, me aparté hacia el arcén de la carretera y el coche pasó de largo.

—¿Cuándo fue eso?

—Ayer.

—¿Y no ha pasado nada más desde entonces?

—No.

—No serías la primera persona que es objeto de acoso tras presentar una demanda. Hace falta ser especialmente estúpido para hacer algo así una vez que las cosas ya han llegado al juzgado, pero, por desgracia, hay mucha gente poco inteligente suelta por ahí. El problema es que no podemos hacer nada hasta que Sokolov tenga algún contacto contigo, ya sea directa o indirectamente. Si entra en contacto contigo, tienes que llamarme inmediatamente. Presentaré una orden de alejamiento de urgencia.

Grace pensó de forma automática en Erin.

—Como si eso fuera a funcionar…

—Ya lo sé, pero es lo único que tenemos. Tienes que mantener los ojos abiertos. Sé precavida. Ese tipo tenía tu teléfono móvil. Hay mucha información personal ahí.

Grace asintió.

—Puede que solo hayan sido imaginaciones mías.

Carson la miró fijamente.

—¿Es eso lo que te dice tu instinto?

—No.

—Vale. ¿Se lo has contado a Dameon?

Grace vaciló.

—No.

—Díselo. Y a tu familia. Cuanto antes cortemos esto, más posibilidades tendremos de atrapar a ese tipo si es él quien está detrás.

Empezaron a caer unas gotitas de lluvia.

—Gracias por tus consejos —le dijo ella.

—Seguimos en contacto.

***

319

Grace fue directamente a su apartamento después de la reunión con el ayuntamiento y se cambió de ropa. Puso en una bolsa sus botas y su parka para llevárselas a la casa de Dameon en el cañón. Su intención era preparar una maleta para pasar allí la noche, pero al final decidió no hacerlo. Por lo general, no era una mujer que tuviera miedo a la oscuridad ni a dormir sola, pero la casa del cañón estaba aislada y no pasaban muchos coches. Siguiendo los consejos de Carson, no creía que fuese una buena idea estar allí sola cuando se hiciese de noche.

Grace condujo a la casa prestando mucha atención a los coches que iban detrás de ella. No vio nada fuera de lo normal. Aparte del golpeteo de los limpiaparabrisas, el trayecto fue tranquilo.

Grace esperó a estar dentro de la casa antes de llamar a Dameon por el teléfono fijo.

Al tercer timbre, le salió el buzón de voz.

—Soy yo. Quería contarte cómo ha ido todo hoy. Y ponerte al día de algunas cosas. Estoy en la casa, así que llama al fijo. Ya sabes lo mala que es la cobertura del móvil aquí. Voy a volver a mi apartamento dentro de un par de horas, antes de que oscurezca. No quiero que te preocupes. Ah, y si no contesto enseguida, es porque estoy fuera. Ahora me estoy poniendo paranoica. —Se rio y luego tuvo que reprimir el impulso de decirle «Te quiero».

Cuando colgó el teléfono, se dio cuenta de lo fácil que le resultaba formular ese pensamiento. Se había enamorado de Dameon Locke. Él era la persona con la que quería hablar cada mañana y cada noche. No había ni una sola señal que le advirtiera que quererlo estuviera mal. Sonrió al pensar en eso.

Se acercó al termostato para subir la calefacción y decidió no hacerlo. No iba a estar allí el tiempo suficiente como para necesitarla, y eso era una decepción. La verdad es que tenía ganas de pasar la noche, aunque Dameon no pudiera estar allí con ella. Compartir su espacio y ver los pocos recuerdos que tenía con él la hacía sentirse más cerca. Como si fuese allí donde tenía que estar.

Sin embargo, las palabras de Carson resonaban en su cabeza: «No serías la primera persona que es objeto de acoso tras presentar una demanda». «Díselo a Dameon. Díselo a tu familia».

Grace miró su teléfono y se planteó a quién llamar. Era mediodía, así que sabía que Colin estaría trabajando. Estaba segura de que Matt estaría en casa, pero si le contaba lo del coche a su hermano, este se lo diría a Erin y no, lo último que necesitaba Grace era que la embarazada se preocupara. Así que llamó a Parker.

—¿Cómo ha ido? —preguntó Parker en cuanto cogió el teléfono.

—Quieren que me reincorpore al trabajo.

—Eso es genial.

Grace suspiró.

—Pero yo no sé si quiero.

—Normal.

—Escucha, estoy en casa de Dameon. Tengo como para una hora de trabajo aquí, dos como mucho, y luego me iré a casa.

—Pensaba que te ibas a quedar para pasar allí la tormenta.

—Esa era mi intención, pero no creo que sea prudente quedarme sola aquí ahora mismo. —Empleó los siguientes minutos en contarle a Parker lo del coche que la había seguido y trató de tranquilizarla de inmediato diciéndole que no había vuelto a suceder.

—Eso da miedo —dijo Parker.

—No quiero ponerme en plan paranoico, pero la verdad es que tampoco quiero hacer ninguna estupidez.

—A mí me parece muy sensato que te vayas de ahí mucho antes de que anochezca —le dijo Parker.

—Sí. Todavía estoy un poco sensible después de lo de Erin.

Si bien Grace tenía que reconocer, aunque solo fuese para sus adentros, que el ex de Erin y todas las inseguridades que le había creado se estaban desvaneciendo en su pasado. Y eso se lo debía a Dameon, por demostrarle que había hombres buenos ahí fuera.

—Todos lo estamos. Te tengo en la aplicación de localización de contactos del teléfono. Llama antes de salir de la casa.

—Lo haré. Y también llamaré cuando llegue a la mía —le aseguró Grace.

—Tendré el teléfono a mano.

Grace colgó y se puso la ropa para la lluvia.

Cuando salió de la casa, echó un buen vistazo alrededor. No había ningún coche extraño aparcado en la carretera ni circulando por allí. De hecho, no había ningún coche justo delante de la entrada.

Caminó a través del barro y la lluvia fuera de la propiedad vallada de Dameon y hacia la parte más extensa del terreno, la que él planeaba urbanizar. Llovía lo bastante para que el agua corriera por las laderas e inundara el barranco. Se mantuvo a distancia para que el agua no la arrastrara. A diferencia de otros puntos del valle donde la lluvia se canalizaba hacia zonas de peligro de inundaciones relámpago, aquella zona en particular no era tan peligrosa. Sin embargo, eso no significaba que no tuviera sus propios problemas. Grace sacó fotos desde todos los ángulos posibles y utilizó el dictado de conversión de voz en texto para escribirse unas notas para sí misma. Controlar los designios de la madre naturaleza tendría que ser una prioridad para el proyecto de Dameon. Pensó más de una vez que ojalá él estuviera allí para ver de primera mano el aspecto de los terrenos durante una tormenta.

Además de las fotos, grabó un vídeo durante largo rato.

Había pasado algo más de una hora cuando recorrió el camino de vuelta a la casa.

A aquellas alturas, la lluvia caía sobre los caminos ya anegados de agua y ella se había empapado de tal forma que parecía un pato mareado.

Se sacudió la ropa y la colgó en un gancho junto a la puerta principal. Dejó las botas llenas de barro en el suelo.

Un mensaje de Dameon la esperaba en el contestador automático: «Hola, cariño. Acabo de hablar con Carson. ¿Por qué no me dijiste que alguien te estaba siguiendo?».

—Ay…

«Lo entiendo, eres una mujer ferozmente independiente, alguien a quien no le tiembla el pulso, y esa es una de las muchas cosas que me gustan de ti, pero, por favor, no me ocultes estas cosas, ¿vale? Ahora mismo estoy saliendo de la oficina. Según el boletín del tráfico, llegaré ahí dentro de una hora y media. Llámame si sales del cañón e iré directamente a tu apartamento. ¿De acuerdo?».

Grace volvió a comprobar la hora del mensaje y miró su reloj. Le faltaban menos de treinta minutos.

Levantó el auricular y marcó su móvil.

—Hola, mi Superheroína —le contestó él.

—Lo sé. Lo siento. Debería habértelo dicho.

Se dio cuenta de que la tenía en modo altavoz en el coche. El sonido amortiguado de la lluvia y el ruido de los limpiaparabrisas hacían que tuviese que aguzar el oído para poder oír todo lo que decía Dameon.

—Sí. Deberías haberlo hecho. Cuando Carson me lo contó… me entró miedo, Grace.

Ella se apoyó en la encimera de la cocina.

—No estoy acostumbrada a esto de compartir mi vida —dijo ella en su defensa.

—He conocido a tu familia, y vosotros lo compartís todo.

Grace se rio.

—Si les contara esto, me encerrarían en una habitación.

—Tal vez eso sea lo más sensato.

No podía discutírselo.

—¿A qué distancia estás?

—Hay mucho tráfico, pero se está moviendo. Tengo como para media hora.

Grace se acercó al termostato y lo subió.

—Tardaría al menos veinte minutos en llegar a mi casa, así que me quedaré aquí.

—De acuerdo. Echa el pestillo de las puertas.

—Ya lo he hecho.

Se rio.

—Vale. Yo, ah… sí, te veré pronto.

—Conduce con cuidado.

Capítulo 32

Grace se restregó los pantalones empapados con una toalla seca y trató de secarse el pelo. Abrió las persianas del ventanal delantero y miró fuera. La lluvia caía con fuerza y el cielo estaba cubierto de nubarrones negros, pero aún faltaban un par de horas para que se pusiera el sol, así que, aunque sabía que Dameon estaba de camino, era un alivio saber que llegaría antes de que oscureciera.

Se entretuvo rebuscando en el congelador de Dameon. Sacó dos pechugas de pollo envueltas individualmente y las puso en la encimera para que se descongelaran. Luego, para espantar el silencio, encendió el televisor y encontró una emisora de música. En un momento dado, quiso meter los pantalones mojados en la secadora, pero se dio cuenta de que no había ninguna en la casa. En lugar de eso, apiló pequeños trozos de madera en la chimenea y encendió el gas para ponerla en marcha.

Las llamas tardaron cinco minutos largos en tirar lo suficiente como para producir verdadero calor. Una vez que la habitación estuvo lo bastante caliente, puso un par de troncos más grandes y bajó el gas.

En el tiempo que hacía que conocía a Dameon, Grace no había pasado más que unas pocas horas sola en su casa. Y aunque había trabajado lo suyo para acondicionarla, él estaba decidido a derribarla en un futuro. Grace tenía que admitir estaba empezando a

encariñarse con aquel sitio, desde la alfombra horrorosa a las cortinas de las ventanas que se habían dejado los antiguos propietarios.
Tal vez a Dameon no le importara que dedicara un poco de tiempo
a hacer la casa más acogedora, y lo cierto es que el frío de las ventanas de un solo cristal no era lo peor del mundo. Incluso colocando
unas cortinas más gruesas la cosa mejoraría muchísimo.

Sin nada más que hacer que mirar el fuego y escuchar música,
Grace se fue al comedor y desplegó los planos en los que había
estado trabajando. Independientemente de a quién asignara Richard
el proyecto de Dameon, esa persona estaría encantada de aprovechar los planos de Grace, ya que eso reduciría sus horas de trabajo a
la mitad, si no más.

Abrió su teléfono, escuchó las notas y las transcribió al papel.

Cada vez que se concentraba en el trabajo, perdía la noción del
tiempo. En su cabeza se preguntaba si podría seguir trabajando a las
órdenes de Richard. Ojalá se jubilara, así ella podría volver a su trabajo sin tener que sufrir sus desaires. Empezó a pensar en la oficina
y en todas las cosas que se habían dicho sobre ella.

Cuando Dameon llegara a casa, lo hablaría con él y eso era una
novedad muy positiva. Sí, podía hablar las cosas con su familia, pero
es que ahora mismo todos tenían otras preocupaciones.

Tres golpes seguidos y repentinos en la puerta la hicieron sobre-
saltarse y soltó el lápiz.

Miró su reloj. Había pasado casi media hora.

—¿Te has dejado las llaves? —exclamó mientras se dirigía a la
puerta. Vaciló con la mano sobre el pomo.

Descorrió la cortina que había echado para conservar el calor.

Junto a su coche, en la entrada, había un todoterreno de alta
gama.

Su sonrisa se esfumó y miró por la mirilla de la puerta.

¿Max? Se le aceleró el ritmo cardíaco.

¿Qué hacía Maxwell Banks llamando a la puerta de Dameon?

Estaba lo bastante apartado de la puerta como para que Grace se sintiera cómoda entreabriéndola apenas un palmo.

Le habló a través de una rendija de diez centímetros.

—¿Qué haces aquí?

—Oh, hola… Mmm, ¿está Dameon? He intentado llamarlo, pero aquí la cobertura del móvil es muy mala.

—Llegará de un momento a otro.

Max se quedó donde estaba y se metió las manos en los bolsillos de la chaqueta.

—Necesito hablar con él urgentemente. ¿Hay alguna posibilidad de que pueda esperar dentro?

Grace negó con la cabeza.

—No. Que yo sepa, la última vez que os visteis, tú y Dameon tuvisteis una pelea.

Max lanzó un suspiro.

—Lo sé. Lo entiendo. Iré a Los Ángeles. ¿Puedes decirle que he estado aquí? No me debe nada, pero me gustaría hablar con él.

—Lo haré.

—Gracias. De verdad.

Y tras decir eso, Max se subió el cuello de la chaqueta y volvió a salir corriendo bajo la lluvia.

Grace cerró la puerta, echó el pestillo y observó a Max a través de la ventana mientras subía a su coche.

«¿Qué cojones querrá?».

Mientras el hombre se alejaba con el coche, Grace suspiró aliviada.

***

Dameon iba a mitad de camino por la carretera del cañón hacia la casa cuando el asfalto se convirtió en un amasijo de barro y rocas, y fue entonces cuando comprendió lo que Grace le había dicho desde el principio sobre la zona y las condiciones de la carretera después de una tormenta importante. No bromeaba cuando dijo que podía volverse intransitable.

Conducir por allí bajo la lluvia le hizo ver la necesidad de contar con un inversor. El proyecto iba a requerir el doble de obras e infraestructuras para que saliera bien. No todo aquel que se comprara una casa en su urbanización iba a querer conducir una camioneta... o un enorme todoterreno como el que se dirigía hacia él.

Conduciendo lo bastante despacio como para evitar las rocas más grandes que, por culpa de la lluvia, se estaban desprendiendo sobre la carretera, Dameon se cruzó con el todoterreno. No llevaba recorridos más de dos metros cuando reconoció el coche y a su conductor, y frenó de golpe.

En el espejo retrovisor, vio a Max hacer lo mismo.

«¿Qué demonios estás haciendo aquí?».

Las luces rojas traseras se encendieron y Max acercó lentamente su coche a la camioneta de Dameon.

Ambos bajaron las ventanillas.

—¿Qué haces aquí? —le preguntó Dameon en medio del ruido de la lluvia y de los motores de ambos vehículos.

Por un momento pareció que Max no iba a hablar. Luego lo hizo.

—Lena me ha dejado.

«Ah, mierda». Por mucho que quisiera fingir que las palabras de Max no significaban nada para él, habían compartido demasiadas cosas para ignorarlas. Pero no iba a decirle que lo sentía. Lena no era la mujer adecuada para Max. En absoluto.

—Tiene que ser duro para ti.

Max miró por el parabrisas y luego se asomó a la ventanilla y gritó:

—Lo siento, Dameon. No he sido un buen amigo. Me he portado fatal contigo, joder.

Mierda. ¿Qué se suponía que debía hacer con eso?

—Mi padre está enfermo. Muy enfermo. Y eso me ha hecho pensar.

Dameon podía ser indiferente a los problemas con su novia, pero ¿su padre? De ninguna manera. Recordó cómo Max había estado a su lado cuando su propio padre había muerto.

Max desvió su mirada hacia el parabrisas.

—Siento que mi mundo se está desmoronando. Lena me dejó justo después de Navidad y creí que había vuelto contigo.

—Yo no soy así, Max.

Su antiguo socio cerró los ojos y negó con la cabeza.

—Lo sé. Fui a la cena benéfica pensando que tal vez estaría allí. Y cuando te vi a ti, a tu novia y al equipo... fue como si volviera a ser el chaval engreído del instituto. —Max miró a Dameon a la cara—. Solo quiero hablar. Sé que no tienes por qué escucharme, pero quiero arreglar esto.

Dameon observó la lluvia que resbalaba por el cristal y escuchó el tictac de los limpiaparabrisas.

***

Grace volvió a sus dibujos y cogió el lápiz. Se quedó mirando los planos durante dos minutos seguidos y supo que no estaba concentrada.

Se acercó a la chimenea y avivó el fuego. Parecía como si entrara mucho frío de las habitaciones de la parte de atrás. Después de examinar las rejillas de ventilación de la sala principal y comprobar que salía calor de ellas, recorrió el pasillo para asegurarse de que todas las ventanas estaban cerradas. Efectivamente, en una habitación vacía del fondo de la casa había una ventana abierta y el viento agitaba las viejas cortinas del anterior propietario.

Grace entró en la habitación e intentó cerrar la ventana.

Tiró dos veces y a la tercera se impulsó con más fuerza. La ventana se cerró con un fuerte clic.

Grace se sacudió de encima la lluvia que le había caído encima mientras se volvía.

Pisó la moqueta húmeda con los pies descalzos, pero no fue hasta que miró hacia abajo cuando se dio cuenta de que aquello no era agua de lluvia, sino barro.

Huellas de barro.

***

—Siento lo de tu padre. Maldita sea, Max.

Max seguía negando con la cabeza.

—La he cagado, Dameon. En lugar de pensar con la cabeza, dejé que mi polla se interpusiera en una sólida amistad de varios años.

Dameon señaló el parabrisas.

—La casa donde me alojo está al final de ese camino.

—Sí, lo sé. Acabo de estar allí. Tu novia no me ha dejado entrar.

Eso hizo sonreír a Dameon.

—Es una mujer muy lista.

Max sonrió un instante.

—Sígueme.

Se miraron a los ojos. Con un movimiento con la cabeza, Max subió la ventanilla y accionó la palanca de cambios. Tuvo que maniobrar varias veces, pero se colocó justo detrás de Dameon y ambos se dirigieron hacia la casa.

***

«Mierda».

«Mierda, mierda, mierda…».

A Grace le temblaban las manos, el corazón le latía desbocado y respiraba con dificultad.

Alguien había entrado en la casa.

Primero pensó que era Max, pero lo había visto irse con el coche.

Dio una vuelta completa sobre sí misma. No había absolutamente nada en la habitación que pudiese utilizar como arma defensiva. Agarró la cortina con la mano y miró hacia arriba.

Sin pensarlo dos veces, arrancó la barra barata de la pared y tiró rápidamente las cortinas al suelo.

Desplazó la mirada hacia las puertas cerradas del armario.

En la alfombra, las huellas se detenían frente a ellas.

La puerta de la habitación estaba en la dirección opuesta, así que corrió hacia ella. Llegó al pasillo antes de que un hombre se plantara delante de ella y la empujara contra la pared.

Lanzó un chillido y descargó la barra de la cortina de metal barato con todas sus fuerzas.

La vara impactó contra algo y el hombre habló:

—Maldita hija de puta.

Grace levantó la vista y siguió blandiendo la barra.

Era Sokolov. Intentaba ocultar su rostro con una media de nailon colocada sobre la cabeza, pero Grace sabía que era él.

La tercera vez que descargó la barra, él la sujetó y se la quitó de las manos.

Grace se dio la vuelta para volver sobre sus pasos cuando un segundo hombre, este más robusto, la agarró por los hombros.

—¿Adónde te crees que vas?

El hombre que la sujetaba también se tapaba la cara con una media de nailon, aplastándola de tal forma que sus rasgos eran irreconocibles.

La obligó a volverse para que mirara a Sokolov.

—¡No te vas a salir con la tuya! —le gritó.

Sokolov señaló hacia la habitación con las manos.

—¿Ah, no? ¿Y quién me lo va a impedir?

Grace intentó zafarse de su captor sin conseguirlo.

—Sé que eres tú, Sokolov.

El hombre dio un paso hacia ella. Casi podía darle una patada. Grace trató desesperadamente de pensar en algo.

—¿Ah sí? —El hombre se quitó la media de la cara—. Vaya. Pero solo por verte la cara ahora mismo, merece la pena.

—Dameon va a llegar en cualquier momento.

Sokolov se echó a reír.

El hombre que la sujetaba también se rio.

—¿Has oído eso? Viene el séptimo de caballería.

«Otro paso más».

—He estado pensando. Si me van a acusar de agresión, más vale que cometa el delito, ¿no?

Sokolov se pasó la lengua por los labios, desplazando lentamente la mirada de su cara a sus pechos.

«Mierda».

«Otro paso más».

—Además, me debes quince mil dólares. No creerías que te los iba perdonar, ¿verdad? —Se detuvo demasiado lejos para poder darle una patada y volvió a mirarla a la cara—. Así que te diré lo que vamos a hacer. Voy a hacerte una pequeña demostración de lo que voy a hacerles a tus amigas. Sé dónde viven todas y cuándo están solas, así que si eres lo bastante estúpida como para llamar a la policía, tengo amigos como este compañero mío de aquí, que se asegurarán de encargarse de ellas una por una.

Pensó en Erin y Parker. Sus palabras estaban haciendo mella en ella.

—Tengo una coartada muy sólida sobre dónde estoy ahora mismo, y no es aquí, que lo sepas.

Grace volvió a forcejear para tratar de zafarse de su captor. Nada.

La música sonaba en el salón con una canción alegre, burlándose de lo que estaba ocurriendo en esos momentos.

—Te devolveré el dinero —le dijo Grace.

Advirtió que sus labios formaban un amago de sonrisa.

Tenía los brazos doloridos por la presión del hombre que la sujetaba.

—No me hagas daño.

A Sokolov le gustó eso. Sus hombros se relajaron y miró al hombre que estaba detrás de ella.

—¿Has oído eso? Ahora ya empieza a estar más modosita.

Dio otro paso más, luego dos.

Grace se movió tan rápido como pudo.

Desplazó las caderas hacia un lado y, con el puño, apuntó directamente a los testículos del hombre que tenía detrás.

Este la soltó mientras Sokolov se abalanzaba sobre ella.

Grace levantó la rodilla y Sokolov se dobló sobre su estómago.

Consiguió avanzar un metro cuando uno de los dos la agarró por las piernas y Grace cayó al suelo dando un grito.

***

Dameon aparcó junto al coche de Grace y Max lo hizo detrás de él.

Esperó a que Max se reuniera con él antes de acercarse a la casa. Max le tendió la mano.

—Gracias, Dameon.

Sonrió.

—No me des las gracias todavía —le dijo.

Se dirigieron hacia la casa y Max le dio una palmada en la espalda. Cuando llegaron al porche, Dameon pisoteó con fuerza el felpudo de bienvenida que Grace le había comprado para Navidad.

Estaba sacando las llaves del bolsillo cuando oyó a Grace gritar.

—¿Grace? —exclamó.

—¡Dameon! ¡Socorro! —siguió gritando ella.

Sujetó el pomo de la puerta, prescindió de las llaves y destrozó de un puntapié la endeble cerradura.

Grace estaba tirada en el suelo, de espaldas, dando patadas al hombre que trataba de apartarse.

Dameon lo vio todo de color rojo y se abalanzó sobre el hombre con un placaje propio de un futbolista profesional. El hombre que estaba encima de Grace cayó debajo de él.

Grace volvió a gritar:

—¡Cuidado!

Dameon ni siquiera levantó la vista, sino que dio un puñetazo al hombre que acababa de empujar al suelo.

Sus nudillos impactaron contra la carne.

El hombre del suelo le devolvió el golpe y le partió el labio a Dameon, que volvió a golpearlo. Esta vez el hombre se desplomó en el suelo.

Dameon volvió la cabeza y vio que había otro hombre en la casa. Este era más voluminoso y acababa de darle un puñetazo a Max en la cara.

Grace trataba de apartarse de en medio.

Dameon se puso en pie y cargó contra el hombre que golpeaba a Max. Recibió un puñetazo en las costillas antes de asestar uno él también.

—¡Socorro! —gritó Grace a su lado.

Cuando la miró, Grace tenía el teléfono inalámbrico en una mano y un atizador de chimenea en la otra. El grito de auxilio iba dirigido al teléfono.

El otro hombre aprovechó la distracción para asestar a Dameon un golpe en el riñón. Este cayó de rodillas y Grace gritó mientras cargaba hacia delante con el atizador de la chimenea a modo de espada.

Dameon oyó un aullido y vio cómo el acero impactaba contra el hombre, desgarrándole la tela de nailon.

Dameon se levantó y se abalanzó sobre él justo cuando Max hacía lo mismo.

El desconocido estaba en el suelo, con la bota de Max presionándole la parte posterior de la cabeza.

El otro hombre emitió un gemido mientras intentaba ponerse en pie.

Grace avanzó con paso tambaleante hacia él con el atizador y lo golpeó.

—¡Cabrón hijo de puta!

Levantó el atizador para golpearle de nuevo.

Dameon lo agarró después del tercer golpe.

—Ya está inconsciente.

Y lo estaba. De bruces en el suelo.

Grace lo miró con expresión enloquecida.

—Tranquila, ya ha pasado todo.

Dameon se acercó a ella.

Ella se derrumbó en sus brazos, desfallecida.

—No los vi entrar…

—No pasa nada, cariño. Estoy aquí.

Y entonces Grace se echó a llorar.

Capítulo 33

Para cuando llegó la policía, Dameon y Max, a sugerencia de Grace, habían encontrado unas bridas en el garaje y ya habían atado a los dos hombres.

En veinte minutos la casa ya se había llenado de policías, auxiliares médicos y una dotación completa de bomberos.

Grace estaba en el interior de una de las ambulancias mientras los auxiliares le limpiaban un corte en el brazo y la examinaban para decidir si necesitaba acudir al hospital.

Dameon y Max hablaban con el agente que había llegado primero y que estaba tomando notas de todo lo ocurrido.

Sokolov y su matón iban de camino del hospital local, esposados.

La lluvia había amainado y los rayos del sol empezaban a asomar tímidamente.

—Hola. —Miah, uno de los policías al que Grace ya conocía, se acercó al interior de la ambulancia—. ¿Cómo te encuentras?

La joven levantó el brazo vendado.

—No del todo mal, teniendo en cuenta las circunstancias.

El auxiliar médico frunció el ceño.

—No quiere ir a Urgencias. Ese tobillo tiene mala pinta.

Grace movió los dedos del pie, fingiendo que no le dolía.

—Está perfecto.

Miah se rio.

—Las bridas han sido un buen toque.

La joven se sorprendió sonriendo.

—He aprendido algunas cosas por ser la hija de un policía.

—Tu padre viene de camino.

—Junto con todos los demás, estoy segura.

Miah miró al auxiliar.

—No hace falta que la presione para que vaya al hospital: su familia lo hará por usted.

Grace frunció el ceño.

—¿Tú no tienes trabajo que hacer por ahí? —bromeó, sorprendida de tener el ánimo de meterse con él.

Miah levantó las manos y se fue.

Grace se volvió hacia el auxiliar.

—Estoy perfectamente. Si veo que empeora, iré al hospital sin necesidad de todas esas luces y sirenas.

—Conozco a Matt. Se va a cabrear mucho conmigo si resulta que me has mentido.

—Joder, ya lo creo que me cabrearé.

Grace levantó la vista cuando Matt entró en la parte trasera de la ambulancia. Primero la abrazó y luego se apartó para mirarla.

—Dios, Gracie... No puedes dejar de ser el centro de atención ni un minuto, ¿verdad?

—¿Qué quieres que te diga?

Matt la abrazó con fuerza otra vez.

—¿Ya ha llegado papá? —le preguntó al oído.

—No, venían cinco minutos después de mí.

—Vale, pues ayúdame a salir de aquí. No quiero que se asusten.

Matt la miró fijamente.

Ella le empujó.

—Mueve el culo.

—Tienes que ir a Urgencias.

—¿Justo a donde acaban de llevarse a los tipos que me han hecho esto? No quiero tener que pagar la fianza de ninguno de los hombres de mi vida por tomarse la justicia por su mano.

Matt parpadeó... dos veces.

—En eso llevas razón.

—Gracias, y ahora, ayúdame a bajar.

Matt dio tres pasos mientras ella intentaba caminar antes de rendirse y la cogió en brazos.

—Pero ¿qué narices...?

—Cállate, Gracie.

Dameon los vio avanzar y se acercó a ellos.

—Tienes que ir al hospital.

—No, no me hace ninguna falta. Solo necesito hielo, poner la pierna en alto y compresión... y un par de tragos de whisky.

—Es testaruda. —Matt señaló con la cabeza hacia la casa—. ¿Podemos entrar?

—Está llena de gente.

—Déjame en el garaje —le dijo Grace—. Antes de que llegue papá.

Accediendo a sus deseos, Dameon fue a buscar un par de sillas de comedor que habían sobrevivido a la pelea y las puso dentro del garaje para que Grace pudiera tener el tobillo elevado.

Poco a poco fue llegando su familia.

Parker y Colin la abrazaron y le dijeron que tenía una pinta horrorosa.

Erin la cogió de la mano y se abrazó a Matt.

Pero fue la aparición de su padre lo que hizo que todo se hiciera real de repente.

—¿Dónde está mi niña? —lo oyó decir antes de verlo.

Todos a su alrededor le abrieron paso y Dameon se colocó junto a ella, cogiéndole la mano.

Su padre avanzó como hacen los padres, directamente hacia ella. Luego se arrodilló y le crujieron las rodillas. Los ojos de su padre parecían a punto de humedecerse, y ver ese amago de llanto rompió la coraza de Grace.

Su padre no lloraba.

Simplemente, no le salía.

La estrechaba con tanta fuerza que le costaba respirar.

—Estoy bien, papá.

—Lo mataré.

—No, no lo harás.

La abrazó más fuerte.

—Ay, cariño…

Le dio a su padre todo el tiempo que necesitara. Levantó la vista y miró a Dameon.

—Dameon los redujo a los dos, papá. Te juro que estoy bien. Solo unos cuantos moratones.

Su padre se apartó y miró hacia arriba.

Sabía que había advertido lo mismo que los demás: Dameon tenía un moretón bastante grande en el labio, los nudillos cubiertos de sangre reseca y, por la ropa, parecía como si hubiera participado en una reyerta de bar. Lo cual era verdad… solo que sin el alcohol.

Max estaba de pie al otro lado del garaje, con el mismo aspecto.

Emmitt señaló a Dameon.

—Tú y yo hablaremos más tarde.

Grace reprimió una sonrisa al oír el tono feroz de la voz de su padre.

—Cuando quiera, señor.

Aquella forma de que se dirigiera a él pareció gustarle y se puso de pie.

—¿Quién es el agente a cargo de esto? —preguntó mientras se dirigía a los policías uniformados de la parte delantera de la casa.

Grace se volvió para abrazar a su madre, que la trató con mucha más delicadeza.

—¿Estás bien?

—El tobillo me está matando —admitió—. Le diré a Dameon que me lleve a Urgencias. Papá no puede estar en el mismo sitio que los tipos que han hecho esto.

Nora asintió varias veces.

—No, no... eso no puede ser.

—Gracias.

Su madre extendió una mano y le tocó la cara.

—¿Le diste en las pelotas?

A su alrededor, más de uno se rio al oír eso.

—Ninguno de los dos va a querer orinar durante una buena temporada —respondió alegremente Grace.

Nora le guiñó un ojo.

—Esa es mi chica.

Su madre se puso de pie y extendió la mano para tocar el brazo a Dameon.

—Gracias.

***

Grace se había torcido el tobillo, pero no lo tenía roto.

Dameon la dejó en la sala de estar de sus padres, rodeada de los mimos de las mujeres. Entre los analgésicos que le había dado el médico y el vino con el que no debía mezclarlos, estaba bastante relajada.

No podía decirse lo mismo de los hombres de la casa.

Dameon, Colin, Matt y Emmitt estaban en el garaje de los Hudson, donde alguien había desenterrado un saco de boxeo y lo había colgado de una viga.

Colin, Matt y Emmitt se turnaban para golpear el saco. Dameon comprobó en qué estado estaban sus puños y optó por no participar en la exhibición de testosterona.

Matt golpeó el saco con fuerza.

—Empiezo a entender por qué los hombres encerraban a sus mujeres en torres de marfil.

—Eso sería imposible con Parker —señaló Colin.

—Grace quemaría la habitación y se escaparía —añadió Dameon.

—Nuestro trabajo es enseñarles a defenderse. No lo olvidéis. —Emmitt señaló a Matt.

Matt dejó de golpear el saco y miró a su padre.

—¿Por qué te metes conmigo?

—¿De verdad, hijo?

—¿Qué?

—¿Hace falta que te lo deletree?

Emmitt se dio una palmadita en el michelín de la barriga. Matt se puso serio de repente.

—Ah…

Dameon tomó un sorbo de la botella que tenía en la mano.

—Hizo un buen trabajo con Grace, señor Hudson. Antes de que apareciésemos Max y yo, les estaba dando una buena tunda.

Colin le sonrió.

—No tuvo más remedio que seguirnos el ritmo mientras crecíamos.

Dameon no les contó la parte en la que se la había encontrado tirada en el suelo pataleando como un perro rabioso. Iba a tardar mucho tiempo en olvidar esa imagen. Lo último que quería era que pudiese atormentar a alguien más.

Colin debió de percibir el cambio de humor de Dameon. Se acercó y se sentó a su lado.

—Me alegro de que estuvieras allí.

—Yo también.

Matt empujó el saco de boxeo hacia él.

—¿Quieres darle un golpe a esto?

Dameon se miró las manos.

—Ya tuve la satisfacción de dar unos puñetazos de verdad.

—Qué suerte la tuya —comentó Emmitt. Cogió los guantes de su hijo y se puso a golpear el saco.

Colin levantó la botella vacía.

—¿Alguien quiere otra?

Dameon alzó la vista y negó con la cabeza.

—¿Papá?

Emmitt se levantó de donde estaba.

—¿Por qué no entráis en la casa? Quiero hablar a solas con Dameon.

Matt y Colin se intercambiaron una mirada.

Una vez que se fueron, Dameon tragó saliva con fuerza. Emmitt permaneció en silencio durante lo que le pareció una eternidad.

Dameon habló primero.

—Quería matarlo. —Levantó las manos por delante, como si estuviera agarrando a aquel malnacido del cuello—. Nunca lo había entendido cuando, en las noticias, hablaban de la rabia ciega que lleva a una persona a cometer un acto extremo. Pero ahora lo entiendo.

Emmitt suspiró.

—Cuando nacieron los chicos, me di cuenta de lo que significaba querer a alguien incondicionalmente. Sabía que podía enseñarles a defenderse pasara lo que pasase. Pero cuando llegó Gracie… No sabía qué hacer. Tenía ahí delante a una niña pequeñita con todas las partes frágiles que tienen las niñas… —Levantó las manos como si sujetara a un recién nacido—. Tenía miedo. Ya había visto muchas cosas en este mundo feo y cruel y sabía lo que ocurre cuando te mastica y te escupe. Así que hice lo que haría cualquier policía: la crie como a mis hijos varones.

Dameon sonrió ante la imagen que vio a través de los ojos de Emmitt.

—Sí, Nora se encargó de las cosas de chicas, el maquillaje y esos estúpidos zapatos que insiste en usar. Pero Gracie era dura. Siempre se defendía. Y entonces, el año pasado, después del desgraciado incidente con el ex de Erin, vi cómo Gracie perdía esa ansia de luchar.

Emmitt miró a Dameon a los ojos.

—Y luego llegaste tú. Y siento que he recuperado a mi chica.

—Me encantaría atribuirme el mérito, pero es todo de ella.

Emmitt negó con la cabeza.

—No. No del todo. Le has devuelto la confianza en sí misma. Y quiero que sepas que te lo agradezco.

Dameon sintió que el pecho se le hinchaba de orgullo.

—Gracias, señor.

Emmitt asintió.

—Tu padre habría estado orgulloso.

«Oh, mierda».

Los ojos de Dameon se anegaron de lágrimas. Se tragó el nudo en la garganta.

Emmitt se levantó y buscó la mano de Dameon. En lugar de darle un apretón de manos, el hombre lo atrajo hacia sí para darle un abrazo.

—Gracias por proteger a mi pequeña.

«No llores».

«No llores».

«Ay, joder...».

Ambos se separaron y se secaron los ojos mientras intentaban mirar en otra dirección.

—Te dejo aquí, ah... un minuto... —dijo Emmitt mientras se iba.

Dameon lo detuvo.

—¿Señor?

.   Emmitt se volvió hacia él.

—Tengo una pregunta para usted antes de que se vaya.

***

El padre de Grace entró el primero desde el garaje, con los ojos un poco llorosos y la nariz un poco roja.

Sus hermanos estaban sentados junto a la chimenea bebiendo cerveza. Parker estaba sentada a un lado de ella, Erin al otro. Grace tenía el tobillo dolorido apoyado sobre unos cojines en la mesita de centro.

Su madre se levantó de la silla y se dirigió a su marido.

—¿Papá? —lo llamó Grace desde el sofá.

—¿Sí, cariño?

—Estoy bien. —Agitó una mano en el aire—. No me hagas caso. Es que hay mucho polen en el aire.

Su padre y su madre subieron juntos las escaleras.

—¿Puede alguien ir a ver a Dameon? —preguntó Grace.

Matt estaba ya levantándose cuando se abrió la puerta del garaje.

Parker se dirigió a la silla que Nora acababa de dejar libre, dejando espacio al lado de Grace para que Dameon se sentara allí.

Parecía tan aturdido como su padre.

—¿Estás bien?

Le rodeó los hombros con el brazo.

—Lo estaré dentro de tres o cuatro años.

Se inclinó y la besó con delicadeza.

Matt se golpeó las manos en las rodillas.

—Muy bien, y ahora, hablemos de algo agradable. Erin y yo vamos a fugarnos.

Grace dejó de mirar a Dameon para dirigir la mirada a su hermano.

—De eso ni hablar —dijo Parker.

—¿Es por el bebé? —preguntó Grace.

Matt le dio un codazo a su hermano.

—¿Se lo has dicho?

Erin se rio.

—Oh, por favor… Como si no pudiéramos deducirlo nosotras solas —dijo Parker.

—No puedes fugarte. Mamá y papá os matarán.

—Vale, no nos vamos a fugar exactamente, pero hemos pensado en un fin de semana largo en Maui. Subirnos todos a un avión algún día del mes que viene. —Erin se dio unas palmaditas en la tripa—. Antes de que se me note.

—A nadie le va a importar que te cases estando embarazada.

Matt se aclaró la garganta.

—De ninguna manera. Recuerda lo que siempre dice papá: el primer hijo llega en cualquier momento… el segundo tarda nueve meses.

Grace se rio hasta que empezó a dolerle la barriga.

Una hora más tarde, Dameon la llevó al cuarto de invitados de sus padres, su antiguo dormitorio, y cerró la puerta tras ellos.

Grace se recostó contra el cabecero de la cama.

—Creo que podría dormir una semana entera.

—No habrás bebido mucho vino, ¿verdad? El médico dijo que…

—Una copa, y estoy segura de que mi madre lo ha aguado, como cuando tenía doce años.

Dameon sonrió.

—Me cae bien tu madre.

—¿Todo bien entre mi padre y tú?

Se quitó los zapatos.

—Creo que me está cogiendo cariño.

—¿Seguro? Los dos estabais bastante alterados cuando habéis vuelto.

—Qué va. Creo que alguien se ha dejado unas latas de disolvente abiertas en el garaje.

Grace negó con la cabeza.

—Ya, y el polen está por todas partes cuando llueve.

Dameon se recostó contra el cabecero, a su lado.

—Tu padre y yo no tenemos ningún problema. Solo quería hablar conmigo un poco más. Es un buen hombre.

Ella apoyó la cabeza en su hombro.

—Me alegro de que aparecieras en el momento justo.

Le besó la parte superior de la cabeza.

—Oh, cariño… Yo también me alegro. Cuando pienso en lo que podría haber pasado…

—Ya, pero no pasó nada. Y Max… ¿a qué narices ha venido eso?

—No pudimos hablar mucho. Me dijo que su padre está enfermo y que su prometida lo ha dejado.

—Ay.

—Sí. Se sentía culpable.

Grace suspiró y sintió que le pesaban los párpados.

—A veces las cosas malas te recuerdan las buenas.

—Ya puedes decirlo, ya.

Tal vez eran los fármacos, o el vino aguado…

—A veces las cosas malas te recuerdan las buenas… —repitió,

El pecho de Dameon retumbó de risa bajo su oreja.

—Dios, cómo te quiero…

Tardó un segundo, pero Grace abrió los ojos al procesar lo que acababa de oír. Levantó la cabeza.

—¿Qué has dicho?

—Que. Te. Quiero. —Apoyó la palma de la mano en su meji-lla—. De la cabeza a los pies.

—Dameon…

—A veces lo sabes, sin más. Y ahí es donde estoy ahora mismo. Si tú no estás ahí todavía, no pasa nada …

Grace negó con la cabeza.

—No, no… Estoy ahí. Lo cual es sorprendente, porque no hace mucho que nos conoc…

Su beso no la dejó terminar la frase.

Grace se apartó unos centímetros.

—Yo también te quiero.

—Ven aquí.

Y la besó de nuevo.

Epílogo

Las suaves aguas de la laguna costera se mecían en el telón de fondo de la boda perfecta.

La hermana de Erin había permanecido al lado de esta mientras Colin ocupaba su lugar junto a Matt.

Solo había trece personas en total, dos de las cuales eran la sobrina y el sobrino de Erin. Todos iban descalzos y vestidos de blanco.

Y era una boda preciosa.

A Grace se le escapó una lágrima cuando su hermano juró amar, honrar y respetar a la novia, y se puso a llorar a moco tendido cuando vio a Erin estallar en llanto de pura emoción.

El banquete informal estuvo amenizado por unos lugareños que tocaban instrumentos sencillos y cantaban canciones hawaianas.

—A vuestra tía Beth le va a dar un ataque cuando se entere de que nos hemos largado a Hawái sin invitarla —les recordó Nora mientras se sentaban alrededor de una enorme mesa que rebosaba de comida, flores y champán.

Grace se volvió hacia Dameon.

El sol les había tostado la piel en los pocos días que llevaban en la isla. La camisa hawaiana de seda blanca y los pantalones informales hacían que estuviese aún más guapo que cuando iba vestido con el traje de ejecutivo.

—Aún no la he conocido, ¿verdad?

Grace negó con la cabeza.

—No, pero en cierto modo, ella es la responsable de la noche en que nos conocimos.

Dameon parecía confundido.

—En la boda de Colin y Parker, no paraba de darme la lata con lo de que estaba soltera, así que tuve que salir a que me diera el aire en ese paseo por el jardín del hotel.

Dameon empezó a asentir despacio y a sonreír.

—Siempre me ha caído bien tu tía Beth —se burló.

—Eso lo dices ahora —comentó Parker—. Espera a que empiece a dar la tabarra con el útero vacío de Grace...

Todos se echaron a reír.

—Yo me he librado de eso... —dijo Erin.

Matt se inclinó y besó a su flamante esposa.

—Según mis cálculos, el niño llegará en Navidad, ¿no? —preguntó Emmitt.

—Claro, papá. O en Halloween, semana arriba, semana abajo.

Matt sujetaba la mano de Erin como si le diera miedo soltársela.

Colin se puso de pie y cogió su copa.

—Bien, es el momento del discurso del padrino. Que llevo practicando al menos tres horas.

Dameon atrajo a Grace hacia sí.

—Siempre supe que Matt se iba a casar con un bombón.

Erin se sonrojó.

—Es que vamos a ver: salía con todas las chicas guapas del colegio. Las mujeres lo perseguían por el supermercado cuando iba con su uniforme de héroe...

—Bueno, ya vale... —exclamó Matt.

—Así que el hecho de que ibas a ser una mujer guapa era algo seguro, pero lo que no era seguro es que fueses a ser la pieza amable y cariñosa que faltaba en la vida de Matt... la pieza que nos faltaba en nuestras vidas.

Grace contuvo un suspiro.

—Supe cuando conocí a Parker que era la mujer de mi vida. Recuerdo que el día que le dije a Matt que me iba a casar con ella, él ya sabía que yo estaba decidido. Y la noche en que Matt nos llamó a Dameon y a mí para que saliéramos fuera, con aquel frío de muerte, para decirnos que te iba a proponer matrimonio... Pensé: «¡Joder, claro que sí!». No se podría pedir una cuñada mejor, ¿verdad, Gracie?

Grace levantó su copa.

—Sé que hablo en nombre de todos nosotros cuando te digo: bienvenida a la familia Hudson, Erin. Y gracias por querer a mi hermano como lo quieres.

A la ronda de vítores y sorbos de champán le siguieron más abrazos y más lágrimas.

Un rato después, Parker y Grace se sentaron juntas mientras Dameon, Colin y Matt celebraban una especie de reunión masculina que incluía unos chupitos hawaianos. Erin estaba hablando con su hermana, Helen, y con su padre, mientras la madre y el padre de Grace entretenían a los hijos de Helen.

—Así que al final has dejado tu trabajo.

Grace asintió.

—Les notifiqué el aviso justo después de mi baja por enfermedad.

—No te culpo.

—Me pondré a buscar el trabajo de mi vida en cuanto volvamos. Dameon quiere contratarme por todo el trabajo que estoy haciendo para él, pero yo no quiero.

—Pues no veo por qué no.

—No quiero que se sienta obligado. Le ayudo porque le amo y porque quiero hacerlo, no porque sea un trabajo.

—Lo entiendo.

La risa de Erin hizo que ambas la miraran.

—Está radiante —señaló Parker.

Grace sonrió.

—Lo sé. Vamos a tener que hacer una fiesta antes de que nazca el bebé para compensar a la tía Beth por no haberla invitado.

—Me muero de ganas. Toda esa ropita tan pequeña y los zapatitos y los peluches…

Parker estaba entusiasmada.

Grace miró fijamente a su cuñada.

—Mírate, la que decía que no quería tener hijos, poniéndose sentimental solo de pensarlo.

—No dije que no quería tener hijos. Dije que no quería tenerlos de inmediato.

Grace se quedó boquiabierta.

—Eso no te lo crees ni tú. Te he oído decir más de una vez que no te interesaban los niños.

Parker miró hacia la playa, hacia donde estaban los hombres.

—Soy joven. Puedo cambiar de opinión.

Grace se acercó a abrazarla.

—Vas a hacer muy feliz a Colin.

—Está exultante de alegría por ser tío. Ya ha comprado unos monos de trabajo diminutos.

—Me tomas el pelo.

—No, te lo juro. Dice que los monos de trabajo pueden llevarlos tanto las niñas como los niños, así que es un regalo seguro. Sé que será un tío maravilloso, pero creo que sería un padre aún mejor.

Grace se llevó las manos al pecho.

—¿Y se lo has dicho ya?

Parker negó con la cabeza.

—Voy que esperar a que tengamos algo más de tiempo. No me dejará salir de la habitación hasta que aparezca la raya doble en el test de embarazo.

Grace se rio tanto que se dobló sobre su estómago.

—¿Verdad?

Parker se rio con ella.

—¿Qué es eso que os hace tanta gracia?

Colin y Dameon se acercaron a ellas.

—Nada —se rio Grace.

Colin extendió una mano y tiró de Parker para que se pusiera de pie.

—Quiero bailar con mi mujer.

—Pero si no hay música.

—Claro que sí… suena en mi corazón.

—Aaah…

Empezaron a caminar.

—Eso ha sido una cursilada, Colin.

—Lo que te pasa es que estás celosa, Gracie.

Dameon le cogió la mano.

—Vamos.

—¿Tú también quieres bailar sin música?

—No. Vamos a dar un paseo.

Grace miró y vio a Matt y Erin besándose a la luz del atardecer y al fotógrafo de la boda haciendo fotos.

Grace y Dameon caminaban cogidos de la mano por la orilla del agua cálida.

—El día de hoy ha sido perfecto —dijo Grace.

—La verdad es que sí. Creo que van a ser felices mucho tiempo.

Dameon se llevó su mano a los labios y la besó.

Ella se detuvo y sonrió.

—Te quiero, Dameon.

—Nunca me canso de oír esas palabras.

Justo se estaba inclinando para besarla cuando Erin la llamó.

—¡Eh, Grace!

No obtuvo su beso.

—¿Qué?

Erin le hizo un gesto para que se acercara.

—La novia me llama —murmuró Grace.

Empezaron a volver sobre sus pasos. A menos de cinco metros, Erin levantó la mano.

—Espera ahí.

—¿Qué? —exclamó Grace.

Sin previo aviso, Erin lanzó su ramo al aire. Grace soltó la mano de Dameon y lo atrapó.

—¿Qué pasa aq…?

Detrás de Erin, Grace reparó en la presencia de la madre de Dameon y de un hombre al que no reconoció.

¿Qué pasaba?

—Tú eres la única candidata de las invitadas a la boda —dijo Erin riéndose.

—Ja, ja… muy graciosa. Dameon, no dejes que…

Grace se volvió y se encontró a Dameon hincado de rodillas en el suelo.

La joven dejó caer las manos a los lados, sin soltar el ramo de flores.

—Grace…

—Oh, Dios mío…

No podía respirar.

Dameon sonrió con la sonrisa del gato que se ha comido al canario y le tendió la mano.

—Eres lo mejor que me ha pasado en la vida.

—Ay, Dios mío.

—Pienso en ti cada día cuando me despierto y cada noche cuando cierro los ojos. Me imagino a media docena de pequeñas Grace correteando alrededor de un árbol de Navidad de tres metros y de una chimenea gigante. Pienso en ti cuando tiro una piedra en un lago y veo que las ondas cambian la textura del agua. Porque eso es lo que hiciste cuando llegaste a mi vida: tú lo cambiaste todo. Y quiero que sigas cambiándolo todo mientras sigamos en este mundo.

Grace resopló y se enjugó las lágrimas con las flores que llevaba en la mano.

Sacándola aparentemente de la nada, Dameon le mostró una cajita blanca. Dentro había un anillo de diamantes.

—Grace Marie Hudson, ¿quieres casarte conmigo?

Se puso de rodillas y lo besó como si él fuera agua y ella un pez boqueando en la orilla.

—Te quiero.

—¿Eso es un sí?

Estaba llorando.

—Sí, eso es un sí… Oh, Dios mío.

Sus familias, detrás de ellos, aplaudían.

Dameon deslizó el anillo en su dedo y la besó de nuevo.

—Soy el hombre más feliz del mundo en este momento. Te quiero.

—Yo también te quiero.

La puso en pie y se dirigió despacio hacia sus familias. Grace no se podía creer que aquello estuviera sucediendo de verdad.

Los miró a todos.

—¿Todos vosotros lo sabíais?

Vio cómo se encogían de hombros y la miraban con una sonrisa cómplice.

La señora Locke la abrazó.

—¿Y tú de dónde has salido?

—Estaba escondida entre los árboles, como una pervertida.

Grace no podía dejar de sonreír.

—Me alegro de que estés aquí.

Dameon señaló al hombre que había junto a Lois.

—Grace, te presento a mi hermano, Tristan.

—He oído hablar mucho de ti.

Ella le tendió la mano, pero Tristan separó los brazos para abrazarla.

—Siempre quise tener una hermana pequeña.

Grace estaba segura de que solo era un poco mayor que Tristan.

—Me alegro de conocerte.

Dameon rodeó los hombros de Grace con el brazo en cuanto el chico dejó de abrazarla.

—Quizá tú puedas ayudar a mi hermano mayor a relajarse un poco —le dijo Tristan.

Grace se rio y Lois soltó una risita.

Y siguió riéndose.

Y riéndose.

Dameon y Grace intercambiaron una mirada.

—No habréis estado comiendo galletas de Maui, ¿verdad?

Tristan miró fijamente a su madre.

—Huy…

AGRADECIMIENTOS

Siempre es muy agradable sentarme al final del libro y ponerme a escribir desde mi propio punto de vista. Ambientar las novelas de la serie Creek Canyon en un lugar al que he llamado mi hogar durante veintiún años ha sido todo un reto. Mi intención era reflejar todo el sabor y el ambiente de ciudad pequeña que se vive en el valle de Santa Clarita y, a la vez, proporcionar a mis lectores suficientes dosis de dramatismo y conflicto para que las novelas les resulten entretenidas. Para eso necesitaba incorporar a un villano o dos. Que conste que no tengo conocimiento de que haya ningún mal jefe en el ayuntamiento de la ciudad. En cambio, sí que me he comido unas costillas fantásticas en The Backwoods Inn. Las comunidades muy unidas —desde la bolera hasta el vecindario de Candy Cane Lane— son elementos característicos de la ciudad. A mis amigos, y a los amigos a los que considero mi familia: os quiero y os echo de menos. Sencillamente, no podía pasar por otra temporada de incendios.

Esta trilogía ha sido dolorosa en ciertos momentos y catártica en otros. Siento que he cerrado una etapa tras escribir estas historias, algo que no esperaba pero por lo que me siento agradecida.

Gracias, Montlake y Amazon Publishing, por darme la libertad creativa de escribir las historias que anidan en mi corazón.

Gracias a mis editoras, Maria Gomez y Holly Ingraham. Maria, siempre has creído en mí, y te lo agradezco infinitamente. Holly, gracias por ayudarme a dar el remate final al producto acabado. Ha sido un placer trabajar contigo.

A Jane Dystel, tus consejos y orientación a través del laberinto del enrevesado mundo editorial siempre dan en el clavo. Gracias.

Y por último, querría hacer una mención especial a Whiskey. Este maravilloso labrador negro, rescatado de una protectora, tenía una energía y un espíritu incombustibles. Fuiste una alegría desde el momento en que apareciste en nuestras vidas. Durante el incendio, no te apartaste de nuestro lado ni siquiera un segundo y cuando llegó el momento de salir huyendo de allí, saltaste al interior del coche como si fueras tú el que iba a conducirlo.

Eras uno más de la familia y te echamos muchísimo de menos.

Hasta que nos volvamos a ver.

Catherine